YÜKSELTİN TAVAN

v

SEYM

BİR (

J. D. Salinger'ın
YKY'deki kitapları:

Dokuz Öykü *(1993)*
Franny ve Zooey *(1993)*
Çavdar Tarlasında Çocuklar *(1997)*
Yükseltin Tavan Kirişini Ustalar ve Seymour, Bir Giriş *(1999)*

J.D. SALINGER

Yükseltin Tavan Kirişini Ustalar
ve
Seymour
Bir Giriş

Çevirenler:
Sevin Okyay
Coşkun Yerli

Öykü

YKY
Yapı Kredi Yayınları

Yapı Kredi Yayınları - 1145
Edebiyat - 306

Yükseltin Tavan Kirişini Ustalar ve Seymour, Bir Giriş / J. D. Salinger
Özgün adı: Raise High The Roof Beam, Carpenters
and Seymour An Introduction
Çevirenler: Sevin Okyay-Coşkun Yerli
Redaksiyon (Yükseltin Tavan Kirişini Ustalar): Mîna Urgan

Kapak tasarımı: Nahide Dikel

Baskı: Mas Matbaacılık A.Ş.
Hamidiye Mah. Soğuksu Cad. No: 3 Kağıthane-İstanbul
Telefon: (0 212) 294 10 00 e-posta: info@masmat.com.tr
Sertifika No: 12055

1. baskı: İstanbul, Mart 1999
7. baskı: İstanbul, Şubat 2011
ISBN 978-975-363-318-1

Yapı Kredi Kültür Sanat Yayıncılık Ticaret ve Sanayi A.Ş.
Yapı Kredi Kültür Merkezi
İstiklal Caddesi No. 161 Beyoğlu 34433 İstanbul
Telefon: (0 212) 252 47 00 (pbx) Faks: (0 212) 293 07 23
http://www.ykykultur.com.tr
e-posta: ykykultur@ykykultur.com.tr
İnternet satış adresi: http://alisveris.yapikredi.com.tr

Yeryüzünde amatör bir okuyucu
–yani okuyup geçen biri– kalmışsa
eğer, tarifsiz sevgi ve minnetle,
rica ediyorum ondan, bu kitabın
ithafını dörde bölsün, karım ve
çocuklarımla paylaşsın.

YÜKSELTİN TAVAN KİRİŞİNİ USTALAR

Çeviren:
Coşkun Yerli

Yirmi yıl kadar önce bir gece, kocaman ailemiz bir kabakulak muhasarasına uğradığı sıralarda, en küçük kızkardeşimiz Franny'yi, en büyük ağabeyim Seymour'la benim paylaştığımız, sözde mikroptan arındırılmış odaya, beşiğiyle falan taşımışlardı. Ben onbeş yaşındaydım, Seymour onyedi. Gece saat iki sularında yeni oda arkadaşımızın ağlamasıyla uyandım. Bir-iki dakika, Seymour'un yatağında döndüğünü işitinceye ya da hissedinceye dek, sessiz sakin yatarak şamatayı dinledim. O günlerde, hatırladığım kadarıyla hiç ortaya çıkmayan, ama acil durumlarda lazım olur diye bir el feneri bulundururduk yataklarımızın arasındaki sehpanın üstünde. Seymour bu feneri yaktı, yataktan kalktı. "Biberon sobanın üstünde, annem söylemişti," dedim. "Biraz önce verdim," dedi Seymour. "Aç değil." Karanlıkta kitaplığa gitti ve el fenerini yavaşça raflarda gezdirdi. Kalktım, yatağın içinde oturdum. "N'apacaksın?" diye sordum. "Ona belki bir şeyler okurum, diye düşündüm," dedi Seymour ve bir kitap çekti. "Daha on aylık, Tanrı aşkına!" dedim. Seymour, "Biliyorum," dedi. "Onların da kulakları var. İşitebilirler."

O gece, el feneri ışığında, Seymour Franny'ye en sevdiği masallardan birini, bir Tao masalını okudu. Franny, Seymour'un bu masalı kendisine okuyuşunu hatırladığına hep yemin etti.

Chin Derebeyi Mu, Po Lo'ya dedi ki: "Yaşın epeyce ilerledi artık. Ailende senin yerine atlara bakabilecek biri var mı?" Po Lo yanıtladı: "İyi bir at şöyle bir bakınca görünüşünden anlaşılır. Ama çok üstün bir at -toz kaldırmayan, iz bırakmayan cinsten- yitiveren, kaçıveren bir şeydir, hava gibidir, ele geçmez. Oğullarımın yetenekleri pek o kadar gelişmiş sayılmaz. İyi bir atı ilk bakışta anlarlar, ama üstün bir at için pek bir şey söyleyemezler. Bir arkadaşım var, adı Chiu-fang Kao, odun ve sebze satar, at konusunda benden hiç de aşağı kalmaz. Onunla bir görüşseniz."

Derebeyi Mu, Kao ile görüştü ve ardından onu bir savaş atı aramaya yolladı. Kao üç ay sonra geri döndü ve bir at bulduğunu bildirdi. "Şu anda Shach'iu'da," dedi. Derebeyi, "Peki nasıl bir at bu?" diye sorunca, "Ha," dedi Kao, "boz bir kısrak." Ama biri atı almaya gidince hayvanın kömür kadar kara bir aygır olduğu anlaşıldı! Duruma çok içerleyen Derebeyi, Po Lo'yu çağırttı. "Şu senin arkadaşına," dedi, "bir at arasın diye görev verdik; gördün mü yaptığını? Bir hayvanın rengini, cinsiyetini ayırt edemedikten sonra bu adam attan ne anlar?" Po Lo tatmin olmuş halde soluğunu alıp bıraktı. "O mertebeye varmış mı gerçekten? Aah, öyleyse, benim gibi on bin at ustası eder o. Ben onunla kıyaslanamam artık. Kao'nun göz önünde tuttuğu şey ruhsal mekanizmadır. Özü yakalayabilmek için basit ayrıntıları boşverir; İç niteliklerle uğraştığından dıştakileri göremez. Neyi görmek istiyorsa, onu görmeye çalışır; görülmesi gerekmeyenlere bakmaz. Nasıl da at seçermiş bu Kao! Demek ki, atlardan çok daha iyi bir şeyleri değerlendirme gücüne sahip."

At geldiğinde, gerçekten de üstün bir hayvan olduğu anlaşıldı.

Buraya bu masalı almamın nedeni, yalnızca annelere, babalara ya da on aylık bebeklerin ağabeylerine yatıştırıcı bir düzyazı metin salık vermek için ayrıca özen göstermek değil, asıl neden çok daha başka. Burada anlatacaklarım, 1942 yılında bir düğün gününde olup bitenler. Bu, bence, başı ve sonu olan, kendine özgü bir öyküdür ve ölümlülük vardır içinde. Duruma vâkıf olduğuma göre, sanırım burada hemen belirtmem gerekiyor: Damat bugün, yani 1955'te artık yaşamıyor. 1948'de canına kıydı, Florida'da karısıyla tatildeyken... Benim aslında söylemek istediğim ise , şüphesiz şu: Damadın bu sahneden bir daha geri dönmemek üzere ayrılışından beri, onun yerine at seçmeye gideceğim başka biri gelmiyor aklıma.

1942 Mayısı'nın sonuna doğru, Pantages Grubu'nun eski emekli vodvilcileri Les ve Bessie (kızlık adı Gallagher) Glass çiftinin tüm çocukları –yedi kardeş– diyebilirim ki, Birleşik Devletler'in dört bir yanına savrulmuştuk. Örneğin ben, ikinci büyük kardeştim ve Fort Benning, Georgia'daki bölge hastanesinde zatülcenpten yatıyordum; onüç haftalık piyade acemi eğitiminin küçük bir yadigârıydı bu. İkizler Walt ve Waker, zaten bir yıldır ayrıydılar. Waker, Maryland'deki bir savaş aleyhtarları kampındaydı. Walt ise, Pasifik'in bir yerlerinde, bir sahra topçusu birliğine ya katılmıştı, ya da katılmak üzere yoldaydı. (Hiçbirimiz, o sıralarda Walt'ın tam nerede olduğunu kesin olarak öğrenemedik. Walt mektup yazmayı pek seven biri sayılmazdı, ölümünden sonra da hakkında çok az bilgi alabildik; aslında hiçbir bilgi alamadık. 1949 sonbaharında Japonya'da Amerikalı askerler arasında çıkan anlatılamayacak kadar saçma sapan bir olayda ölmüş.) Kızların büyüğü, ki kronolojik olarak benimle ikizler arasındadır, Deniz Kuvvetleri'nde Teğmen'di. Brooklyn'deki bir deniz üssünde görevliydi, oraya buraya gidip geliyordu. Boo Boo, o ilkbahar ve yaz boyunca, Seymour'la benim New York'ta tuttuğumuz, ama askere alındıktan sonra zorunlu olarak bıraktığımız dairede kaldı. Ailenin iki küçüğü, Zooey (erkek) ve Franny (kız) annem ve babamla Los Angeles'taydılar. Babam orada bir film şirketi hesabına yetenekleri harcamakla meşguldü. Zooey onüç, Franny sekiz yaşındaydı. İki kardeş, ülkenin bir ucundan öbür ucuna o iğneleyici alayla, "Ne Akıllı Çocuk" denen radyo çocuk programına çıkıyorlardı her hafta. Onu da burada şimdi ya da sonra –daha doğrusu, şu yıl ya da başka bir yıl– anlatabilirim. Ailedeki bütün çocuklar sırayla bir süre bu "Ne Akıllı Çocuk"ta haftalık olarak ve "konuk olarak" çalıştık. İlk kez, Seymour on, ben sekiz yaşlarındayken, 1927'de programa çıktık. Program, o zamanlar, eski Murray Hill Oteli'ndeki toplantı salonlarının birinden "neşr" ediliyordu. Yedimiz de, Seymour'dan Franny'ye kadar hepimiz, bu programa takma adlarla çıktık. Bizlerin, reklamcılığı pek antipatik bulmayan vodvilcilerin çocukları oluşumuza bakarak, bu yaptığımızın hiç de normal olmadığı düşünülebilir. Ama annem bir gün bir dergide profesyonel çocukların katlanmak zorunda kaldıkları küçük acılar –yani herkesçe onaylandığı varsayılan normal toplum hayatına yabancılaşmaları– hakkında bir yazı okumuş. Bu konuda kesin bir tavır aldı ve tavrından asla vazgeçmedi. ("Profesyonel" çocukların çoğunu ya da hepsini, toplumun huzurunu bozdukları için, yasadışı saymak, onlara acımak, ya da onları duygusuzca ortadan kaldırmak sorununu tartışmanın hiç zamanı değil şimdi. Şu an sadece şunu söyleyeyim, "Ne Akıllı Çocuk"tan sağlanan ortak gelirle altımız yüksek öğrenimden geçti, yedincimiz de şu sıra devam ediyor.)

En büyüğümüz, ağabeyim Seymour –burada özellikle konumuz odur– 1942'de hâlâ öyle tabir edilen Hava Kıtaları'nda onbaşıydı. California'daki bir B-17 üssünde, *sanırım*, bölük yazıcısıydı. Pek öyle parantez açmadan filan ekleyeyim, ailenin mektup yazıcılarının en az üretken olanıydı. Ömrümde ondan beş mektup bile almamışımdır.

22 veya 23 Mayıs sabahı (bizim ailede kimsenin mektuba tarih atma âdeti yoktur), Fort Benning'deki bölge hastanesinde ayakucuma Boo Boo'dan gelen bir mektup bıraktılar. O sırada göğsümü çepeçevre yapışkan bantla sarıyorlardı (Zatülcenp hastalarına sıkça uygulanan bir işlem bu, herhalde hasta öksürdüğünde dağılmasın, tek parça halinde kalsın diye). Bu eziyetten kurtulur kurtulmaz mektubu hemen okudum. Hâlâ bende durur, sözcüğü sözcüğüne aşağıda:

> SEVGİLİ BUDDY,
>
> Şu an eşyalarımı hazırlamak için korkunç bir telaş içindeyim, o yüzden bu mektubum kısa ama çivi gibi içine işleyecek. Amiral Kıça Çimdik Atıcı savaş dolayısıyla bilinmeyen bir yerlere gidiyor, uslu olursam sekreterini de götürmeye karar vermiş. Bu beni hasta ediyor. Seymour bir yana bunun anlamı, hava üslerindeki o buz gibi barakalar, askerlerimizin o çocukça laf atmaları ve uçaklardaki o kâğıttan yapılma korkunç kusma torbaları. Mesele şu, Seymour evleniyor; evet, evleniyor, şimdi lütfen dikkat. Düğüne gidemiyorum. Bu görev nedeniyle bir buçuk iki ay uzaklarda olacağım. Kızla tanıştım. Bana kalırsa bir hiç, ama felâket güzel. Bir hiç olup olmadığını tam bilemiyorum. Ama onunla tanıştığımız gece bir iki laf etti etmedi. Oturup gülümsedi, sigara içti, yani söylemesi hoş değil. Birbirlerine nasıl âşık olduklarından filan da haberim yok, ama anladığım kadarıyla Seymour geçen kış Monmouth'a atandığında tanış-

mışlar. Annesi desen on parmağında sanatla ilgili on hüner, haftada iki kez de iyi bir Jung'cuya gidiyormuş. (Onunla tanıştığımız gece, iki kez benim psikanalize gidip gitmediğimi sordu.) Bana Seymour'un daha fazla insanla dostluk kurmasını istediğini söyledi. Aynı solukta, dedi ki onu gerçekten seviyormuş, ama işte, vs., vs., onu yıllarca radyodan dinlemişmiş. Tüm bildiğim bu, bir de senin düğüne mutlaka gitmek zorunda olduğun. Eğer gitmezsen, seni hiç affetmem Buddy. Ciddiyim. Annemle babam ta Pasifik kıyısından buraya gelemezler. Zaten Franny de kızamık olmuş. Aklıma gelmişken, geçen hafta onu dinledin mi? Dört yaşındayken, evde kimsenin olmadığı zamanlar apartmanda nasıl uçtuğunu uzun uzun, güzel güzel anlattı. Yeni sunucu Grant'ten de beter, hatta o eski günlerdeki Sullivan'dan bile beter, ondan beter olmanın yolu varsa. Bizim kızın, tabii ki yalnızca uçabildiğini düşlediğini söyledi. Bizim bebek sanki bir melek, hiç istifini bozmadı. Uçtuğundan eminmiş, çünkü ne zaman aşağı inse, uçarken ampullere dokunduğundan, parmaklarında tozlar oluyormuş. Onu nasıl özledim. Seni de. Neyse, senin düğüne gitmen şart. Firar etmek zorunda kalırsan bile, n'olur git. Düğün 4 Haziran günü saat üçte. Dini tören yok, özgür bir düğün, kızın büyükannesinin 63. Sokak'taki evinde olacak. Nikâhı bir yargıç kıyacakmış. Evin numarasını bilmiyorum ama, hani şu Carl ve Amy'nin lüks içinde yaşadıkları ev vardı ya, ondan iki kapı aşağıda. Walt'a telgraf çekeceğim, ama gemisi çoktan yola çıkmıştır bile. Lütfen git oraya Buddy. Zayıflıktan kediye dönmüş ve yüzünde onunla konuşmayı imkânsız kılan o vecd hali var. Belki de herşey tamamıyla yoluna girecek, ama ben bu 1942'den nefret ediyorum. Sanırım, 1942'den ölene dek nefret edeceğim, genel ilke olarak. Sevgiler, döndüğümde görüşmek üzere.

Boo Boo

Mektubun gelişinden birkaç gün sonra kaburgalarıma sarılı üç metre yapışkan bandın, deyim yerindeyse, koruması altında hastaneden taburcu oldum. Ardından, bir hafta boyunca, düğün için gerekli izni koparmak için yaman bir kampanyaya giriştim. Sonunda, bölük komutanının gözüne girme çabalarım sonuç verdi. Komutan kendi itirafına göre kitapsever biriydi, en sevdiği yazar, şu işe bakın, benim de en sevdiğim yazar çıkmasın mı; L. Manning Vines. Ya da Hinds. Aramızdaki bu ruhsal bağa karşın ondan ancak üç günlük bir izin koparabildim; eh bu da New York'a trenle gidip düğünü görmeme, bir yerlerde bir yemek tıkınıp yaşlı gözlerle Georgia'ya dönmeme ancak yeterdi.

1942'de yataksız vagonlarda havalandırma işi lafta kalıyordu; hatırladığım kadarıyla, portakal suyu, süt ve çavdar viskisi kokularından geçilmiyor, her yer inzibat kaynıyordu. Trende bütün geceyi öksürerek ve iyi kalpli birinin bana ödünç verdiği bir Ace Comics dergisini okuyarak geçirdim. Tren sonunda New York'a geldiğinde –düğünün olacağı gün saat ikiyi on geçe– öksürükten bitkin, ter içindeydim. Elbisem bumburuşuk olmuştu, bant yapıştırdıkları yerler de müthiş kaşınıyordu. New York anlatılamayacak kadar sıcaktı. İlkin şu bizim küçük apartman dairesine gidecek vakit olmadığı için, berbat görünümlü, fermuarlı bir branda çantadan ibaret olan bagajımı Penn İstasyonu'ndaki çelik dolaplardan birine bıraktım. Bütün bunlar yetmiyormuş gibi giyim mağazalarının oralarda boş bir taksi çevirmeye çalışırken, Yedinci Cadde'yi geçen bir Muhabere Kıtaları üsteğmeni, herhalde selam vermediğim için olacak, birden bir dolmakalem çıkardı ve bizi merakla izleyen sivillerin bakışları arasında adımı, tertip numaramı ve adresimi aldı.

Sonunda kendimi bir taksiye attığımda perişandım. Şoföre, beni buradan hiç değilse "Carl ve Amy"nin eski evine kadar götürmesi için yolu tarif ettim. Zaten sokağa vardığımızda gerisi kolaydı. Kalabalığın peşine takılmak yetiyordu. Girişte brandadan bir tente bile vardı. Bir saniye içinde kızıl-kahverengi taştan yapılmış heybetli binaya girdim ve içerde çok alımlı, saçları uçuk leylak rengine boyanmış bir kadınla karşılaştım. Bana, gelinin mi, yoksa damadın mı arkadaşı olduğumu sordu. "Damadın" dedim. "Şey," dedi, "doğrusu, karışık oturtuyoruz herkesi." Biraz da gereğinden fazla gülerek, bana oturmam için çok kalabalık bir odada boş kalan son katlanır iskemleyi gösterdi. Onüç yıldır, bu odayla ilgili tüm fiziksel ayrıntılar kafamda karanlık bir boşluk olarak kaldı. Balık istifi ve boğucu sıcak oluşundan öte, yalnızca iki şey hatırlıyorum: Tam arkamda çalan bir org vardı; bir de, hemen sağ yanımda oturan kadın bana coşkuyla ve sahnede sözde alçak sesle konuşurcasına, *"Ben Helen Silsburn'üm!"* diye fısıldamıştı. Oturduğumuz yere bakarak, herhalde gelinin annesi değildir diye düşündüm, ama yine de pot kırmamak için gülümsedim ve görgülü bir tavırla başımla selamladım. Tam ben kim olduğumu söyleyecektim ki, parmağını kibarca dudaklarına götürdü ve ikimiz de önümüze döndük. Saat neredeyse üç olmuştu. Gözlerimi kapadım ve biraz tetikte, orgcunun çaldığı şeyi kesip "Lohengrin"e geçmesini bekledim.

Bundan sonra, aradan geçen bir saat onbeş dakika boyunca ne olup bittiği hakkında belirgin bir şey kalmamış aklımda, ancak bir türlü "Lohengrin"e geçiş olmuyordu. Sağdan soldan böyle kimin öksürdüğüne çaktırmadan bakan, tanımadığım birtakım yüzler hatırlıyorum. Ve yine hatırlıyorum, sağımdaki kadın bana o evlere şenlik fısıltısıyla "Bir terslik olmalı," demişti. "Yargıç Ranker'ı gördünüz mü hiç? Yüzü bir *azizin* yüzüne benziyor." Bir ara org müziğinin Bach'tan, erken dönem Rodgers ve Hart'ın ilk kompozisyonlarına tuhaf bir biçimde, neredeyse umutsuzca geçişler yaptığını da hatırlıyorum. Genelde, öksürük nöbetlerimi bastırmaya çalışıyordum, ama korkarım bir ara, kendimi bir hastaneye atmak gibi tatlı düşünceler de geçti aklımdan. O odada kaldığım süre içinde ağzımdan kan gelecek, ya da kuşandığım o yapışkan banttan korseye rağmen en azından bir iki kaburgamı kıracağım diye müthiş korkulara kapılmıştım.

Dördü yirmi geçe -yani, daha doğrusu aradan bir saat yirmi dakika geçip tüm makul umutlar yitirildiğinde- nikâhı kıyılmamış gelin, başı önünde, bir yanında anası öbür yanında babası, binadan çıkarıldı. Onların yardımıyla taş basamaklardan inip kırılgan bir halde kaldırıma bırakıldı. Sonra, nerdeyse elden ele taşınarak, kaldırıma ikişer ikişer park edilmiş kiralık parlak siyah arabalardan en öndekine bindirildi. Bu, resim gibi, tablo gibi bir andı. Ve tablo gibi anların hepsinde olduğu üzere görgü tanıkları o anın sonrasını nasıl tamamlarsa, (ben dahil) tüm düğün konukları binadan dışarı döküldük; ancak edepli ve uyanıktık, öyle gözleri dışarı fırlamış koyun sürüsü gibi değil yani. Bu görüntüyü biraz olsun yumuşatan bir şey varsa o da havaydı. Haziran güneşi çok sıcak ve göz kamaştırıcıydı; sanki ortalıkta çok lambalı flaşlar çakıyordu. Gelin, taş basamaklardan nerdeyse sakatmış gibi inerken bu ışık selinin içine dalmış ve böylece görüntüsü tam bulanık olması gereken anda biraz bulanıklaşmıştı.

Gelin arabası, en azından sahneyi somut olarak terkettiğinde, kaldırımdaki gerilim –özellikle, dikilip kaldığım branda tente altında– gevşemişti. Sanki bu bina bir kiliseymiş, günlerden Pazarmış, bu kalabalık da olağan bir cemaat toplantısının karışıklığıymış gibiydi. Sonra birden, beklenen açıklama geldi; birisi –dediklerine göre, gelinin amcası Al– kokteyl olsun olmasın, program değişsin değişmesin, düğün konuklarının kaldırımda bekleyen arabaları kullanabileceklerini bildirdi. Yakınımdakilerin tepkilerine bakılacak olursa, bu *çok güzel bir jestti.* Ama pek de öyle olmadı. Arabalar, ancak *onların,* ürküntü veren bir insan güruhunun –gelinin "yakın ailesi" denmişti– sahneden çekilmek için ihtiyaç duyduğu taşımayı sağlamasından sonra "kullanılabilecek"ti. Anlaşılmaz bir darboğaz durumunun yarattığı gecikmeden sonra (o süre boyunca olduğum yerde kalakalmıştım) ailenin yakın üyeleri, kimileri üçlü dörtlü, kimileri altılı yedili gruplar halinde arabalara binerek gitmeye başladılar. Bir arabaya kaç kişinin bineceği, yaşa, takınılan tavra ve daha önce binenin kalça yayılımından doğan duruma göre değişiyordu.

Birden, arabayla ayrılan birinin imalı –ama bayağı uyarıcı– sözleriyle kendimi kaldırımın kıyısında ve arabaya binenlere yardım eder bir halde buluverdim.

Bu görev için neden özellikle benim seçilmiş olduğum konusunda bazı tahminler yürütebilir. Bildiğim kadarıyla bu iş için beni gözüne kestiren kimliği bilinmeyen orta yaşlı adam, damadın kardeşi olduğumu hiç mi hiç bilmiyordu. Öyleyse, bu işin özellikle bana verilmesi, daha başka ve pek de şiirsel olmayan nedenlere dayanıyordu. Yıl 1942 idi, yirmiüç yaşındaydım ve daha yeni askere alınmıştım. Bana öyle geliyor ki, salt o yaşta oluşum, o üniformayı giymiş olmam ve hâki rengin çekiciliği içinde hizmet etmeye hazır görülmemem yüzünden bana kapıcı rolü uygun görülmüştü.

Yalnızca yirmiüç yaşında olsam yine iyi, yirmiüç yaşında bir geri zekâlı olduğum gizlenecek gibi değildi. İnsanları arabalara bindirme konusunda hiç de becerim yoktu. Tersine, tek amacı görevine bağlılık olan askeri bir öğrencinin şaşkınlığı içinde yapıyordum bu işi. Birkaç dakika sonra iyice anladım ki, orada, egemenliği elinde tutan yaşlı, kısa boylu ve etine dolgun bir kuşağın gereksinimleri için hizmet veriyordum. Ve kol tutucu, kapı kapatıcı olarak yaptığım icraat, sahte bir gövde gösterisiydi. Olağanüstü becerikli, kendini hizmete adamış, öksürüklü genç bir dev gibi davranmaya başladım.

Ancak, akşamüstü sıcağı, abartmadan söylüyorum, bunaltıcıydı, görevimin karşılığını göreceğime ilişkin belirtiler de giderek azalıyordu. Bu "yakın aile"nin bitip tükeneceği yoktu ve birden kendimi daha yeni doldurduğum, henüz harekete geçen arabaya attım. Arabaya binerken (belki de ceza olarak) başımı küt diye arabanın tavanına vurdum. Arabadakilerden biri, şu benim fısıldayan tanışım Helen Silsburn çıkmasın mı, hemen bana o eşsiz yakınlığını göstermeye başladı. Başımı tavana çarptığımda çıkan ses, arabanın içinde bayağı yankılanmıştı. Ama ben yirmiüç yaşımdayken, kafatası çatlaması dışında, herkesin önünde uğradığım bütün bedensel kazalara bomboş ve akılsızca bir gülmeyle karşılık veren bir gençtim.

Araba batıya doğru hareket etti ve dosdoğru, akşamüstünün ağzı açık fırınının içine daldık sanki. Batıya doğru iki sokak daha devam ettik, Madison Caddesi'ne kadar; sonra keskin bir dik açıyla kuzeye döndük. Güneşin bu korkunç yalazına tutulmaktan, adsız şoförümüzün olağanüstü uyanıklığı ve becerikliliği sayesinde kurtuluyormuşuz gibi geldi bana.

Madison Caddesi üzerinde, kuzey yönünde ilk dört ya da beş sokak boyunca, arabadaki konuşmaları genellikle, "Sıkışmadın ya?" ve "Ömrümde böyle *sıcak* görmedim," gibi sözlerle sınırlı kaldı. Ömründe böyle sıcak görmeyen bayanın, arabaya binerken kulak misafiri olduğum kadarıyla, Gelinin Nedimesi olduğunu öğrenmiştim. Yirmidört yirmibeş yaşlarında irice bir kızdı, pembe satenden bir elbise giymiş, saçına yapma unutmabenilerden küçük bir taç oturmuştu. Çok atletik bir bedeni vardı; bir iki yıl önce beden eğitimi üzerine yüksek öğrenim görmüş gibiydi. Kucağında tuttuğu gardenya buketi, sönmüş bir voleybol topunu andırıyordu. Arka koltukta kocası ile ufacık bir ihtiyarın arasında sıkışmış, oturuyordu. İhitiyar adamın başında silindir şapka vardı, frak giymişti ve parmaklarının arasında yakılmamış halis bir Havana purosu tutuyordu. Bayan Silsburn'le ben –yan yana, dizlerimiz edeplice temas halinde– açılır kapanır koltuklara oturmuştuk. İki kez, özürsüz, sadece onu beğendiğim için, dönüp ufacık ihtiyara baktım. Arabayı doldururken, onu şöyle, bebek gibi özenle kucaklayıp açık pencereden içeri bırakmak geçmişti içimden. Bir ufak tefeklik örneğiydi, boyu bir kırkbeş-bir elliden fazla olmamasına karşın, bir bodur ya da cüce gibi değildi. Yerinde oturmuş, çok ciddi bir biçimde ileriye dikmişti gözlerini. Ona ikinci bakışımda ceketinin yakasındaki bir şeye takıldı gözüm, herhalde eski bir yemek lekesiydi. Silindir şapkasının tepesi arabanın tavanından en az on-onbeş santim aşağıda kalıyordu... Ama, arabadaki ilk dakikaların çoğunu kendi sağlık durumumu düşünerek geçirdim. Zatülcenp ve berelenmiş kafamdan başka, hastalık hastaları gibi boğaz iltihabından kuşkulanıyordum. Oturmuş, gizlice dilimi geriye kıvırıp rahatsızlık veren yeri araştırıyordum. Hatırlıyorum, dosdoğru önüme, şoförümüzün çıban izlerinden ötürü kabartma bir haritaya dönmüş ensesine bakarken, açılır kapanır koltuk arkadaşım bana, "İçerde fırsat bulup soramadım, sevgili anneniz nasıl? Siz, Dickie Briganza değil misiniz yoksa?" dedi.

Soru sırasında dilim üst damağın yumuşak kısmına kadar uzanmıştı. Dilimi düzelttim, yutkundum, ve ona baktım. Elli yaşlarındaydı, modaya uygun ve çok zevkli giyinmişti. Ağır bir fondöten makyajı yapmıştı. "Hayır," dedim, "değilim."

Gözlerini kısarak bana baktı ve tıpkı Celia Briganza'nın oğluna benzediğimi söyledi. Özellikle ağız yapısı olarak. Böyle yanılmaların herkesin başına gelebileceğini ifade eden tavırlar takındım. Sonra dönüp sürücünün ensesine bakmaya devam ettim. Manzarada bir değişiklik olsun diye pencereye bir göz attım.

Bayan Silsburn "Askerlik nasıl, hoşunuza gidiyor mu?" diye birden soruverdi, sohbet havasında.

Tam o sırada kısa bir öksürük nöbeti geldi. Bittiğinde elimden gelen bütün nezaketimi toparlayıp ona doğru döndüm; çok arkadaş edindiğimi söyledim. Ona doğru dönmek, göğsümdeki yapışkan banttan cenderenin içinde çok zor oluyordu.

Bayan Silsburn başını salladı, tam anlamını kestiremediğim bir ifadeyle "Hepiniz harikasınızdır bence," dedi. "Gelinin mi arkadaşısınız, damadın mı?" diye kibarca asıl konuya geçti.

"Valla, aslında, tam da arkadaş sayılmam ya–"

Gelinin Nedimesi "Sakın *damadın* arkadaşıyım deme," diye sözümü kesti arabanın arkasından. "Onu *iki dakika* olsun, bir elime geçirsem. *İki dakika* yeter."

Bayan Silsburn gülümseyerek, konuşan kişiye bir an için –ama iyice– döndü. Sonra yine önüne baktı. Daha doğrusu ikimiz de aynı anda aynı hareketleri yaptık. Bayan Silsburn'ün bir an dönüp Gelinin Nedimesi'ne gülücük bağışlamasını düşünüyorum da, açılır kapanır koltuklar üstünde yaratılan bir başyapıttı bu. Sınırsız bir partizanlıkla dünyanın her yanındaki bütün gençlerden, özellikle de bizzat burada bulunan, kendisini ancak yarım yamalak tanıdığı, açık sözlü yerel temsilciden yana olduğunu coşkuyla ifade ediyordu.

"Seni kana susamış cadı seni!" diye konuştu kıkırdayan bir erkek sesi. Bayan Silsburn'le ben yine döndük. Konuşan Nedime'nin kocasıydı. Tam arkamda, karısının solunda oturuyordu. Adamla boş gözlerle bakıştık. Bakışlarımız pek dostça değildi, ama o baş belası 1942 yılında bir subayla bir er ancak böyle bakışabilirlerdi. Adam Muhabere Kıtaları teğmeniydi. Şapkası, Hava Kıtaları pilotlarının o ilginç şapkalarına benziyordu. Korkusuz bir hava vermesi için kasnağı çıkarılmıştı. Bu şapka talimata aykırıydı. Ama bu haliyle de, benim kafamdaki koskoca nizami serpuşu, sinirli birinin çöplükten aceleyle kapıp kafasına geçirdiği bir soytarı külahı durumuna düşürmekten başka bir işe yaradığı söylenemezdi. Adamın yüzü solgun, özellikle de yılgındı. İnanılmaz bir hızla terliyordu; alnından, üst dudağından, hatta burnunun ucundan terler boşanıyordu; bu terler neredeyse tuz bağlayacaktı. "Yedi iklimin en kana susamış cadısıyla evlenmişim," dedi Bayan Silsburn'e ve yine o yumuşak, avam kıkırdamayla güldü. Rütbesine olan otomatik saygımdan, az daha ben de onunla birlikte gülecek gibi oldum; kısa, hödükçe, yabancı ve bir kura neferinin gülüşü olacaktı bu. Böylece, onun ve arabadaki herkesin yanında yer aldığımı, kimseye karşı olmadığımı ifadeye çalışıyordum.

"*Sahi* söylüyorum," dedi Gelinin Nedimesi. "Yalnızca iki dakika; hepsi bu kadar, birader. Ahh, şu küçük *ellerimle* bir–"

"Tamam artık, sakin ol, sakin!" dedi kocası, kocalara özgü o tükenmez neşe kaynağından gelen coşkuyla. "Sakin ol ki, daha çok yaşayasın."

Bayan Silsburn yine arkaya döndü ve Gelinin Nedimesi'nden yana çıkarmışçasına, ona ermişlere yaraşır bir gülücük bağışladı. "Onun tarafından hiç kimse gördünüz mü düğünde?" diye yumuşak bir sesle sordu. "Onun" sözcüğünü hafifçe –tam bir kibarlıkla– vurgulamıştı.

Gelinin Nedimesi zehirli bir sesle karşılık verdi. "*Hayır*. Batı *Kıyısında* mı, nerdeymişler hepsi. Keşke bir *görseydim*."

Kocası yine kıkırdadı. "Peki n'apacaktın görseydin, şekerim?" diye sordu ve bana öylesine bir göz kırptı.

"*Ne bileyim*, ama *bir şeyler* yapardım," dedi Gelinin Nedimesi. Solundaki kıkırdama daha da yükseldi. "Bir şeyler yapardım," diye üsteledi. "*Bir şeyler* derdim onlara. Yani. Of, Tanrım!" Kocasının onu kışkırttığının farkındaydı; ama yine de, konuştukça kendisine olan güveni artıyordu. Kocası dışında, onu işitebilecek olan hepimiz, onun bu adalet duygusunda, deli dolu ve abuk sabuk olmasına karşın, ilginç bir hakseverlik –bir yiğitlik– buluyorduk. "Onlara *ne* derdim, bilmiyorum. Belki de ağzıma ne gelirse, aptalca da olsa, söylerdim. Aman *Tanrım*! Vallahi! Birinin böyle açıkça cinayet işleyip kaçmasına dayanamıyorum. Kanım tepeme çıkıyor." Birden bu çizgi film dublajına ara verip Bayan Silsburn'den destek beklercesine sustu. Bu kez Bayan Silsburn'le ben olağanüstü dostça bir havada iyice geriye döndük. "*Ciddiyim*," dedi Nedime. "Ömür boyu, canınızın her istediği an, insanları incitip *tüyemezsiniz* öyle, değil mi?"

"Ne yazık ki, delikanlı hakkında pek az şey biliyorum," dedi Bayan Silsburn, yumuşak bir sesle. "Daha doğrusu onu görmedim bile. Muriel'ın nişanlandığını ilk duyduğum–"

"Onu *hiç kimse* görmedi," dedi kükreyerek Gelinin Nedimesi. "*Ben* bile görmedim. İki kez prova yaptık, ikisinde de Muriel'ın zavallı babası didindi durdu damadın yerini alarak. Çünkü efendim, geçen salı gecesi o çılgın uçağı havalanamamış bir türlü. *Kar mı yağmış* neymiş, Colorado'da mı *Arizona*'da mı, işte neyse o çılgın yerlerden birinde; *dün gece* saat *bir*de ancak gelebilmişmiş. *Sonra,* –o çılgın saatte– Long *Island*'dan mı ne, Muriel'ı telefonla arıyor ve onu korkunç bir otelin lobisine çağırıyor; orda *konuşacaklarmış*." Nedime ürperdi ve ses tonunu yumuşatarak, "Muriel'ı bilirsiniz. Herkesin, hele o ağabeyinin kendisini itip kakmasına aldırmaz, ne tatlıdır kızcağız. İşte, canımı sıkan da bu. Sonunda hep böyle insanlar üzülür zaten. . . Her neyse, kızcağız kalkıp giyiniyor, bir taksiye biniyor ve o korkunç lobide onunla oturuyor, sabah saat *beşe* çeyrek kalaya kadar onunla konuşuyor." Nedime sımsıkı tuttuğu gardenya buketini kucağına bırakıp sıkılı yumruklarını göstererek, "*Ah,* ah, deli olacağım valla!" dedi.

"Hangi otel?" dedim Nedime'ye. "Biliyor musunuz?" Sesimin öyle rastgele bir soru soruyormuş gibi olmasına çabaladım; sanki babam otel işindeymiş de ben de babasıyla ilgilenen bir evlat mışım da, New York'ta milletin hangi otellere gittiğini araştırıyormuşum gibi. Sorumun pek bir anlamı yoktu aslında. Bir bakıma, yüksek sesle düşünüyordum. Aslında ağabeyimin neden şu bizim boş dairede değil de, bir otel lobisinde buluşmak istediğini merak etmiştim. Bu davet onun kişiliğine hiç de aykırı olmamakla birlikte, yine de tatlı bir merak uyanmıştı içimde.

"Hangi otel olduğunu ben bilmiyorum," dedi Gelinin Nedimesi, sinirli sinirli. "Öyle bir otel işte." Dik dik baktı bana. "Hem niye soruyorsun? Arkadaşı mısın yoksa?"

Bakışında apaçık yıldırıcı bir şey vardı. Tek kadından oluşan bir isyan kalabalığıydı bu; örgü çantasından ve giyotinin görkemli manzarasından uzak kalmıştı yalnızca, zamanın ve rastlantıların oyunuyla. Ne türden olursa olsun, ömrüm boyunca saldırgan bir kalabalığın karşısında dehşete düşmüşümdür. "Çocukluğumuzda beraberdik," diye geveledim.

"İyi, ne mutlu size!"

"Tamaam, tamam," dedi kocası.

"Öf peki, *afedersin,*" dedi Nedime kocasına, ama asıl sözü hepimizeydi. "Ama sen benim gibi tam bir saat o yavrucakla aynı odada kalıp hüngür hüngür ağlamasını görmedin. Hiç de gülünecek bir şey değil; bunu da unutma. Evlenmekten cayan damatları filan da duydum. Ama bunu *son dakkada* yapamazsın. Yani bu mükemmel, kibar insanları böyle yerin dibine sokmaya, şu zavallı yavrucağı da mahvetmeye hakkın var mı! *Vazgeçtiyse*, oturup niye yazmadı kıza, veya efendi gibi ayrılmadı, Tanrı aşkına? Bütün bu tatsızlıklar olmadan."

"Peeki, peki. Sakin ol, azıcık sakin ol!" dedi kocası. Yine gülüyordu, ama bu kez biraz zorakiydi gülüşü.

"Değil mi ama! Niye yazmadı, niye her şeyi *erkekçe* söylemedi. Bu trajedi de olmazdı o zaman." Birden bana baktı. "Nerde olabilir acaba, bir fikriniz var mı?" diye sordu, madeni bir sesle. Eğer *çocukluk* arkadaşıysanız, bir fikriniz– "

"New York'a geleli daha iki saat oldu," dedim sinirli sinirli. Yalnız Nedime değil, kocası ve Bayan Silsburn de bana dik dik bakmaya başlamışlardı. "Geldiğimden beri bir telefon edecek kadar bile vakit bulamadım." Tam o noktada, hatırlıyorum, bir öksürük nöbetine daha tutuldum. Öksürük yeterince gerçekti, ama öksürüğü bastırmak ya da süresini kısaltmak için pek bir çaba göstermedim.

Öksürmem bittiğinde, Teğmen bana, "Bu öksürüğe baktırdın mı, asker?" diye sordu.

O anda yeniden bir öksürük nöbetine tutuldum; hem de işin garibi, tam anlamıyla gerçek bir öksürük nöbetine. Yerimde hâlâ yarı dönmüş durumdaydım, böylece yüzüm arabanın ön tarafına yeterince dönmüş oluyor, ben de sağlık kurallarına uygun bir biçimde öksürebiliyordum.

Yersiz görünebilir, ama burada bir iki pürüzlü noktaya açıklık getirebilmek için araya bir paragraf sıkıştırmam gerekiyor. Bir kere, bu arabada ne işim vardı? Diyelim ki rastlantılar; ama, arabanın bu konukları gelinin ailesinin evine götüreceği söylenmemiş miydi? Evlenememiş, yıkılmış gelinden ya da üzgün (ve, büyük olasılıkla, kızgın) ailesinden, ilk ya da ikinci elden alacağım bilgi onların evlerinde bulunmamın münasebetsizliğine değmezdi. Öyleyse, neden hâlâ bu arabadaydım? Niçin bir yerde, örneğin bir trafik ışığında inmiyordum? Ve dahası, işin başında ne diye bir arabaya atlayıvermiştim?... Bu sorulara bir sürü yanıt verilebilir; biraz bulanıkça da olsa geçerlidir bu yanıtlar. Sanırım, bütün bunlara boş verip, tekrar söylemek en iyisi, yıl 1942 idi, yirmiüç yaşındaydım, daha yeni askere alınmıştım, sürüden ayrılmamam daha yeni tembihlenmişti; ve her şeyin ötesinde, yapayalnızdım. Bu durumda bir insan, dolu arabalara atlar, anladığım kadarıyla da, oturup kalır orada.

Öykümüze geri dönecek olursak, üçünün de –Gelinin Nedimesi, kocası ve Bayan Silsburn– bana ve öksürüşüme baktıklarını hatırlıyorum; ben de o sırada arkadaki ufacık yaşlı adama bakıyordum. Adamın sabit bakışları hâlâ ileriye dikiliydi. Neredeyse minnetle, ayaklarının yere bile değmediğini gördüm. Bu ayaklar benim çok eski ve değerli dostlarım gibiydiler.

İkinci öksürük nöbetinden kurtulunca, Gelinin Nedimesi bana, "Hem bu adam ne iş *yapıyormuş* bakalım?" dedi.

"Seymour mu?" dedim. Kadının sesinin tonuna bakılırsa, kafasından alçakça bir şeyler geçtiği belliydi. Sonra birden, kadının, Seymour hakkında birtakım özel konuları bildiğimi hissettiğini düşünerek -yalnızca bir sezgiydi bu- sarsıldım; karmakarışık, bir sürü basit, ama ne yazık ki üzücü ve (bence) onun yanlış anlaşılmasına neden olacak konular açılabilirdi. Onun, çocukluğunda altı yıl kadar radyonun "harika çocuğu" Billy Black olduğu ya da örneğin, daha yeni onbeşine girerken Columbia Üniversitesi'nde okumaya başladığı gibi.

"Evet, *Sey*mour," dedi Nedime. "Askerden önce n'apıyordu?"

Kafamda yine bir sezgi ışığı çaktı, kadın pek çok şey bildiğini ima ediyordu belki de. Anlaşılıyordu ki, en azından, Seymour'un askerden önce İngiliz Edebiyatı okuttuğunu, profesör olduğunu, –evet, *profesör* olduğunu– çok iyi biliyordu. Bir an, ona bakarken, benim Seymour'un kardeşi olduğumu bildiği duygusuna kapılarak çok tedirgin oldum. Bu düşüncenin üzerinde duracak halim yoktu. Onun için, gözlerimi kaçırarak,

"Çıkıkçılık yapıyordu," dedim. Sonra hemen yüzümü çevirip dışarı baktım. Araba birkaç dakika hareketsiz kaldı ve uzaklardan, Lexington Caddesi'nin ya da Üçüncü Cadde'nin oralardan bando davulları vurmaya başladı.

"Aa, tören var!" dedi Bayan Silsburn. O da sesin geldiği yana bakınmaya başladı.

85. Sokak'la 90. Sokak arasında bir yerdeydik. Madison Caddesi'nin ortasında bir polis, kuzey-güney yönündeki trafiği kesmişti. Ama, trafiği yalnızca *kesmişti,* doğuya veya batıya yönelttiği yoktu. Güney yönünde üç dört arabayla bir otobüs bekliyordu, ama kentin yukarı yönünde bekleyen tek araç da, bir rastlantı sonucu, bizim arabaydı. Görebildiğim kadarıyla, en yakındaki kaldırıma, yani kentin yukarı yönüne düşen, Beşinci Cadde'ye çıkan sokağın kaldırımına insanlar yığılmış, herhalde askeri birliklerin, hemşirelerin, izcilerin ve daha bilmemnelerin Lexington Caddesi'yle Üçüncü Cadde'nin kesişme noktasındaki toplanma yerinden yürüyüşe başlamalarını ve önlerinden geçmelerini bekliyorlardı.

"Of, *Tanrım*! Şimdi buna ne diyeceksiniz?" dedi Gelinin Nedimesi.

Arkaya döndüm ve nerdeyse onunla kafa kafaya tokuşuyordum. Meğerse o da öne doğru, Bayan Silsburn'le aramızdaki boşluğa iyice eğilmemiş mi? Bayan Silsburn de ona döndü, bir şey söyleyecekmiş gibi, ama oldukça ıstıraplı bir ifadeyle baktı, o kadar.

Gelinin Nedimesi, ön camdan dışarısını görebilmek için boynunu leylek gibi uzatarak, "Burada *haftalarca* kalabiliriz," dedi. "*Şu an*da orda olmalıydım. Muriel'la annesine, hemen ilk arabalardan birine binip *beş dakika* içinde evde olacağımı söylemiştim. Tanrım. Bir şeyler yapamaz mıyız?"

"Ben de orada olmalıydım," dedi Bayan Silsburn hiç beklemeden.

"Evet, ama ben ona cidden *söz vermiştim*. Ev bir sürü çılgın teyzeler, amcalar ve ilgisiz yabancılarla dolacak; söz verdim, kapısında süngülü *muhafız* olacaktım, şöyle bir yalnız kalsın, rahat– " Konuşmasını kesti. "Of Tanrım, rezalet bu!"

Bayan Silsburn, hafiften, yapmacık bir kahkaha attı. "Korkarım, o çılgın teyzelerden biri de benim herhalde," dedi. Gücendiği besbelliydi.

Gelinin Nedimesi ona baktı. "Ah! Affedersiniz. Sizi kastetmemiştim," dedi. Oturduğu yerde geriye yaslandı. "Yalnızca, evlerinin küçük olduğunu, herkes doluşmaya başlarsa– Beni anlıyorsunuz, değil mi?"

Bayan Silsburn bir şey söylemedi. Bu sözlerin onu ne kadar üzdüğünü anlamak için ona bakamadım bile. Hatırlıyorum, zaten garip bir duyguyla, "çılgın teyzeler ve amcalar" derken, Nedime'nin ses tonundan bu dil sürçmesi için daha o anda özür dilediği izlenimine kapılmıştım. Gerçek bir özür dilemeydi bu, utanma ya da ikiyüzlülük bulaşmamıştı. Bir an için, onun sahnelediği bu öfkede, bu yiğitlik gösterilerinde süngü gibi bir şeyler olduğunu hissetmiştim; pek öyle hayran olunmayacak şeyler değildi bunlar. (Hemen çabucak söyleyeyim, bu konudaki kişisel fikrimin sınırlı bir değerlendirme olduğunu kabul ediyorum, ama öyle uzun uzadıya özür dilemeyen insanlar fazlasıyla dikkatimi çeker.) İşin doğrusu şu ki, bu sırada ilk kez, bizim yitik damatla ilgili küçük bir önyargı dalgası gelip geçti üstümden, hâlâ açıklığa kavuşmamış yokluğunu onaylamayan, belli belirsiz bir eleştiri dalgası.

Nedime'nin kocası, "Bir bakalım hele, n'apacağız burda?" dedi. Sesi, ateş altında metanetini koruyan bir adamın sesiydi. Arkamda kıpırdandığını hissettim, sonra kafası birden Bayan Silsburn'le aramızdaki dar boşluğa uzandı. "Şoför," dedi hükmedici bir sesle ve yanıt bekledi. Yanıt anında gelince, sesi bir parça daha uyumlu ve demokratik oldu. "Burda daha ne kadar takılırız?"

Şoför arkaya döndü. "Bi dakka, ahbap," dedi ve yine önüne döndü. Kavşakta olup bitenlere kendisini kaptırmış, oraya bakıyordu. Bir dakika önce, elinde yarı sönmüş kırmızı balonuyla bir çocuk, boşaltılmış ve yasaklanmış caddeye fırlamıştı. Babası onu yakaladı, kaldırıma çekti ve sırtına sırtına iki yumruk attı. Bu davranış çok haklı bir tepkiyle kalabalık tarafından yuhalandı.

"Adamın *çocuğa* ne yaptığını *gördünüz* mü?" diye ortaya konuştu Bayan Silsburn. Kimse karşılık vermedi.

Nedime'nin kocası, "Burda ne kadar kalacağımızı aynasıza bir sorsak mı?" dedi şoföre. Hâlâ öne eğilmiş haldeydi. Belli ki, ilk sorusuna aldığı kısa yanıttan tatmin olmamıştı. "Hepimizin acelesi var, görüyorsunuz. Burada ne kadar kalacağımızı bir soramaz mıydınız ona?"

Şoför arkasını dönmeden kaba bir tavırla omuz silkti. Ama motoru durdurdu, arabadan indi ve ağır limuzinin kapısını çarparak kapattı, gitti. Kılığı kıyafeti biraz pejmürde, boğaya benzeyen bir adamdı, üniforması tam değildi; siyah serj kumaştan bir şoför kıyafeti giymişti, ama şapkasızdı.

Yavaş yavaş, başına buyruk, hatta küstahça bir tavırla, bir iki adım ilerdeki kavşakta polisin işleri yönettiği noktaya doğru yürüdü. Polisle bizim şoför, sonu gelmez bir sohbete daldılar. (Arkamda, Nedime'nin sinirli sinirli homurdandığını duyuyordum.) Sonra, iki adam birdenbire –sanki bizim bekleme meselesini hiç konuşmamışlar da, birbirlerine açık saçık fıkralar anlatmışlar gibi– kahkahalarla gülmeye başladılar. Daha sonra, bizim şoför hâlâ gülerek, gülmesi bize hiç bulaşmadan, aynasıza dostça el sallayıp arabaya doğru –yavaş yavaş– yürüdü. Arabaya bindi, kapıyı yine çarparak kapadı, önündeki pakete uzanıp bir sigara çekti, sigarayı kulağının arkasına koydu ve ancak bütün bunları yaptıktan sonra bize dönerek raporunu verdi. "Bilmiyor," dedi. "Burdan geçip gitmelerini bekleyeceğiz." Hepimize şöyle topluca umursamaz bir bakış fırlattı. "Sonra gideceğiz işte." Önüne döndü, sigarayı kulağından aldı, yaktı.

Arabanın arkasında, Gelinin Nedimesi'nin öfkesi ve düşkırıklığı küçük bir ağıt halinde yükseldi. Sonra sessizlik oldu. Birkaç dakikadan beri bakmadığım ufacık ihtiyara yine bir göz attım. Gecikmeden hiç etkilenmemişti. Arabaların –hareket halindeki arabaların, duran arabaların, hattâ belki de köprülerden aşağı nehirlere uçan arabaların– arka koltuklarında oturma ilkelerini hiç değiştirmiyordu. Bu ne harika bir yalınlıktı. Dimdik oturuyorsunuz, şapkanızın tepesiyle tavan arasındaki aralığı on-onbeş santimde tutuyorsunuz ve haşin gözlerle bakıyorsunuz ön camdan ileriye. Eğer Ölüm –ki hep orada, belki de kaputun üstünde oturan Ölüm– ön camdan umulmadık bir anda içeri süzülüp de, hadi dese, kalkıyorsunuz, haşin ama sessizce, onun peşinden gidiyorsunuz. Olsa olsa, puronuzu alabilirsiniz yanınıza, tabii halis Havana ise.

"Ne yapacağız? Burda *oturacak* mıyız?" dedi Nedime. "Sıcaktan öldüm valla." Ve Bayan Silsburn'le ben yine aynı anda döndük, arabaya bindiklerinden beri ilk kez Nedime'nin kocasına doğrudan doğruya baktığını görebildik. "Bir parça toparlanamaz mısın?" dedi kocasına. "Sıkıştım burda, nerdeyse soluk bile alamıyorum."

Teğmen kıkırdayarak, anlamlı anlamlı avuçlarını açtı. "Aslına bakarsan, ben de çamurluğun üstünde oturuyorum," dedi.

Gelinin Nedimesi, bu kez merak dolu ve hiç beğenmeyen bir bakışla, farkında olmadan kendisini beni neşelendirmeye adayan öteki komşusuna baktı, adam gerektiğinden fazla yer mi kaplıyor diye. İhtiyarın sağ kalçasıyla koltuğun kenarı arasında en az beş santim uzaklık vardı. Kadın bunu gördü; ama, çok belalı olmasına karşın, bu müthiş küçük adama bir şey söyleyecek gücü kendisinde bulamadı. Kocasına döndü. "Sigaran kolayda mı?" dedi. "Bu sıkışıklıkta sigaramı çıkaramayacağım." "Sıkışıklık" dediği anda, hakçası kendisine ait olduğunu düşündüğü yeri ele geçiren bu ufacık ve suçlu tarafa doğru kısa ama imalı bir bakış fırlattı. Adam o yüce dokunulmazlığını sürdürüyordu. Hiç istifini bozmadan ön camdan ileri bakmaya devam etti. Gelinin Nedimesi Bayan Silsburn'e baktı, kaşlarını anlamlı anlamlı kaldırdı. Bayan Silsburn de ona anlayış ve yakınlık dolu bir çehreyle karşılık verdi. Bu sırada Teğmen, bedeninin alt kısmının ağırlığını sola doğru, yani pencereye doğru kaydırarak, üniformasının sağ cebinden sigara paketiyle kibrit çıkardı. Karısı bir sigara çekti, ateşi bekledi ve ateş anında yetişti. Bayan Silsburn'le ben sigaranın yanışını, hafif tertip şeytan işi bir yenilikmiş gibi seyrettik.

"A, *özür* dilerim," dedi Teğmen birden ve sigara paketini Bayan Silsburn'e uzattı.

"Teşekkür ederim. Kullanmıyorum," dedi Bayan Silsburn aceleyle; neredeyse özür dilercesine.

Teğmen çok belli bir duraksamadan sonra, "Asker?" diyerek paketi bana uzattı. Bu davranışı gerçekten çok beğenmiştim, genel nezaket duygusunun sınıf ayrımına karşı küçük bir zaferiydi bu; ama sigarayı reddettim.

"Kibritinize bakabilir miyim?" diye sordu Bayan Silsburn. Sesi utangaç bir kız çocuğununki gibiydi.

"Buna mı?" dedi Teğmen ve kibrit kutusunu ona uzattı.

Ben, Bayan Silsburn'e müthiş bir merakla bakarken, o da kibriti incelemeye koyuldu. Öne doğru katlanan kırmızı kapağın üstünde altın harflerle, "Bu Kibrit Bob ve Edie Burwick'lerin Evinden Çalınmıştır" yazısı basılıydı. "Ayy, ne *tat*lı!" dedi Bayan Silsburn başını sallayarak, "Gerçekten tatlı, değil mi?" Ama ben, yüz ifademle gözlüksüz okuyamıyormuşum havasına girdim; gözlerimi kıstım, ifadesiz bir suratla baktım. Bayan Silsburn, kibriti sahibine geri vermeye pek niyetli görünmüyordu. Sonunda geri verdi ve Teğmen kibriti göğüs cebine yerleştirirken, ona, "Daha önce hiç böylesini görmemiştim," dedi. Bu kez nerdeyse tamamen arkaya dönmüş, Teğmen'in göğüs cebini muhabbetle süzüyordu.

Teğmen, "Geçen yıl bunlardan bir sürü yaptırdık," dedi. "Şaşılacak bir şey, ama aslında insan kibritsiz kalmaktan kurtuluyor böylece."

Gelinin Nedimesi –saldıracakmışçasına– ona doğru döndü. "*Onun* için yaptırmamıştık," dedi. Bayan Silsburn'e, kadınların o, "erkekleri bilirsin" bakışlarından bir tane fırlattı ve "Bilmiyorum," dedi. "Budalaca bir şey, ama şirin işte."

"Ay çok tatlı, daha önce hiç böy–"

"Aslında orijinalliği de kalmadı artık. Şimdi herkeste var," dedi Gelinin Nedimesi. "Ben bunu Muriel'ın annesiyle babasından öğrendim aslında. Evin her köşesine koymuşlardı bu kibritlerden." Sigarasından derin bir nefes çekti ve ağzından hece hece dumancıklar salarak konuşmasını sürdürdü. "*Tanrım*! Ne müthiş insanlar! Beni *öldüren* şey de bu işte. Ama neden, hep böyle şeyler kokmuşların başına gelmez de, iyi insanları bulur, işte bunu anlayamıyorum." Bir karşılık bekleyerek Bayan Silsburn'e baktı.

Bayan Silsburn, aynı anda hem bilgiç, hem solgun, hem de gizemli bir biçimde gülümsedi; hatırlıyorum, açılır kapanır koltuklarda oturan bir Mona Lisa gülümsemesiydi bu. Dalgın, yumuşak, "Ben de hep merak etmişimdir," dedi. Ardından, yine dalgın, bir açıklama yaptı: "Muriel'ın annesi, biliyorsunuzdur, benim ölen eşimin küçük kız kardeşidir."

"Öyle mi"? dedi Nedime, ilgiyle. "Tabii, siz durumu gerçekten *biliyorsunuz* o zaman." Olağanüstü uzun bir sol kolla uzandı, kocasının tarafındaki pencerenin altında bulunan küllüğe sigarasını silkti. "Ömrümde tanıdığım gerçekten parlak ender insanlardan biridir o. Okumadığı kitap kalmamış nerdeyse. Tanrım, o kadının okuyup da unuttuğu şeylerin onda birini okusam ne kadar mutlu olurdum. *Ders* vermiş, sonra bir *gaze*tede çalışmış, *elbiselerini* kendi tasarlar, evinin *her* işini kendi yapar. Yemekleri bir harika, öyle bildiğimiz şeyler değil. Tanrım! Gerçekten harika bir– "

Bayan Silsburn araya girdi. "Bu evliliği onaylıyor muydu? Yani, sormamın nedeni, haftalardır Detroit'teydim de. Görümcem sizlere ömür, ben– "

Nedime "Bu konuda açıkça konuşamayacak kadar naziktir," diye kesip attı. Başını salladı. "Yani –bilirsiniz– çok ihtiy*atlı*dır." Düşündü. "Aslında, bu sabah ilk kez, onun karşı çıktığını duydum. O da, zavallı Muriel çok üzülmüştü, ondan." Yine kolunu uzattı, sigarasının külünü silkti.

"Bu sabah ne dedi?" diye sordu Bayan Silsburn açmışçasına.

Nedime bir an düşünür gibi oldu, "Pek bir şey demedi. Gerçekten," dedi. "Öyle *küçük* düşürücü bir şey demedi, demek istiyorum. Dediği şu: Bu Seymour, ona göre, kendisi farkında değilmiş ama, gizli eşcinselmiş ve aslında evlilikten korkuyormuş. Öyle kötü bir biçimde söylemedi bunu –bilirsiniz– zeki bir biçimde söyledi. Zaten Bayan Fedder yıllarca psikanalize gitmiş." Nedime, Bayan Silsburn' e baktı. "Bu konu *sır* filan değil. Yani, sorsanız kendisi de söylerdi size; Bayan Fedder'ın sırlarını açıkladığımı sanmayın."

"Biliyorum," dedi Bayan Silsburn çabucak. "O, bu dünyadaki en son– "

"Demek istediğim," dedi Nedime, "o öyle ne dediğini bilmeden ağzını açıp konuşan bir insan değildir. Ve, zavallı Muriel bu kadar –siz de biliyorsunuz– yıkılmış olmasaydı, bunu hiç ama *hiç* söylemezdi." Başını gaddarca salladı. "Tanrım, o zavallı yavrucağı bir görseydiniz."

Tabii, burada araya girip, Gelinin Nedimesi'nin sözlerine karşı genel tepkimi ortaya koymam gerekiyor; ama, okuyucu bana lütfen tahammül etsin, üstünde durmuyorum bunların şu an için.

"Başka neler dedi?" diye sordu Bayan Silsburn. "Yani Rhea. Başka bir şey dedi mi?" Ona bakmadım –gözümü Nedime'den ayıramıyordum– ama içimden çılgınca bir düşünce geçti, Bayan Silsburn şu baş konuşmacımızın kucağına oturmuştu sanki.

"Hayır. Gerçekten demedi. Pek öyle bir şey demedi." Nedime düşünceli bir tavırla başını salladı. "Yani, demin de dediğim gibi, eğer zavallı Muriel öyle felaket bozulmasaydı –herkesin ortasında– *hiçbir şey* demezdi tabii." Yine sigarasının külünü silkti. "Başkaca dediği, Seymour'un gerçekten şizoid kişilikte bir insan olduğu ve duruma bu açıdan bakılırsa, düğüne gelmemesinin Muriel için daha hayırlı olduğu gibi şeyler filan. *Ben* ne demek istediğini hemen anladım, ama Muriel'ın anladığından emin değilim. Bu Seymour, kızı öyle bir *şaşkına* çevirmiş ki, n'aptığını n'ettiğini hiç bilmiyor. İşte bu beni– "

Konuşması bu noktada kesildi. Benim tarafımdan. Hatırlıyorum, çok kızdığım zamanlarda olduğu gibi sesim yine çatallanmıştı.

"Bayan Fedder Seymour'un gizli eşcinsel ve şizoid kişilikte biri olduğu sonucuna nerden varmış?"

Bütün gözler –bütün ışıldaklar, görünüşe göre–; Nedime'nin, Bayan Silsburn'ün, hatta Teğmen'in gözleri birden üstüme çevrildi. "Ne?" dedi Nedime bana, sert ve biraz düşman bir tavırla. Ve yine içimden, Seymour'un kardeşi olduğumu bildiği duygusu bıçak gibi geçti.

"Bayan Fedder, Seymour'un gizli eşcinsel ve şizoid kişilikte biri olduğunu nasıl anlamış?"

Nedime beni süzdü, sonra burnundan güçlü bir soluk verdi. Bayan Silsburn'e dönerek, son derece alaylı bir edayla ondan yardım bekledi. "Sizce, *normal* bir adam bugünkü rezilliği yapar mı?" Kaşlarını kaldırdı ve bekledi. "Yapar mı?" diye sakin sakin sordu. "Ama doğru söyleyin. Yalnızca soruyorum. Bu bey adına."

Bayan Silsburn'ün yanıtı ise kendi başına bir kibarlık, kendi başına bir tarafsızlık örneğiydi. "Tabii canım, hiç yapar mı?"

İçimde birden şiddetli bir dürtü uyandı; hemen arabadan fırla, ne yöne olursa olsun deli gibi koş. Ama, hatırlıyorum, Nedime bana hitaben konuştuğunda, hâlâ yerimde oturuyordum. "Buraya bak," dedi bana, bir öğretmen olarak hem geri zekâlı, hem de pis pis burnu akan bir çocukla konuşuyordu sanki. "İnsanları ne kadar tanıyorsun, bilemiyorum. Ama, aklı başında hangi adam düğün gününün arifesinde nişanlısını bütün gece gevezelik etmek için esir alır, ha? Yok, evlenmek için gereğinden fazla *mutluymuş* da, yok, kız düğünü *gecik*tirsinmiş de, o da kendini daha *dingin* hissetsinmiş, yoksa düğüne gelemezmiş de! *Sonra,* kızcağız, bir *çocuğa* anlatır gibi, artık her şeyin ayarlandığını, aylar önce planlandığını, babasının büyük masraflara ve dertlere girerek resepsiyonu ve bütün ıvır zıvırı hazırlattığını, hısım akrabanın, aile dostlarının *ülkenin* her yanından New York'a geldiğini bir bir anlatıyor; *sonra* Muriel bütün bunları anlattıktan sonra, kıza kendisini affetmesini, ama kendisini daha az *mutlu,* ya da ne çılgınlıksa işte öyle hissetmedikçe evlenemeyeceğini söylüyor. Bir kafanı kullan, kusura bakmazsan artık! Bu adam *normal* mi yani? Aklı başında birine benziyor mu?" Sesi artık iyice tizleşmişti. "Tımarhanelik değil mi bu adam?" Bana çok ciddi bir suratla baktı ve ağzımı açıp savunma yapmak ya da teslim olmak için fırsat bile vermeden arkasına yığıldı. Kocasına dönüp "Sigara ver lütfen. Elim yanacak bundan," dedi. Kocasına yanan izmariti verdi, adam küllükte söndürdü. Sonra paketi çıkardı. "Sen yak," dedi kocasına. "Yakacak gücüm kalmadı."

Bayan Silsburn boğazını temizledi. "Bana öyle geliyor ki," dedi, "her şey daha iyi– "

"Sorarım *size,*" dedi Nedime, kendisini toparlayarak ve bu arada kocasının yaktığı yeni sigarayı alarak. "Bu adam normal bir kişi mi –normal bir *erkek* mi– sizce? Yoksa, hiç *büyümemiş* biri ya da abuk sabuk bir zırdeli, bir manyak mı?"

"Tanrım! Ne diyeceğimi bilemiyorum, gerçekten. Bana öyle geliyor ki, her şey– "

Gelinin Nedimesi birden gayrete geldi, burnundan dumanlar saçarak, "Peki. Buna boş verelim bir dakika; hiç gerek yok," dedi, Bayan Silsburn'ün yüzüne bakarak bana söylüyordu aslında. "Siz hiç filmlerde ...'yi seyrettiniz mi?" diye sordu.

Söylediği ad, eskiden beri tanınan ve şimdi 1955'te çok ünlü olan bir kadın sinema oyuncusu ve şarkıcının profesyonel adıydı.

"Evet," dedi çabucak ve ilgiyle Bayan Silsburn, ve bekledi.

Gelinin Nedimesi başını salladı. "Peki, hiç dikkat ettiniz mi, nasıl çarpık gülümsüyor, yüzünün tek bir yanıyla? Öyle dikkat çekici ki, siz de– "

"A, *evet;* evet, ben de dikkat ettim!" dedi Bayan Silsburn.

Gelinin Nedimesi sigarasından bir nefes aldı ve beni –şöyle bir– süzdü. "İşte, bir çeşit kısmi *felç* oluyor bu," dedi, her sözcükte ağzından küçük dumanlar savuruyordu. "Biliyor musunuz bu nasıl olmuş? Bu Seymour denen *normal* adam besbelli kıza vuruyor ve yüzüne dokuz dikiş atıyorlar." Uzandı ve (herhalde daha iyi bir mizansen sağlamak için) yine külünü silkti.

"Bunu nerden duyduğunuzu sorabilir miyim?" dedim. Dudaklarım iki salak gibi hafifçe titriyordu.

"Sorabilirsiniz," dedi, benim yerime Bayan Silsburn'e bakarak. "İki saat önce Muriel'ın annesi söyledi. Muriel o sırada hüngür hüngür ağlıyordu." Bana baktı. "Sorunuz yanıtlandı mı?" Sonra ansızın sağ elindeki buketi sol eline geçirdi. Sıradan sinirli bir el hareketine benzer bir şey yaptığını ilk kez görüyordum sanki. "Hem bilesin," dedi bana bakarak, "yeri gelmişken, senin kim olduğunu biliyorum. Sen Seymour'un kardeşisin." Kısa bir an duraksadı, ben bir şey söylemeyince, "*Ona benziyorsun,* o çılgın fotoğrafından çıkardım, zaten düğüne geleceğini de duymuştum. Kızkardeşi mi ne, Muriel'a söylemiş." Gözlerini tereddütsüzce suratıma dikti. "Sen onun kardeşisin, değil mi?" diye sordu dobra dobra.

Karşılık verdiğimde sesim biraz çatlak çıktı herhalde: "Evet," dedim. Yüzüm yanıyordu. Bir bakıma da, birden, öğleden sonra trenden indiğimdeki halime kıyasla, öz benliğim kürklü postundan sıyrılmışçasına, sınırsız bir özgürlük duyarak ferahladım o an.

"Kardeşi olduğunu *biliyordum* zaten," dedi Nedime. "*Aptal* değiliz yani! Bu arabaya bindiğin anda kim olduğunu anlamıştım." Kocasına döndü. "Arabaya bindiği anda onun kardeşi olduğunu söylemiştim. Öyle değil mi?"

Teğmen oturuşunu biraz değiştirdi. "Ha, herhalde demiştin; evet, kardeşi dedin. Dedin. Evet."

Bayan Silsburn'ün bu son gelişmeyi nasıl dikkatle izlediği hemen anlaşılıyordu. Ona öyle bir bakıp geçtim, ve gizlice arkaya, şu beşinci yolcuya –ufacık ihtiyara– baktım, o dokunulmaz halini sürdürüyor mu diye. Sürdürüyordu. Şimdiye kadar, bir insanın umursamazlığını görüp de böylesine rahatlık duymamıştım hiç.

Gelinin Nedimesi yine bana döndü. "Bilesin, ağabeyinin çı*kık*çı filan olmadığını da çok iyi biliyorum. Güldürme bari insanı. Onun şu "Ne Akıllı Çocuk"ta elli *yıl* Billy Black'lik yaptığını da biliyorum.

Bayan Silsburn birden harekete geçip sohbete katıldı: "Radyo programıydı, değil mi?" Canlı ve keskin bir ilgiyle bana baktığını hissettim.

Nedime ona karşılık vermedi. "*Sen* hangisiydin?" diye bana sordu. "*Georgie* Black mi yoksa?" Kabalığın ve merakın birbirine karıştığı sesinde pek bir ateşkes izlenimi yoksa da, bir ilgi olduğu seziliyordu.

İkinci soruyu yanıtladım yalnızca. "Georgie Black, kardeşim Walt idi."

Nedime, Bayan Silsburn'e döndü. "Sözde bir *sır* ama, bu adam ve ağabeyi Seymour, o radyo programına uydurma adlarla filan çıkmışlar. *Black* kardeşler."

"Sakin ol şekerim, sakin ol!" dedi Teğmen, biraz sinirli.

Karısı ona döndü. "Sakin *olmayacağım!*" dedi – ve yine, aslında ona karşı olmama rağmen onun bu bükülmez cüretkârlığına hayranlık duyar gibi oldum. "Bunun ağabeyi öyle *üstün zekâlıymış* ki, aman Tanrım!" dedi. "*Ondört* yaşında mı ne, yüksek öğrenime başlamış, daha bir sürü zırva. O yavrucağa yaptıklarında bir parça zekâ varsa, ben de Mahatma Gandhi'yim! Bana ne. Midemi bulandırıyor."

Tam o sırada, bütün bunlara ek bir rahatsızlık daha hissettim. Biri, yüzümün sol yanını, zayıf yanını çok yakından inceliyordu. Bayan Silsburn'dü bu. Birden ben ondan yana dönünce biraz irkildi, sonra konuşmaya başladı: "Sorabilir miyim? Siz Buddy Black'siniz, değil mi?" Sesinde beliren derin saygı yüzünden bir an için, bana bir dolmakalemle maroken ciltli bir imza defteri sunmaya hazırlandığını düşündüm. Bu düşünce beni çok tedirgin etti; en azından, 1942 yılındaydık, radyoda ünlü olmamın üstünden dokuz on yıl geçmişti. "Sormamın nedeni," dedi, "rahmetli kocam o programların bir tekini bile kaçırmaz, her– "

"Eğer ilgileniyorsanız," diye atıldı Nedime, Bayan Silsburn'ün sözünü keserek, "o program, en nefret ettiğim programdı. Harika çocuklardan nefret ederim. Eğer öyle bir çocuğum olsaydı– "

Sözünün sonunu duyamadık. Nedime'nin konuşması, o zamana dek duyduğum en delici, en sağır edici, en *kulak tırmalayıcı* bir mi bemol gürleme ile ansızın ve amansız bir biçimde bastırıldı. Hepimiz, bundan eminim, gerçekten zıpladık yerlerimizden. O an, müzik kulağından yoksun yüz kadar Deniz İzcisinden oluşan bir boru-trampet takımı önümüzden geçmeye başlamıştı. Çocuklar, suçluluğa benzer bir teslimiyetle, paldır küldür "Stars and Stripes Forever"ı çalmaya giriştiler. Bayan Silsburn, aklı başında bir davranışla, avuçlarıyla kulaklarını örttü.

Sonsuza doğru uzayan saniyeler boyunca, gürültü inanılmaz bir şeydi. Ancak Nedime'nin haykırışları bu gürültüyü bastırabilirdi; ya da bastırmaya kalkabilirdi. Bastırabildiğinde de Yankee Stadyumu'nda, karşı tribündekilere avazı çıktığı kadar bağıran birinin sesini andırıyordu çıkardığı sesler.

"Buna dayanamam işte!" dedi. "Hemen burdan çıkıp gidelim. *Telefon* edecek bir yer bulalım. Muriel'ı arayıp gecikeceğimizi haber vermeliyim. Deli olur kız valla."

Bayan Silsburn'le ben, Kıyamet Günü'nden önceki büyük savaşın başlamasıyla birlikte, olan biteni görmek için ileriye bakıyorduk. Önderimize -belki de kurtarıcımıza- bakmak için yine birlikte arkaya döndük.

"79. Sokak'taki Schrafft'ın yerine gidelim!" diye böğürdü Bayan Silsburn'e. "*Soda* içeriz, ben de *telefon* ederim. En azından bir soğuk hava cihazı vardır orada!"

Bayan Silsburn heyecanla başını salladı ve ağzıyla "Evet," pandomimi yaptı.

Nedime bana "Sen de gel!" diye haykırdı.

Hatırlıyorum, *tam* içimden gelerek, ona, şu acayip sözcüğü haykırdım: "Tamam!" (Bugün bile, Nedime'nin bu "gemiyi terk etme" davetine beni de katmasını değerlendirmek pek kolay değil. Bu, belki de doğuştan önder bir insanın doğasından kaynaklanan, bir kurallara saygı meselesiydi. Ya da takımı tam mevcutla karaya çıkarma isteği gibi bir şey de olabilir... Ama onun bu davetini hemen kabul edişimin nedenini açıklamak neden bu kadar kolay oldu, şimdi asıl buna şaşıyorum. Bunu da, daha çok dinsel bir içgüdü olarak yorumluyorum. Bazı Zen manastırlarında, her ne kadar o zorlu disiplinin tek kuralı değilse de temel kuralıdır bu: Rahiplerden biri "Selam!" dediğinde, öteki de hiç düşünmeden "Selam!" diye karşılık verir.)

Nedime yana döndü ve ilk kez, yanındaki ufacık ihtiyara bir söz söyledi. İhtiyar, bana ölümsüz hazlar veren o ileriye bakışını sürdürüyordu, özel manzarasında bir nebze olsun değişiklik olmamış gibi. Yakılmamış halis Havana purosu hâlâ iki parmağının arasında duruyordu. Geçen boru-trampet takımının gürültüsüne karşı dış görünüşteki aymaz hali yüzünden, belki de seksenin üstündeki her insanın duvar gibi sağır olduğuna ya da çok ağır işittiğine dair o insafsız düşünceyle, Nedime ağzını adamcağızın sol kulağına dayayıp, neredeyse adamın içine, "Arabadan iniyoruz," diye bağırdı. "*Telefon* edecek bir yer arıyoruz, belki bir şeyler de içeriz! Bizimle gelmek ister misiniz?"

İhtiyarın ani tepkisi nerdeyse muhteşemdi. Önce Nedime'ye, sonra bize baktı, sonunda sırıttı. Sırıtması saçma ama şaşaalıydı; dişleriyse, ayan beyan, harika takma dişlerdi. Harika sırıtmasını hiç bozmadan, Nedime'ye bir an soru sorarcasına baktı. Yani, daha doğrusu, *ona* öyle bir baktı ki, sanki, Nedime'nin, ya da bizden birinin ona bir piknik sepeti uzatmak gibi hoş planlarımız olduğuna inanmıştı.

"Seni duyduğunu hiç sanmıyorum hayatım!" diye haykırdı Teğmen.

Nedime başını salladı ve megafon haline getirdiği ağzını bir kez daha ihtiyarın kulağına dayadı. Arabadan çıkıp bize katılma çağrısını övülecek derecede yüksek bir sesle tekrarladı. Yine ihtiyarın yüz ifadesinden, dünyadaki her çağrıya –ama öyle dörtnala East Irmağı'na koşup suya atlamak gibi çağrılara değil herhalde– kabul etmenin de ötesinde hazır olduğu anlaşılıyordu. Ama gene de, kendisine söylenen tek bir sözcüğü bile işitmediği kanısı uyanıyordu insanda. Kendisi de hemen kanıtladı zaten: Hepimize toptan sırıtarak, purolu elini kaldırdı ve tek parmağıyla önce dudaklarına, sonra kulağına anlamlı anlamlı dokundu. Bu hareketi, *onun* yaptığı şekliyle, bizimle paylaşmak istediği birinci sınıf, mükemmel bir şakaydı sanki.

O anda, Bayan Silsburn birden bir şey anlamış gibi küçük bir işaret yaptı ve adeta yerinden hopladı Nedime'nin pembe satenli omzuna dokundu ve bağırdı. "Onu şimdi tanıdım. Sağır ve dilsizdir; duymaz! Muriel'ın babasının amcası!"

Nedime'nin dudakları "Aaa," der gibi kımıldadı. Oturduğu yerden kocasına doğru hızla döndü. "Bir kâğıt kalem var mı?" diye böğürdü.

Nedime'nin omzuna dokundum ve bağırarak bende olduğunu söyledim. Çabucak –nedendir, sanki hiç zamanımız kalmamış gibi– Fort Benning'de bölük bürosundaki bir çekmeceden kaldırdığım cep bloknotuyla kurşunkalem parçasını çıkardım ceketimin iç cebinden.

Çok okunaklı olarak kâğıda, "Tören nedeniyle burada kaldık. Bir telefon bulmaya ve soğuk bir şeyler içmeye gidiyoruz. Bize katılır mısınız?" diye yazdım. Kâğıdı katlayıp Nedime'ye verdim; açtı, okudu ve ufacık ihtiyara uzattı. İhtiyar kâğıdı sırıtarak okudu, sonra bana baktı ve başını defalarca istekle salladı. Bir an düşündüm, ihtiyarın bu hareketi, yanıtının mükemmel ve eksiksiz bir ifadesiydi; ama birden eliyle bana işaret etti; elimdeki defterle kalemi istiyordu. Hemen verdim; dev sabırsızlık dalgaları yayan Nedime'ye bakmadan tabii. İhtiyar, defterle kalemi kucağına özenle yerleştirdi, sonra, dikkatini yoğunlaştırarak ve sırıtmasını ancak hafifçe silerek, bir an oturdu. Derken kalem, çok titrek bir biçimde kımıldadı. Bir "e" harfiyle noktalandı. Ve sonra defterle kalem şahsıma iade edildi. Bu kez, başını sallayışındaki görkeme içtenlik de eklenmişti. Tam biçimlenmemiş harflerle tek bir sözcük yazılıydı kâğıtta: "Memnuniyetle!" Omzumun üstünden yazıyı okuyan Nedime hafifçe püfledi, ama ben bu büyük yazara çabucak bir baktım ve bu arabada hepimizin iyi şiirden anladığını, şiir görünce de minnet duyduğumuzu ifade etmeye çalıştım.

Önce birer birer, sonra her iki kapıdan birden, arabadan –Madison Caddesi'nin ortasında, kaynar sakız gibi olmuş bir asfalt denizinde batan gemiden– indik. Teğmen, şoföre gemide çıkan isyanı rapor etmek üzere biraz geride kaldı. Çok iyi hatırlıyorum, boru-trampet takımı bitmez tükenmez geçişine devam ediyordu ve gürültü bir parçacık olsun hafiflememişti.

Nedime ve Bayan Silsburn, Schrafft'a doğru yöneldiler, ikili bir saf halinde –neredeyse izcilerle uygun adımlarla– Madison Caddesi'nin doğu kaldırımında güneye doğru yürümeye başladılar. Teğmen, şoföre çektiği brifing biter bitmez hanımlara yetişti. Ama biraz arkalarında kaldı, cüzdanını çıkarıp yanında kaç parası olduğuna gizliden bir bakmak istemişti.

Gelinin babasının amcası ve ben geride kaldık. Onun dostu olduğumu sezdiğinden, ya da yalnızca defterle kalemin sahibi oluşumdan, benimle yan yana yürümeye gayret ediyordu. O güzel silindir şapkasının tepesi, omzumun hizasına bile gelmiyordu. Onun bacak uzunluğuna saygımdan, rahvan bir yürüyüş tutturdum. Bir sokak sonra öndekilerle aramız epeyce açılmıştı, ama bundan ikimizin de rahatsız olduğunu sanmıyorum. Hatırlıyorum, arada bir, arkadaşımla ben, birimiz aşağı, diğerimiz yukarı bakıyor, bu ahbaplıktan duyduğumuz hazzı göstermek için salakça ifadeler takınıyorduk.

Ahbabımla birlikte 79. Sokak'taki Schrafft'ın döner kapısına vardığımızda, Nedime, kocası ve Bayan Silsburn birkaç dakikadır kapının önünde bekliyorlardı. Onlar orada öyle, yanına varılmaz bir üçlü oluşturmuşlar gibi geldi bana. Konuşuyorlardı, ama bizim karışık ikili yanlarına yaklaşırken birden susuverdiler. Daha birkaç dakika önce arabada, boru-trampet takımı patırdarken duyulan o ortak rahatsızlık, hatta o ortak ıstırap diyelim, küçük topluluğumuza bir birlik ruhu kazandırmış gibiydi; Pompei'de sağnak yağmura tutulan, Cook şirketinin gezdirdiği turistler arasında bir ara oluşan birlik ruhuna benzer bir şeydi bu. Açıkça anlaşılıyordu ki, ufacık ihtiyarla ben Schrafft'ın döner kapısına yaklaşırken sağnak dinmişti artık. Nedime'yle selamlaşmadan filan, tanışlık ifadeleri takındık. Bana soğuk soğuk bakarak, "Tadilât varmış, kapalıymış," dedi. Emindim, açıkça değilse de bana karşı "Ebe sensin, çık bakalım" tavrı içindeydi. Burada nedenlerine girmeye değmez ama, sabahtan beri duyduğum yalnızlığı ve yabancılaşmayı o anda çok daha derinden duydum. Aynı anda, burda onu da belirteyim, her nedense birden öksürüğüm harekete geçti. Arka cebimden mendilimi çektim. Nedime, Bayan Silsburn'le kocasına döndü. "*Buralarda* bir de Longschamps'ın yeri olacaktı," dedi. "Ama nerde, bilmiyorum."

"Ben de bilmiyorum," dedi Bayan Silsburn. Neredeyse ağlayacaktı. Alnından ve üst dudağından, hatta yüzüne sürdüğü fondötenden terler fışkırıyordu. Siyah rugan çantasını koltuğunun altına sıkıştırmıştı. Çantayı en sevdiği oyuncak bebeğiymiş gibi tutuyordu. Kendisi de, bir denemek için aşırı rujlanıp pudralanmış, evden kaçmış ve çok mutsuz bir kız çocuğuydu sanki.

"Taksi de yok, paranla rezillik bu şimdi," dedi Teğmen, perişan. Üstü başı daha da perişandı. Başındaki "bıçkın pilot" şapkası, solgun, terli, hiç mi hiç yiğit görünmeyen yılgın suratının tepesinde tüm iğretiliğiyle göze batıyordu ve yine hatırlıyorum, şu şapkaya şöyle pat diye bir vurup kafasından alaşağı edeyim ya da en azından, adam gibi bir düzelteyim diye geçirdim içimden; böyle bir duyguyu, çocuk partilerinde rastlanan o küçücük ve bakımsız çocuklardan birinin kulaklarına kadar geçmiş kâğıttan külahı düzeltmek isteğini, herkes mutlaka duyar sanırım.

"Of Tanrım, bu ne biçim bir gün böyle!" dedi Nedime hepimiz adına konuşarak. Başındaki yapma çiçek tacı bir parça yana yıkılmıştı, terden sırılsıklamdı, ama onda gerçekten yıkılan tek şey, kendisinden en uzakta kalan aksesuarı –yani iki eliyle kavradığı gardenya buketi– idi. Zavallı çiçeklerin, bu olup bitenlere dayanamadığı anlaşılıyordu. "N'apacağız şimdi biz?" diye pek ender görülen çaresizliğini dile getiriyorlardı. "Oraya kadar *yürüyemeyiz,* taa *River*dale'de oturuyorlar. Parlak bir fikri olan var mı?" Önce Bayan Silsburn'e baktı, sonra kocasına ve nihayet, belkide umutsuzluktan, bana.

"Bizim ev çok yakın," dedim ansızın sinirli sinirli. "Hemen bu sokağın aşağısında." Sanırım bunu biraz fazla yüksek sesle söylemiştim. Hatta belki de bağırmıştım. "Ağabeyimle birlikte tutmuştuk. Biz askere gidince kızkardeşim yerleşmişti, ama şimdi o da yok. Deniz Kuvvetleri'ne katıldı, şimdi görevle bir yere gitti." Nedime'ye –daha doğrusu başının üstündeki bir noktaya– baktım. "En azından, isterseniz bir telefon edersiniz oradan," dedim. "Evde serinletici de var. Bir iki dakika serinleriz, bir soluk alırız."

Davetimin uyandırdığı ilk şok geçtiğinde, Nedime, Bayan Silsburn ve Teğmen sadece gözlerini kullanarak, bir tür konuşmaya giriştiler, ama ne karar verildiğine dair görünür bir işaret yoktu. Nedime her zamanki gibi yönetimi ele aldı, öbür ikisine bir fikirleri var mı diye –boşuna– baktı. Sonra bana dönüp sordu: "Telefon var mı demiştin?"

"Evet. Kızkardeşim kapattırmadıysa tabii. Ama niye kapattırsın ki?"

"*Ağabeyinin* orda olmadığını nerden bilelim?" dedi Nedime.

Bu olasılık, aşırı sıcaktan herhalde, hiç aklıma gelmemişti. "Sanmıyorum," dedim. "Belki, *olabilir* –onun da evi– ama yoktur, sanmıyorum. Yoktur."

Nedime bir an bana dik dik baktı, ama pek kaba değildi bakışı, yani çocuklar insanı süzer ya, öyle bir bakıştı bu. Sonra, kocasına ve Bayan Silsburn'e döndü ve "İyi, peki. Gidelim bakalım, hiç değilse telefon ederiz bari," dedi. Ötekiler de başlarıyla onayladılar bu anlaşmayı. Ama Bayan Silsburn, Schrafft'ın kapılarında yapılan davetleri kapsayan etiket kuralını hatırlamakta bayağı geç kalmıştı. Güneşte kavrulmuş fondöten maskesinin altından, Emily Post'un gülümseyişini andıran bir biçimde gülümsedi bana. Davetim kabul edilmişti. Önderimiz, "Hadi ama! Kaçalım şu *güneşten* artık," dedi. "Peki, *bunu* n'apacağım ben?" Yanıt beklemedi. Hiç duygulanmadan, ölgün gardenya buketiyle olan beraberliğine kaldırımın kenarında son verdi. "Evet, düş önümüze bakalım ahbap!" dedi bana. "Biz arkadan geliyoruz. Ve şunu da söyleyeyim, biz vardığımızda orda olmasa iyi eder, yoksa o piçi öldürürüm." Bayan Silsburn'e baktı. "Böyle konuştuğum için affedin, ama ciddiyim."

Talimat uyarınca öne düştüm, bayağı da mutluydum hani. Bir saniye içinde havada, hemen yanımda bir silindir şapka belirdi, solumda ve oldukça aşağıda. Benim özel, biricik arkadaşımdı bu, bana sırıttı; bir an, elimi tutuverecek sandım.

Ben eve girip odaları şöyle bir yoklarken, üç konuğumla biricik dostum kapının önünde beklediler.

Pencereler kapalıydı, serinleticilerin ikisi de "Kapalı" konumundaydı; insan nefes aldıkça, tarihöncesinden kalma rakun bir mantonun cebini koklamış gibi oluyordu. Dairenin içindeki tek ses, Seymour'la benim eskiciden aldığımız eski buzdolabının tıkırtılarıydı. Kızkardeşim Boo Boo, denizci kız alışkanlığıyla buzdolabını çalışır bırakmıştı. Her yer, denizler aşan bir hanımın burda olduğunu gösteren dağınıklık belirtileriyle doluydu. İyi dikilmiş, koyu lacivert, küçük beden bir deniz teğmeni ceketi kanepeden yere sarkmıştı. Bir kutu –yarısı yenmiş, yarısı da herhalde denemek için sıkılıp bırakılmış– Louis Sherry şekerlemesi kapağı açık, kanepenin önündeki uzun sehpanın üstünde duruyordu. Yazı masasının üstündeki çerçeveli bir fotoğraftan, daha önce hiç görmediğim genç bir adam bakıyordu, kararlı bakışlarla. Çevredeki bütün kül tablaları, top gibi sıkılmış makyaj temizleme mendilleri ve uçları rujlu izmaritlerle tepeleme doluydu. Mutfağa, yatak odasına ve banyoya girmeden, kapıları açarak Seymour bir yerlerde dimdik duruyor mu diye çabucak bir bakıp geçtim. Öylesine bakmamın nedeni kendimi bitkin ve tembel hissetmemdi; bir başka neden de, hemen jaluzileri kaldırmak, serinleticileri çalıştırmak ve dolu kül tablalarını boşaltmak istememdi. Zaten grubumuzun öteki üyeleri hemen içeri dalmışlardı bile. Nedime, kararlı adımlarla içeri dalarken, "Aamaan, burası dışardan da sıcakmış," demez mi, selam niyetine.

"Bir dakika lütfen," dedim. "Bu serinleticiyi bir türlü çalıştıramıyorum." "Açık" düğmesi sıkışmıştı, onu kurcalamakla meşguldüm o an.

Ben düğmeyle uğraşırken –hatırlıyorum, şapkam hâlâ başımdaydı– konuklar odanın içinde kuşkulu turlar atmaya başlamıştı bile. Göz ucuyla onları gözetledim. Teğmen yazı masasına doğru gitti, ağabeyimle benim masanın hemen üstündeki duvara, zorlu birtakım duygusal nedenlerle astığımız yirmiye otuz ebatlı parlak kâğıda basılmış fotoğraflara bakmaya başladı. Bayan Silsburn bir koltuğa oturdu. O an düşündüm, ölen Boston Terrier cinsi köpeğimin bu odada, üstünde uyumaya bayıldığı tek koltuktu bu, kirli kadife kolları karabasanlarla dolu gecelerde ısırılmış, çiğnenmişti. Gelinin babasının amcası –büyük dostum benim– ortadan yok olmuştu. Nedime de ortalıkta görünmüyordu, sanki başka bir yerlerdeydi. "Bir saniye içinde, içecek bir şeyler getiriyorum," dedim sinirli sinirli, hâlâ serinleticinin düğmesiyle uğraşıyordum.

Tanıdık bir ses, "Soğuk bir şey, ne olsa içerim," dedi. Arkama döndüm ve Nedime'nin kanepeye uzanmış olduğunu gördüm; dikey görünmezliğinin nedeni anlaşılmıştı böylece. "Bir saniye," dedi. "Telefon etmek için hemen kalkıyorum, ama şu an telefonda konuşacak halim yok. Çok susadım. Ağzım *dilim* kurudu."

Serinletici birden vınlayıp çalıştı, ben de odanın ortasına, kanepeyle Bayan Silsburn'ün oturduğu koltuk arasındaki boşluğa yürüdüm. "İçecekler nerde, bilmiyorum," dedim. "Daha buzdolabına bakmadım, ama sanırım– "

"Aman, *ne varsa* getir," diye sözümü kesti ebedi sözcümüz. "Sulu olsun da, bir de *soğuk* olsun!" Nedimenin ayakkabı topukları kız kardeşimin ceketinin kollarının üstündeydi. Ellerini göğsünün üstünde kavuşturmuş, başının altına bir yastık sıkıştırmıştı. "Eğer buzun varsa, buz koy içine," deyip gözlerini kapadı. Ona yukarıdan kısa bir an, ama canice baktım ve sonra eğilip, mümkün olduğu kadar dikkatlice, Boo Boo'nun ceketini ayaklarının altından kurtardım. Ev sahibi olarak tam hizmete girişmek için odadan çıkmak üzere ilk adımımı atmıştım ki, Teğmen yazı masasının oradan konuştu.

"Bu resimleri nerden buldun?" dedi.

Doğruca ona gittim. Siperli kocaman şapkam hâlâ başımdaydı, çıkarmak hiç aklıma gelmemişti. Masanın önünde, Teğmen'in yanında, ama biraz gerisinde durdum, birlikte fotoğraflara bakmaya başladık. Ona, bu eski resimlerin çoğunun, Seymour'la ben "Ne Akıllı Çocuk"ta çıkarken programa katılan öteki çocuklarla çekildiğini söyledim.

Teğmen bana döndü. "O da ne öyle?" dedi. "Hiç duymadım. Yoksa, şu çocuk yarışma programlarından biri mi? Şu sorulu yanıtlı şeylerden mi?" Yanılmıyordum, rütbesinin bir nebzesi, varlığını hiç belli etmeden, sinsice sesine sinmişti.

Şapkamı çıkardım ve "Hayır, pek değil," dedim. Ansızın, aşağılık aile gururum harekete geçti. "Ağabeyimden *önce* yarışma biçimindeydi; o ayrıldıktan sonra da, aşağı yukarı yine o hale geldi. Ağabeyim programı bir çeşit çocuklararası yuvarlak masa tartışmasına çevirmişti."

Teğmen bana, sanırım, aşırı bir ilgiyle baktı "Sen de katılıyor muydun?" dedi.

"Evet."

Nedime, odanın öbür ucundan, kanepedeki görülmez tozlu yuvasından lafa karıştı. "*Kendi* çocuğum bir çıkmış olsaydı o çılgın programlarda," dedi, "ya da *oynasaydı*, ölürdüm vallahi. Çocuğum teşhirci gibi ortalığa düşseydi. Bu işler çocukların hayatını kaydırıyor. *Ünlü* olmaklar, reklamlar; gidin bir psikiyatra sorun bakalım. Yani böyle normal çocuk*luk* falan nasıl yaşanır?" Hop, Nedime'nin başı birden koltuğun arkalığının üstüne fırladı, çiçekli tacı iyice yana kaymıştı. Ve bedensiz görünen baş, arkalığın üstüne tünedi, Teğmen'le benden yana döndü. "Senin ağabeyinin derdi de bu olmalı herhalde," dedi Baş. "Yani, siz daha küçükken böyle acayip yaşamışsınız ve tabii, büyüyememişsiniz. Normal insanlarla ilişkileri filan da öğrenememişsiniz hiç. Bayan Fedder birkaç saat önce o çılgın yatak odasında aynen böyle demişti zaten. Aynen böyle. Ağabeyin hiç kimseyle ilişki kurmayı öğrenememiş. Herhalde yaptığı tek şey insanların yüzüne bir sürü dikiş attırmak olmuş. Evlilik *gibi* normal işlere hiç gelemez o. *Tam da* Bayan Fedder'ın dediği gibi." Baş, hafifçe Teğmen'e döndü, "Haksız mıyım Bob? Dedi mi, demedi mi? Doğruyu söyle ama."

Bundan sonra duyulan ses Teğmen'inki değil benimki oldu. Ağzım kupkuru, karnım terden sırılsıklamdı. Bayan Fedder'ın, o profesyonel sanat heveslisinin, ya da amatör orospunun, Seymour hakkında söylediklerine metelik bile vermediğimi söyledim. Seymour daha on yaşındayken, bu ülkedeki her sınıf birincisi Düşünür ve her aydınlar ocağı müdavimi ona sataştı," dedim. "Seymour sadece, zekâ testi sonucu çok yüksek pis bir numaracı olsaydı, durum değişirdi o zaman," dedim. "O hiçbir zaman teşhircilik filan yapmadı. Her Çarşamba gecesi yayına giderken sanki kendi cenazesine gider gibiydi. Otobüsle ya da metroyla oraya giderken, Tanrı aşkına, ağzını bıçak açmazdı. Tüm o dördüncü sınıf eleştirmenlerden ve sütun yazarlarından lanet olası bir teki bile, onun gerçekten ne olduğunu anlayamadı. Şairdir o, şair. Hem de *ne şair!* Tek bir dize yazmamış olsa bile, canı isteyince kulağının arkasıyla üstünüze şiir saçardı," dedim.

Burada durdum, Tanrı'ya şükür. Kalbim küt küt atıyordu ve çoğu hastalık hastası gibi, kalp krizlerinin böyle söylevler çekilirken geldiğini aklımdan geçirerek, hafiften korkuya kapıldım. Böyle birden parlayıverişime ve üstlerine saldığım kirli hakaret seline karşı, konuklar o an ne gibi tepkiler gösterdiler, bugün bile hiçbir fikrim yok. Farkına varabildiğim ilk dış ayrıntı, tuvalet rezervuarının evrensel sesiydi. Ses dairenin öbür ucundan geliyordu. Konuklarımın yüzlerini ve birbirlerine bakışlarını hızla gözden geçirdim. "İhtiyar adam nerde?" diye sordum. "İhtiyar küçük adam?" Kuzu gibi olmuştum.

Tuhaftı ama, bu kez yanıt Nedime'den değil, Teğmen'den geldi. "Sanırım banyoda," dedi. Söyleyiş tarzından, Teğmen'in günlük sağlık konularını uluorta konuşmaktan çekinmeyen biri olduğu anlaşılıyordu.

"Ha," dedim. Etrafa boş boş bakındım. Nedime'nin dehşet saçan bakışlarıyla karşılaşmaktan kaçınıp kaçınmadığımı hatırlamıyorum, zaten umurumda da değildi. Tam karşıda, bir iskemlenin üstünde, gelinin babasının amcasına ait silindir şapka ilişti gözüme. Az daha, şapkaya yüksek sesle "Merhaba" deyiverecektim. "Soğuk bir şeyler getireyim," dedim. "Bir dakikada hazırlarım."

"Telefonunuzu kullanabilir miyim?" dedi Nedime ansızın, kanepenin yanından geçtiğim sırada toparlandı, ayaklarını yere indirdi.

"Tabii, tabii," dedim. Bayan Silsburn'e ve Teğmen'e baktım. "Limon bulabilirsem Tom Collins yapacağım. Ne dersiniz?"

Teğmen'in yanıtındaki ani dostluk havası beni şaşırttı. "Amman getir," dedi ve içkiden gerçekten hoşlanan biriymiş gibi ellerini ovuşturdu.

Bayan Silsburn yazı masasının önünde fotoğrafları incelemeyi bıraktı ve bana, "Tom Collins yapacaksanız; lütfen cinini azıcık, bir damlacık koyun benim için. Şöyle sadece bir damlacık, zahmet olmazsa." Eve geldiğimizden beri geçen şu kısa süre içinde bile kendine gelmiş gibiydi. Nedeni serinleticinin bir iki metre yakınında olması ve serin hava sayesinde ferahlamasıydı belki. Dikkat edeceğimi söyledim ve onu, yirmibeşlerin, otuzların küçük radyo "ünlü"leriyle ve Seymour'la benim modası geçmiş çocukluk suratlarımızla başbaşa bıraktım. Teğmen de yokluğumda başının çaresine bakabilecek gibiydi; daha şimdiden, yapayalnız bir uzman havalarında kitap raflarına doğru ilerliyordu. Nedime de arkamdan geliyordu, gelirken de esniyordu – ve sanki bir mağaradan geliyordu sesli esnemesi – bunu göstermemeye ya da ağzını kapatmaya gerek duymuyordu.

Nedime, telefon için yatak odasına doğru arkamdan gelirken, gelinin babasının amcası da, koridorun öbür ucundan bize doğru yürümeye başladı. Arabada giderken beni aldatan o haşin sessizlik ifadesi vardı yüzünde; ama bize iyice yaklaşınca, birden maskesi ters yüz oldu, her ikimize de en yüksek saygı ve selam pandomimleri yaptı. Ben de kendimi ona aşırı biçimde sırıtır ve kafa sallar halde buldum bir anda. Seyrek ak saçları yeni taranmıştı; neredeyse yeni yıkanmıştı, dairenin öbür ucunda gizlenmiş minik bir berber dükkânı keşfetmişti sanki. Bizi geçtiğinde, omzumun üstünden arkaya bakmak istedim. Bir de baktım ki, o da bana neşeyle bakıp el sallamıyor mu; görkemli bir *bon-voyage*, bir "çabuk dön, e mi?" Bu beni bayağı keyiflendirdi. "N'apıyor bu böyle? Deli mi ne?" dedi Nedime. "Umarım öyledir," dedim ve yatak odasının kapısını açtım.

Yataklardan birine çöktü; Seymour'unkine tabii. Telefon hemen yanıbaşındaki sehpadaydı. İçkisini hemen getireceğimi söyledim. "Sen zahmet etme, ben hemen geliyorum zaten," dedi. "Kapıyı da bir kapatsan, bir sakıncası yoksa... Öyle demek istemedim, ama kapı açıkken telefonda konuşamıyorum." Benim de konuşamadığımı söyledim ona ve çıkmaya davrandım. Ama daha kapıya varamadan, iki yatak arasında bir yerdeyken, pencerenin kenarında duran küçük bir branda çanta gördüm. İlk anda benimki sandım, sanki çantam ayaklanmış, kendi başına gelmişti buraya Penn İstasyonu'ndaki dolaptan. Boo Boo'nundur diye geçti aklımdan sonra. Ona doğru yürüdüm. Fermuarı açıktı, en üstte gördüklerimden hemen gerçek sahibini anladım. Daha da dikkatle bakınca ütülü iki asker gömleğinin üstünde duran şeyin, Nedime'yle baş başa bırakılamayacağını düşündüm. Onu çantadan alıp koltuğumun altına sıkıştırdım. Nedime'ye kardeşçe selamlarımı yollarken, o da parmağıyla ilk numaraya uzanmış, toz olup gitmemi bekliyordu. Kapıyı kapayıp çıktım.

Kısa bir süre kapının önünde, koridorun tatlı ıssızlığında durdum, branda çantadan kaptığım şeyi, yani, hemen söyleyeyim artık, Seymour'un güncesini ne yapacağımı düşündüm. Aklıma ilk gelen olumlu düşünceyle, konuklar gidene kadar onu bir yere gizleyeyim, dedim. Banyoya gidip kirli sepetinin içine saklamak iyi bir fikirdi. Ama, kafamdan ikinci ve daha ayrıntılı bir planın geçmesiyle, banyonun kenarına oturup birazını okuduktan sonra çamaşır sepetinde saklamaya karar verdim.

Öyle bir gündü ki, Tanrı biliyor, iş öyle şaha kalkmış belirtiler ve simgelerle kalmıyor, bir de o yazılı sözler yabanıl bir açılımla neler neler çağrıştırıyordu. Eğer kalabalık arabalara binmişseniz, daha atlayıp kaçamadan, yazgı kuşatmıştır sizi artık, hele cebinizde kâğıt kalem varsa ve yol arkadaşlarınızdan biri de sağır dilsiz ise. Eğer banyolara dalmışsanız, bir bakınıp, lavabonun üstünde bir yerlerde, hafif tertip vahiyler olmasa da, küçük mesajlar aramanın tam zamanıydı.

Yıllar önce tek banyosu olan evimizde, biz yedi çocuk, belki fazlasıyla duygusal, ama işe yarayan bir âdet edinmiştik; küçük ilaç dolabının üstüne nemli sabun artıklarıyla yazılmış mesajlar bırakırdık birbirimize. Belki bıktırıcıydı, ama epeyce işe yarardı bu mesajlar. Mesajlarımızın ana teması, genellikle aşırı vurgulanmış öğütler ve sık sık da gemlenemeyen tehditler olurdu. "Boo Boo, banyo lifini yıkandıktan sonra kaldır. Yere atma. Sevgiler, Seymour.", "Walt, Z. ve F.yi parka götürme sırası sende. Dün ben götürdüm. Bil bakalım, bunu yazan kim.", "Bu Çarşamba evlenme yıldönümleri. Kimse sinemaya gitmesin, stüdyoda takılmasın, gaf yapmasın. Yani sen de, Buddy.", "Annem dedi ki Zooey az daha Feenolax yutuyormuş. Böyle hafif zehirli şeyleri erişebileceği yerlerde bırakmayın." Bunlar kuşkusuz, çocukluk yıllarımızdan örnekler. Yıllar geçip de, bağımsızlık ya da bilmem ne halt adına Seymour'la ben evden ayrılıp kendimize bir daire tutunca, o eski âdeti bırakmadık. Yani, sabun artıklarını hâlâ saklıyorduk.

Koltuğumun altında Seymour'un güncesi, banyoya kapağı atıp, kapıyı dikkatle kilitledikten sonra, aynada yazılı olan mesajı hemen görmüştüm. Ama Seymour'un yazısı değildi bu; kız kardeşim Boo Boo'nun yazısıydı. Sabunla ya da sabunsuz da yazsa çözülmesi olanaksız o yazısıyla şu mesajı döktürmüştü: "Yükseltin tavan kirişini ustalar. Güvey geliyor, Ares'ten boylu. Sevgiler. Irving Sappho, Elysium Stüdyoları Ltd. Şti.'nden emekli. Lütfen güzel Muriel'ınla mutlu mutlu *mutlu* ol. Bu bir emirdir. Bu sokaktaki en üst rütbeli benim." Metinde alıntısı geçen yazar, diyebilirim ki, ailedeki tüm çocukların –sırayla geçirdikleri o şaşkınlık dönemlerinde– gözdesi olmuştu, özellikle Seymour'un o hepimizi etkileyen şiir beğenisi nedeniyle. Alıntıyı bir daha, bir daha okudum ve ardından, banyo küvetinin kenarına oturup, Seymour'un güncesini açtım.

Bundan sonrası, banyo küvetinin kenarına oturup Seymour'un güncesinden okuduğum sayfaların tam bir kopyası. Bu kayıtlar, bence öylesine çiziktirilmiş günlük notlarının çok ötesinde düzenlenmiş şeyler. Şu kadarını söyleyeyim, Seymour bunları düğün tarihinden aylarca önce, 1941 sonları ile 1942 başlarında, Fort Monmouth'taki talim alayındayken yazmış.

"Bu akşamki sancak töreninde soğuktan donduk. 'The Star Spangled Banner'ın sonu gelmez çalınışı sırasında bizim takımdan altı kişi bayıldı. Sanırım, kan dolaşımınız normalse, o doğadışı 'Dikkat' duruşunu sürdüremezsiniz. Üstelik elinizde bir tüfekle 'Esas Duruş'tayken bile. Kan dolaşımı yok bende, nabzım atmıyor. Hareketsizlik benim yuvam. Ben ve 'The Star Spangled Banner'ın temposu, eşsiz bir uyum içindeyiz. Ritmi, romantik bir vals gibi geliyor bana."

"Törenden sonra gece yarısına kadar izin verdiler. Muriel'la saat yedide Biltmore'da buluştuk. İki içki, büfeden iki tonbalıklı sandviç, sonra Muriel'ın görmek istediği bir film. Greer Garson'lı bir şey. Greer Garson'ın oğlunun uçağı çarpışmada kaybolurken, defalarca baktım ona karanlıkta. Ağzı açıktı. Kendisini kaptırmış, üzüntülü. Metro-Goldwyn-Mayer'ın trajedisiyle tam bir özdeşleşme içinde. Dehşet ve mutluluk hissettim. Onun seçmesini bilmeyen kalbine nasıl muhtacım. Filmde çocuklar annelerine kedi yavrusunu göstermeye getirdiklerinde, M. bana baktı. Kedi yavrusunu sevmişti ve benim de sevmemi istiyordu. Karanlıkta bile, onun sevdiği şeyleri ben de otomatik olarak sevmediğimde hissettiği o olağan yabancılaşmayı duyumsuyorum. Daha sonra, istasyonda birer içki içerken, bana kedi yavrusunun 'ne hoş' olduğunu düşünmemiş miyim diye sordu. Artık 'şirin' sözcüğünü hiç kullanmıyor. Onu ne zaman korkutup hep kullandığı sözcükleri ağzına almasını engelledim acaba? Ukalalık ettim, R.H. Blyth'ın duygusallık tanımını açıkladım ona: Bir şey için Tanrı'nın şefkatinden daha fazlasını duyuyorsak, duygusalız demektir. Dedim ki (söylev çeker gibi?): 'Tanrı, tabii ki kedi yavrularını sever, ama mümkünü yok ki, pençelerinde Technicolor patiklerle gezenleri sevsin. O, yaratıcı yeteneği senaryo yazarlarına bırakmıştır.' M. düşündü, ikna olmuş gibiydi, ama bu 'bilgi'den yine de hoşlanmamıştı. Oturmuş içkisini karıştırıyor, benden uzaklaşıyordu. Bana duyduğu sevginin bir gelip bir gitmesine, görünüp yitmesine çok üzülüyor. Sevgisinin gerçek oluşundan kuşkulanıyor; nedeni çok basit aslında, bu sevgi ona kendi yavrusunun verdiği sürekli hazzı vermiyor. Tanrı da biliyor ya, *çok* acıklı bir şey. İnsan sesi, yeryüzündeki her şeyin kutsallığını yıkıyor."

"Bu akşam Fedder'larda yemek. Çok nefis. Dana eti, patates püresi, lima fasulyesi ve zeytinyağlı-sirkeli güzel bir yeşil salata,. Tatlı olarak da, Muriel kendisi bir şey yapmış: dondurulmuş krem peynir türünden, üstünde böğürtlenler. Gözlerim yaşardı. (Ne diyor Saigyo: 'Nedir bilmem ki, / Ama içimde minnet / Gözlerimde yaş.') Masada, yanıbaşımda bir şişe ketçap vardı. Besbelli Muriel, Bayan Fedder'a benim her şeye ketçap koyduğumu söylemiş. M.'ın, annesine çalı fasulyesine bile ketçap koyduğumu, beni savunarak söylediğini bir görsem dünyalar benim olurdu. Ah benim bir tanem!"

"Yemekten sonra, Bayan Fedder programı dinlemeyi önerdi. Bayan Fedder'ın programa olan tutkunluğu, özellikle Buddy ile birlikte çıktığımız dönemlere duyduğu özlem beni rahatsız etti. Bu akşamki program, başka yer yokmuş gibi, San Diego yakınlarındaki bir deniz hava üssünden yayınlanıyordu. Fazlasıyla ukalaca sorular ve yanıtlar. Franny'nin sesi üşütmüş gibi geliyordu. Zooey o hülyalı formunun doruğunda. Sunucu, konut kalkınması konusunu açtı. Bizim Burke'çü kızımız, evlerin birbirlerine benzemesinden nefret ettiğini söyledi; sıra sıra tek tip 'kalkınma' evlerini kastediyordu. Zooey onları 'hoş' buluyormuş. Akşam eve geldiğinizde, yanlış eve girmek çok hoş olurmuş. Yanlışlıkla başka insanlarla sofraya oturmak, yanlışlıkla başka bir yatakta uyanmak, sabah uyandığında evdekileri kendi ailen sanıp onları öpmek, onlara hoşçakalın demek çok hoş olurmuş. Hattâ dünyadaki herkesin tıpatıp birbirine benzemesini bile istediğini söyledi. Karşılaştığınız herkesi kendi karınız, kendi anneniz, kendi babanız sanmak, insanların yolda sarmaş dolaş yürümeleri 'çok hoş' olurmuş."

"Bu akşam dayanılmaz bir mutlulukla doluyum. Hep birlikte oturma odasındayken, Muriel'la annesi arasındaki benzerliğin bu denli güzel oluşuna nasıl da çarpıldım. Birbirlerinin zayıf yanlarını çok iyi biliyorlar, özellikle konuşurkenki zayıflıklarını ve bunları birbirlerinin gözlerinden anlıyorlar. Bayan

Fedder'ın gözleri Muriel'ın 'edebiyat' konusundaki beğenisini gözlüyor, Muriel'ın gözleri de annesinin lafı gereksiz uzatmasını ve fazla konuşmasını engelliyordu. Aralarında tartışırlarken küsme tehlikesi yok, çünkü onlar Ana-Kız. Gözlemlenmesi korkunç ve güzel bir olgu. Ancak bazı anlar, büyülenmiş gibi orada otururken, Bay Fedder'a bakıp onun konuşmalarda biraz daha etkin olmasını diliyorum. Bazen ona ihtiyacım olduğunu hissediyorum. Bazen, evin kapısına geldiğimde, sanki iki kadınlı bir manastıra giriyormuş gibi oluyorum, içinde dünya işleri dönen düzensiz bir manastıra. Bazen, evden ayrılırken, M. ile annesi ceplerimi küçük şişeler ve tüpler içinde dudak boyaları, allık pudralar, saç fileleri, deodorantlar ile doldurmuşlar gibi acayip bir duyguya kapılıyorum. Onlara ezici bir minnettarlık duyuyorum, ama bu görünmez armağanları ne yapacağımı bilemiyorum."

"Bu akşam sancak töreninden sonra hemen izin vermediler. Çünkü, bizi ziyarete gelen İngiliz generalin denetlemesi sırasında biri tüfeğini düşürmüş. 5:32 trenini kaçırdım, bu yüzden Muriel'la buluşmamıza bir saat geç kaldım. 58. Sokak'taki Lun Far'ın yerinde akşam yemeği. Yemek boyunca M. huzursuz ve gözü yaşlıydı, gerçekten korkmuş ve üzülmüş. Annesi benim şizoid kişilikli olduğumu düşünüyormuş. Anlaşılan, annesi psikanalistiyle görüşmüş ve adamla aynı sonuca varmışlar. Bayan Fedder Muriel'dan, bana sezdirmeden bizim ailede deli olup olmadığını araştırmasını istemiş. Muriel bileklerimdeki yaraların nedenini annesine açıklamış. Ne de safsın, benim tatlı sevgilim. M.'ın dediğine göre, bu durum, bazı başka şeyler kadar canını sıkmamış annesinin. O üç şey kadar. Birincisi, ben insanlardan uzak kalıyormuşum ve dostluk kurmakta başarısızmışım. İkincisi, herhalde bende 'ters' bir şey varmış ki, Muriel'ı hiç sevişmeye zorlamamışım. Üçüncüsü, bir yemek sırasında, ölmüş bir kedi olmak istediğimi söylemem yüzünden, Bayan Fedder günlerdir huzursuzmuş. O yemekte bana, askerden dönünce ne yapmayı tasarladığımı sormuştu. Aynı fakültede hocalığa devam edecek miymişim? Yoksa bir daha hocalığa dönmeyecek miymişim? Radyoya dönüp bir çeşit 'yorumculuk' filan yapmayı mı düşünüyormuşum? Savaşın sonsuza dek sürebileceğini, henüz bir şey düşünmediğimi, ama savaş biterse eğer, ölmüş bir kedi olmak istediğimi söylemiştim. Bayan Fedder, şaka yapıyorum sandı. Sofistike bir şaka. Muriel'a bakılacak olursa, benim çok sofistike biri olduğumu düşünüyormuş. Benim bu ölesiye ciddi yorumumu şaka sanıp, melodili bir kahkaha atmak gereğini duydu. O gülünce, herhalde biraz bozulmuştum, ne demek istediğimi açıklamayı unuttum. Bu gece sözümün anlamını açıkladım Muriel'a. Bir Zen Budizm ustasına sormuşlar vaktiyle, bu dünyada en değerli şey nedir diye. Usta, ölmüş bir kedidir demiş; çünkü kimse ona bir fiyat biçemezmiş. Muriel bunu duyunca rahatladı, ama ben hemen eve dönüp annesine benim zararsız bir söz söylediğimi bir an önce müjdelemek için sabırsızlandığını anlayabiliyordum. İstasyona kadar taksiyle benimle geldi. Ne tatlıydı, hele şakalaşırken. Bana gülümsemeyi öğretmeye çalıştı, ağzımın çevresindeki kasları gevşetmek için parmaklarıyla dokundu bana. Ne harika onu gülerken seyretmek. Tanrım, nasıl mutluyum onunla. Keşke o da benimle daha mutlu olabilseydi. Bazen eğlenceli buluyor beni; yüzümü, ellerimi, başımın arkasını beğeniyor. Arkadaşlarına 'Ne Akıllı Çocuk'ta yıllarca çıkan Billy Black ile nişanlandığını söylemekten müthiş haz duyuyor. Sanırım, annelikle cinsellik karışımı bir dürtü duyuyor bana karşı. Ama genellikle onu mutlu edemiyorum. Tanrım, yardım et bana! Korkunç bir şeyle avunuyorum; benim birtanem evlilik kurumunun kendisini seviyor ölümsüz ve değişmesi olanaksız bir sevgiyle. Sürekli evcilik oynama dürtüsü çok kuvvetli. Evlilik amaçları öyle saçma ve dokunaklı ki. Güneşte yanıp teni çok koyulaşsın istiyor; çok lüks bir otelin resepsiyon memuruna gidip Kocası mektupları almış mı diye soracakmış. Perdeler için alışverişe çıkmak istiyor. Hamile elbiseleri için alışverişe çıkmak istiyor. Annesinin evinden ayrılmak istiyor, annesi bunu bilse de bilmese de ve annesine olan tüm sevgisine rağmen. Çocukları olsun istiyor; yüzleri bana değil ona benzeyen güzel çocuklar. Öyle sanıyorum ki, her yıl noel ağacının süslerini yeniden kutusundan çıkarmayı bile düşlüyor, kendisininkileri ama, annesininkileri değil."

"Bugün Buddy'den beni çok güldüren bir mektup geldi, mutfak nöbetinden çıkar çıkmaz yazmış. Muriel konusuna değinmişken, Buddy geldi aklıma. Muriel'ın evlilik dürtülerini bir bilse, nasıl burun kıvırırdı bunlara. Ama hor görülebilir mi bunlar? Bir bakıma, hor görülebilir, ama tüm bunlar, fazlasıyla insani, harikulade şeyler gibi geliyor bana ve derinden derine etkileniyorum. Buddy, Muriel'ın annesinden de hoşlanmazdı. Buddy'nin hiç dayanamayacağı, rahatsız edici, önyargılı bir kadın o. Merak edip onunla tanışmak bile istemezdi sanırım. Her şeyin üzerinden geçip giden o büyük şiirsel akışı anlamaktan da, tadına varmaktan da ömür boyu mahrum kalmış biri sayardı. Ölmüş bile sayılabilir, ama hâlâ yaşamayı sürdürüyor; şarküterilere gidiyor, psikanalistini görüyor, her gece bir roman deviriyor, korsesini giyiyor, Muriel'ını kolluyor, sağlıklı ve varlıklı olması için. Onu seviyorum. Onu düşlenemeyecek derecede cesur buluyorum."

"Bu gece bütün bölük izinsiz. Bölük salonunda telefon kuyruğu. Tam bir saat bekledim. Muriel'ın sesi, bu gece onlara gitmediğim için herhalde, rahat gibiydi. Rahatlığı hoşuma gitti, memnun oldum. Başka bir kız olsa, nişanlısının bir gecelik olsun kendisini rahat bırakmasını istese, neden gelmedin diye üzülmüş havalarına girerdi. Gelemeyeceğimi söylediğim zaman 'A,' dedi yalnızca. Onun yalınlığına, korkunç dürüstlüğüne nasıl tapıyorum, nasıl güveniyorum."

"Gece saat 3:30. Bölük bürosundayım. Uyuyamadım. Pijamamın üstüne parkamı çektim, buraya geldim. Al Aspesi karargâh nöbetçisi. Yere kıvrılıp uyumuş. Telefon çalarsa ben bakacağım. Ne gece! Bayan Fedder'ın psikanalisti de yemeğe gelmişti, ifademi aldı tabii. Onbir otuza kadar yakamı bırakmadı. Büyük bir ustalıkla ve zekice. Bir iki kez onu yüreklendirir gibi oldum. Buddy ile benim eski bir hayranım galiba. Onaltı yaşımda programdan niçin atıldığımı merak ediyormuş, hem kişisel olarak, hem de mesleği açısından. Lincoln ile ilgili o programı gerçekten dinlemiş, ama Gettysburg Söylevi'nin 'çocuklar için zararlı' olduğunu söylediğimi sanmış. Doğru değil bu. Ben de ona, bu konuşmanın okulda çocuklara ezberlettirilmesini zararlı bulduğumu söyledim. Doktor, söylevin dürüstlükten yoksun olduğunu imâ ettiğimi düşünüyormuş. 51.112 insanın hayatına malolan bu olayı anma günlerinde eğer biri mutlaka konuşmak *zorunda* kalırsa ve o kişi gerçekten dürüst biriyse, kürsüye çıktığında yumruğunu sıkıp dinleyicilere sallamalı ve çekip gitmeli, dediğimi hatırlattım ona. Bu sözüme karşı çıkmadı, fakat bende bir çeşit mükemmellik kompleksi olduğunu ima etmeye başladı. Bir sürü laf saydı döktü, akıllıca şeyler; mükemmel olmayan bir yaşamın erdemlerinden söz etti; insan kendi zayıflıklarını da, başkalarının zayıflıklarını da kabullenmeliymiş. Onunla aynı görüşteyim, ama ancak kuramsal açıdan. Fark gözetmezliği mahşer gününe dek savunabilirim, gerçek bir yol, o özlemi duyulan mutluluğa götüren yol olduğu için. Bu yol Taoculukta *içine başka öğelerin katılmaması* koşuluyla kuşkusuz en yüksek düzeyde izlenir. Ama fark gözeten birinin buna ulaşabilmesi için şiirden sıyrılması, şiirin *ötesine* geçmesi gerekir. Yani, fark gözetmekten kurtulamayan bir insan, soyut anlamda, kötü şiiri *sevmeyi*, kötü şiirle iyi şiiri eşit tutabilmeyi öğrenemez kendi kendine herhalde, ya da kendisini buna zorlayamaz. Şiirden tümüyle vazgeçmesi gerekir; bunu yapabilmek de öyle kolay bir şey değil, dedim. Dr. Sims, konuyu çok abarttığımı, ancak mükemmeliyetçilerin böyle düşünebileceklerini söyledi. Buna ne itirazım olabilir?

"Bayan Fedder'ın sinirli bir tavırla, hem de uluorta, Charlotte'un dokuz dikişini anlattığı anlaşılıyordu. Eskiden olup bitmiş bu meseleyi Muriel'a açmakla düşüncesizlik etmişim. Kötü bir şey oldu mu, sıcağı sıcağına annesine aktarıveriyor. Buna itiraz etmeliydim kuşkusuz, ama etmedim. M. beni ancak annesi dinlerken işitebiliyor, zavallı bebeğim benim. Ama Charlotte'ın dokuz dikişini Sims'le tartışmaya hiç niyetim yok. Hem de ancak bir tek kadehten sonra."

"Muriel'a aşağı yukarı söz verdim, bugünlerde bir psikanaliste gideceğim. Dr. Sims, bizim birlikteki analistin çok iyi olduğunu söyledi. Belli ki Bayan Fedder'la Sims aralarında açıkça benim hakkımda konuşuyorlar. Niye dert etmiyorum bunu? Bu beni güldürüyor. Nedeni yok, ama içimde bir sıcaklık duygusu uyandırıyor bu. Mizah dergilerindeki kaynana tipleri bile uzaktan uzağa yalvarır gibidirler bana. Yine de bir psikanaliste görünmekle bir şey yitirmem herhalde. Üstelik askeri doktora gidersem, bedavaya gelecek. M. beni seviyor, ama bir muayeneden geçmezsem, kendini bana hiç yakın hissetmeyecek, benimle *samimi* olmayacak, *gırgır* yapmayacak."

"Bir psikanaliste gidersem, yani gittiğimde, adam inşallah bir deri hastalıkları uzmanına danışacak kadar akıllı çıkar. El uzmanı olmalı. Bazı insanlara dokunduğumda ellerim yara olmuştu. Bir keresinde, parkta, Franny henüz bebek arabasıyla gezdiriliyordu o sıralar, başındaki yumuşaklığa elimi koydum ve uzun süre elimi orada tuttum. Bir başka zaman da, 72. Sokak'taki Loew Sineması'nda bir korku filmi seyrederken, Zooey ile oldu. Altı yedi yaşlarındaydı, korkunç bir sahneyi görmemek için koltuğun altına kaymıştı; ben de elimi başına koymuştum. Belirli şeyler, belirli insan saçı renkleri ve türleri elimde kalıcı izler bırakıyor. Başka şeyler de var. Bir gün Charlotte benden kaçıp stüdyodan dışarı fırlamıştı ve ben de onu durdurmak için elbisesinden tutmuştum yanımdan ayrılmasın diye. Pamuklu kumaştan sarı bir elbiseydi, çok beğenmiştim, çünkü elbisenin boyu fazla uzun geliyordu ona. Sağ avucumda hâlâ limon sarısı bir leke duruyor. Tanrım, ben eğer klinik anlamda bir şey isem, herhalde ters anlamda bir paranoyak olsam gerek. İnsanların beni mutlu etmek için gizli planlar yaptıklarından kuşkulanıyorum."

Defteri, "mutlu" sözcüğünden sonra sert bir hareketle hızla kapadığımı –daha doğrusu avuçlarımın içinde çarptığımı– hatırlıyorum. Birkaç dakika, defter koltuğumun altında, küvetin kenarında oturmaktan rahatsız olduğumun farkına varana dek, öylece oturup kaldım. Ayağa kalktığımda, felaket terlemiş halde buldum kendimi, bütün gün döktüğüm terden kat kat fazlası tere batmıştım, sanki küvetin kenarına oturmamış, doldurup içine girmiştim. Çamaşır sepetine gittim, kapağı kaldırdım, âdeta hırslı bir bilek hareketiyle, Seymour'un defterini sepetin dibindeki çarşaflarla yastık kılıflarının arasına fırlattım. Ardından, daha güzel, daha yapıcı bir fikrim olmadığından, geri döndüm ve yine banyo küvetinin kenarına oturdum. Bir iki dakika Boo Boo'nun aynadaki mesajına baktım dik dik, sonra kalktım. Kapıyı ardımdan, böyle güçle çekmekle, burayı sanki sonsuza dek kilit altında tutacakmışım gibi kapadım.

İkinci durağım mutfaktı. Neyse ki mutfak hole açılıyordu, oturma odasına geçmeden, konuklarla karşılaşmadan ceketimi çıkardım ve masanın üstüne attım. Ceketimi çıkarırken, kendimi elden ayaktan kesilmiş, perişan hissediyordum. Bu içki hazırlama angaryasına başlamadan önce, üstümde bir tek fanilamla öyle dikilip kaldım. Sonra birden, duvardaki birtakım gizli küçük deliklerden gözetleniyormuşum gibi bir duyguya kapılarak, dolaplara ve buzdolabına bakıp Tom Collins malzemelerini aradım. Biraz tatlı oldu ama, birkaç dakika içinde bir sürahi dolusu Tom Collins hazırdı. Beş bardak çıkardım, tepsi için bakındım. Tepsiyi bulamıyordum, araya araya vakit geçiyordu, dolap kapaklarını açıp kaparken bende hafiften sızlanmalar başlamıştı ki, nihayet tepsiyi buldum.

Ceketimi giyip, sürahi ve bardaklarla yüklü tepsi elimde, tam mutfaktan çıkarken, çizgi romanlarda adamların aklına parlak bir fikir gelince çizdikleri gibi, kafamda bir ampul ışıldayıverdi. Tepsiyi yere bıraktım. İçki rafına gittim, yarısı boşalmış üç çeyrek litrelik Skoç şişesini kaptım. Bardağımı aldım, kendime –biraz da kazayla– en az dört parmak Skoç doldurdum. Bir an, bardağa eleştirel gözlerle baktım, sonra kovboy fimlerinde başrol oynayan o dertli ve dürüst adamlar gibi, ruhsuz bir suratla, bir yudumda devirdim içkiyi. Küçük bir nokta var ki, burada hemen açıklayabilirim. Hatırladıkça nerdeyse ürperiyorum. Evet, yirmiüç yaşındaydım, buna benzer koşullar altında yirmiüç yaşındaki her hızlı ahmak benim yaptığımı yapardı. Ama anlatmak istediğim şey böylesine basit değil. Ben, içen biri –öyle derler ya– değilim. Hiç şaşmaz, bir yudum viski alsam, ya müthiş midem bulanır, ya da çevremde inançsızlar aramaya başlarım. İkinci yudumda ise, sızıp kaldım demektir.

Hiç abartmadan söylüyorum, sıradan bir gün değildi bu; ama hatırlıyorum, tepsiyi alıp mutfaktan ayrılırken kendimde hiçbir değişim hissetmedim. Yalnızca, içkiyi içenin midesinde, görülmedik ölçüde bir ısı üretilmeye başlamıştı, ama hepsi o kadar.

Elimde tepsiyle oturma odasına girdiğimde, konukların tavırlarında hayra yorulacak bir değişiklik olmamıştı, sadece gelinin babasının amcası gruba katılmıştı, bu da can veriyordu bana. İhtiyar, ölen köpeğimin iskemlesine yerleşmişti. Minik bacaklarını üst üste atmış, saçları taralı, yakasındaki yemek lekesi her zamanki gibi dikkat çekiciydi ve –hey durun– *purosunu da yakmıştı.* Birbirimizi bu kez daha da heyecanla selamladık, sanki ayrılığımız, nedense bu kez çok uzamış ve her ikimiz için de katlanılmaz olmuştu.

Teğmen hâlâ kitaplığın önündeydi. Aldığı kitabın sayfalarını çeviriyordu, herhalde kitaba kaptırmıştı kendisini. (Hangi kitap olduğunu hiç öğrenemedim.) Bayan Silsburn oldukça toparlanmış görünüyordu, fondöten makyajını tazelemişti bile. Sonra, farkına vardım, şimdi kanepeye geçmişti ve kanepenin ihtiyara en uzak ucunda oturuyordu. Bir derginin sayfalarını çeviriyordu. Ortadaki sehpaya bıraktığım tepsiye gözü ilişince, "Ah, ne harika!" dedi, sesini duyan da, burada parti veriyoruz sanabilirdi. Şen şatır bir gülümseyiverdi bana.

"Çok az cin koydum," diye yalan söyledim, sürahiyi karıştırırken.

Bayan Silsburn, "Artık harika oldu burası, serinledik," dedi. "Size bir soru sorabilir miyim acaba?" diyerek ayağa kalktı, dergiyi bıraktı, kanepeyi dolaştı ve yazı masasının önüne gitti. Duvardaki fotoğraflardan birine uzandı ve parmağının ucuyla bir noktayı gösterdi, "*Kim* bu güzel kız?" diye sordu bana. Serinleticinin sağladığı sürekli ve yumuşak ferahlıkta kendisine gelmiş, makyajını tazelemeye de vakit bulmuştu; artık 79. Sokak'taki Schrafft'ın önünde beklerken güneşten kavrulmuş, terli, ürkek kız çocuğundan iz bile kalmamıştı. Şimdi, gelinin büyükannesinin evinin önünden arabaya bindiğimde Dickie Briganza mıyım diye soru sorduğu zamanki kırılabilecek ölçülü haliyle konuşuyordu benimle.

Sürahiyi karıştırmayı bıraktım, dolanıp yanına gittim. Cilalı tırnağı 1929'daki "Ne Akıllı Çocuk" grubunun fotoğrafındaki bir kız çocuğunun üstünde duruyordu. Yedi kişiydik, yuvarlak bir masanın çevresinde oturuyorduk, her çocuğun önünde birer mikrofon duruyordu. "Şimdiye kadar *gördüğüm* en güzel kız çocuğu" dedi Bayan Silsburn. "Birazcık kime benziyor, biliyor musunuz? Ağız ve göz çevresi?"

Bu noktada, viskinin bir miktarı –kabaca bir parmak kadarı– bende etkisini gösterdi ve neredeyse "Dickie Briganza'ya" diyecektim ki, bir uyarı dürtüsüyle yendim bunu. Başımı salladım ve Nedime'nin arabada dokuz ameliyat dikişiyle ilgili olarak sözünü ettiği film yıldızının adını söyledim.

Bayan Silsburn bana baktı. "A, *o* da mı 'Ne Akıllı Çocuk'ta çıkıyordu?" diye sordu.

"İki yıl kadar, evet. Tanrım, evet. Gerçek adıyla elbette. Charlotte Mayhew."

Teğmen arkamda bitivermiş, sağımdan fotoğrafa bakıyordu. Charlotte'ın profesyonel adının geçmesiyle birlikte kitaplıktan ayrılıp yanımıza gelmişti.

"Onun çocukken radyoda çıktığını hiç bilmiyordum!" dedi Bayan Silsburn. "Hiç bilmiyordum! Çocukken çok mu zekiydi?"

"Hayır, şamata yapardı yalnızca, gerçekten. Ama çocukken de, şimdiki gibi iyi şarkı söylerdi. Ve harika bir moral desteğiydi. Ne yapar eder, yayın masasında Seymour'un yanına otururdu. Seymour ne zaman onun hoşuna giden bir şey söylese, ağabeyimin ayağına basırdı. El sıkmak gibi bir şey, ama o ayağıyla yapardı bunu." Bu küçük vaazı çekerken ellerimi yazı masasının önündeki iskemleye dayamıştım. Birden ellerim kaydı; masada veya bar tezgâhında insanın dirseği kayar ya, öyle. Dengemi yitirip tekrar toparlanmam nerdeyse aynı anda oldu, zaten ne Bayan Silsburn ne de Teğmen farkına varmıştı bunun. Kollarımı kavuşturdum. "Bazı geceler, özellikle iyi form tutturduğu geceler, Seymour eve hafif topallayarak dönerdi. Gerçek bu söylediğim. Charlotte onun ayağına basmakla kalmaz, ezerdi üstelik. Seymour hiç bozulmazdı. Ayağına basan insanları severdi. Şamatacı kızları severdi."

"A, bu çok ilginç!" dedi Bayan Silsburn. "Radyoda filan çıktığını *kesinlikle* bilmiyordum."

"Aslında onu radyoya Seymour götürmüştü," dedim. "Babası çıkıkçılık yapardı, Riverside Yolu'nda, aynı apartmanda oturuyorduk." Ellerimi yine iskemlenin üstüne koyarak ağırlığımı öne verdim biraz destek olsun diye, yaşlı bir adamın gevezelik etmek için arka bahçe çitine yaslanması havalarında. Kendi sesimi işitmek eşsiz bir haz vermişti bana: "İstop oynardık; anlatayım mı, ilgilenir miydiniz?"

"Evet!" dedi Bayan Silsburn.

"Bir gün, öğleden sonra, okuldan dönmüş, apartmanın yan tarafında istop oynuyorduk. Sonra biri, Charlotte'mış, onikinci kattan üstümüze misket atmaya başladı. Tanışmamız böyle oldu. Aynı hafta içinde onu radyoya götürdük. Şarkı söylediğinden haberimiz bile yoktu. Onu, o güzel New York aksanı için programa çıkarmak istemiştik. Dyckman Sokağı aksanı vardı onda."

Bayan Silsburn çıngıraklı bir kahkaha attı; bu tür kahkahalar, duygusal anlatıcı için, ister ayık olsun, ister olmasın ölüm demekti elbette. Sözümü bitirmemi beklediği belli oluyordu. Duraksamamdan yararlanarak, Teğmen'den yardım dilercesine, "Sizce, bu kız kime benziyor?" dedi "Özellikle göz ve ağız çevresi? Kimi hatırlatıyor size?"

Teğmen Bayan Silsburn'e baktı, sonra fotoğrafa döndü. "Yani resimdeki haliyle mi diyorsunuz, çocuk olarak mı? Yoksa şimdiki haliyle mi? Hangisi?"

"İki bakımdan da, *sanırım.* Ama özellikle de, burda, bu fotoğraftaki haliyle."

Teğmen fotoğrafa dikkatle baktı – sertti bakışı, bu iş hiç hoşuna gitmemişti; kadın da olsa, sonuç olarak bir sivildi Bayan Silsburn ve fotoğrafı incelemesini buyurmuştu. "Muriel," dedi kısaca, "Muriel'a benziyor bu resimde. Saçları filan."

"Ama tıpkısı değil mi?" dedi Bayan Silsburn. Bana döndü "Ama *tıpkısı*" diye yineledi. "Muriel'ı hiç gördünüz mü? Bir de saçlarını topuz yap– "

"Muriel'ı bugüne dek hiç görmemiştim," dedim. "İnanın sözüme," diyerek, çok etkileyici bir tavırla işaret parmağını fotoğrafın üstünde tıklattı Bayan Silsburn. "Bu çocuk Muriel'ın o yaşlardaki *sureti* sanki. Ama tıpkısı."

Viski giderek tutuyordu beni. O an için, çetrefilli sonuçları bir yana, bu sözlerin yalın anlamını bile kavrayamıyordum.

Sehpanın oraya –biraz da "düz-çizgi" çizerek, sanırım– gittim ve sürahiyi karıştırmaya devam ettim. Gelinin babasının amcası, yakınına geldiğimde benim dikkatimi çekmeye çalıştı ama, zihnim Muriel'ın Charlotte'a benzediği iddiasıyla meşgul olduğundan ona karşılık vermedim. Biraz da başım dönüyordu. Sürahiyi karıştırırken, canım şiddetle yere oturmak istedi, ama oturmadım.

Bir iki dakika sonra tam içkileri bardaklara dağıtmak üzereydim ki, Bayan Silsburn bana bir soru sordu. Bir şarkı söylercesine geldi sesi odanın öteki ucundan, çınlayan bir melodi gibi. "Bayan Burwick'in sözünü ettiği şu kazayı sorsam, ayıp olmaz, değil mi? Yani şu dokuz dikişi. Demek istediğim, ağabeyiniz onu kazayla mı *itti*, ya da ona benzer bir şey mi oldu?"

Sürahiyi bıraktım, zaten elimde iyice ağırlaşmış ve dengelenmesi çok zor gelmeye başlamıştı. Bayan Silsburn'e baktım. Hissettiğim tatlı baş dönmesine rağmen, uzaktaki görüntüler göze batacak kadar net görünüyordu, yalnızca odanın öbür ucundaki Bayan Silsburn'ü netleştiremiyordum. "Bayan Burwick de kim?" dedim.

"Karım" diye yanıtladı Teğmen, kestirmeden. O da bana bakıyordu; içkilerle niye böyle uzun uzadıya uğraştığımı soruşturan bir kurulun tek üyesiydi sanki.

"A tabii, evet," dedim.

"Bir kaza mıydı?" diye üsteledi Bayan Silsburn. "Bir *kastı* yoktu, değil mi?"

"Of *Tanrım,* Bayan Silsburn."

"Efendim?" dedi soğuk bir çehreyle.

"Özür dilerim. Bana bakmayın siz. Biraz kafayı buldum. Mutfakta epeyce içki içtim, beş dakika kadar ön– " Durdum ve geriye döndüm. Koridorun halısız döşemesinde güçlü ve tanıdık bir ayak sesi işitmiştim. Bize doğru –üstümüze– geliyordu büyük bir hızla, ve bir anda Gelinin Nedimesi, sarsan adımlarla dalarcasına odaya girdi.

Doğrudan kimseye bakmıyordu. "Sonunda buldum onları," dedi. Sesi tuhaf bir biçimde tekdüzeydi, vurgulanan hiçbir harf yoktu. "Bir saat uğraştıktan sonra tabii." Yüzü gergin ve aşırı sıcaktan patlama noktasına yakın görünüyordu. "Soğuk mu bari?" dedi ve durmadan, yanıt beklemeden sehpaya geldi. Bir iki dakika önce tam dolduramadığım bardağı kaptı ve açgözlü bir tavırla tek hamlede içip bitirdi. "Ömrümde böyle sıcak oda görmedim" dedi, kendinden söz etmiyordu sanki. Boş bardağı bıraktı, sürahiyi kaptı ve bardağı yarısına kadar doldurdu, buzlar tıngırdıyor, löpürdüyordu.

Bayan Silsburn sehpanın yanına gelmişti bile. "Ne dediler?" diye sabırsızlanarak sordu. "Rhea'yla da konuştunuz mu?"

Nedime önce içkisini içti, sonra "Herkesle konuştum" dedi. Bardağını sehpaya koyarken "herkesle" deyişindeki vurgulama zalimceydi, ama pek dramatik sayılmazdı. Önce, Bayan Silsburn'e, sonra bana baktı, sonra da Teğmen'e. "Hepiniz rahatlayın," dedi. "Her şey düzelmiş bile."

"Ne demek yani? N'olmuş?" dedi Bayan Silsburn keskin bir sesle.

"Dediğim gibi işte. *Damat* bey artık mutluluktan *tedir*gin değilmiş." Nedime'nin sesindeki o iğreti tavır yine geri gelmişti.

"Nasıl yani? Kiminle konuştun?" dedi Teğmen. "Bayan Fedder'la mı?"

"Dedim ya, herkesle konuştum. Mahçup gelin dışında herkesle. Damatla birlikte kaçmış." Bana döndü. "Buna ne çok şeker atmışsın yahu," dedi bana, bozuk çalarak. "Tadı tam– "

"*Kaçmış* mı?" dedi Bayan Silsburn, elini boğazına götürerek.

Nedime ona döndü. "Tamam artık, rahatlayın dedim," diye öğüt verdi. "Daha uzun yaşarsınız."

Bayan Silsburn donmuş gibi oturdu kanepeye; aslına bakılırsa, tam benim yanıma. Ben gözlerimi dikmiş, Nedime'ye bakıyordum; Bayan Silsburn de hemen benim gibi yaptı.

"Herhalde eve döndüklerinde *ordaymış*. Muriel da davranıp çantasını kapıyor ve ikisi birlikte toz oluyorlar, aynen böyle." Nedime uzun uzun omuzlarını silkti. Yine bardağını kaptı ve kalan içkisini bitirdi. "Ha," dedi, "hepimiz partiye davetliyiz, yani gelinle damat *gittikten* sonra, buna parti denilirse. Anladığım kadarıyla ev tıklım tıklım. Telefonda herkes pek *keyifliydi*."

"Bayan Fedder'la konuştum, dedin. O ne diyor?" dedi Teğmen.

Gelinin Nedimesi başını salladı, çok gizemli bir şekilde. "Harikaydı. Tanrım, ne kadın. Sesi kesinlikle normaldi. Anladığım kadarıyla –yani Bayan Fedder'ın dediğine göre– bu Seymour bir psikanaliste gitmeye ve kendisini düzelttirmeye söz vermiş." Omuzlarını yine silkti. "Kim bilir? Belki de her şey yoluna girecek. Perişanım, hiçbir şey düşünemiyorum artık." Kocasına baktı. "Hadi gidelim. Nerde o küçük şapkan?"

Bundan sonra bildiğim; Nedime, Teğmen ve Bayan Silsburn tek sıra olmuş kapıya doğru gidiyorlardı, ben de ev sahibi olarak en arkada, izliyordum onları. Artık iyice yalpalıyordum, ama hiçbiri ardına bakmadığından, farkına varmadılar.

Nedime'nin Bayan Silsburn'e, "Siz de oraya mı gidiyorsunuz yoksa?" dediğini duydum.

"Bilmiyorum," yanıtı geldi. "Belki, şöyle bir dakika uğrayabilirim."

Teğmen asansör çağırma düğmesine bastı. Üstlerine ağırlık çökmüş, kat ışıklarına bakıyorlardı. Kimse artık konuşmaya niyetli görünmüyordu. Dairenin kapı aralığında, onlardan birkaç metre geride durmuş, boş boş bakıyordum. Asansör kapısı açıldığında, "Güle güle," diye bağırdım. Üçünün kafası aynı anda döndü, "Aa, *hoşça* kal," dediler. Asansör kapısı kapanırken, Nedime'nin, "İçki için teşekkür!" diye bağırdığını duydum.

İçeri girdim, sallanarak, girerken de ceketimin düğmelerini açmaya çalışıyordum koparırcasına.

Oturma odasına dönüşüm, son konuğum –unutmuştum onu– tarafından coşkuyla karşılandı. Ben odaya girerken, o da iyice dolu bir bardağı havaya kaldırıyordu. Aslında bardağı sallıyordu, sırıtarak ve başını yukarı aşağı sallayarak. İkimizin de beklediği o yüce, o sevinçli an gelmişti sanki. Sırıtışlarına tam karşılık veremedim bu kavuşmamızda. Ama omzuna hafif hafif vurduğumu hatırlıyorum. Ceketimin düğmelerini çözmem bitti, "Eviniz yok mu sizin?" diye sordum ona. "Size kim bakıyor? Parktaki güvercinler mi?" Bu kışkırtıcı sorularıma karşılık olarak konuğum, keyfi daha da artarak, Tom Collins bardağıyla şerefe yaptı, bira maşrapası havalandırır gibi. Gözlerimi kapadım, kanepeye uzandım, ayaklarımı uzattım. Ama yattığım anda oda fır fır dönmeye başladı. Kalkıp oturdum, ayaklarımı yere uzattım; bunu ansızın ve koluma bacağıma sahip olmadan yaptığımdan, kendimi dengelemek için elimle sehpaya dayanmak zorunda kaldım. Gözlerim kapalı, bir iki dakika öne doğru kaymış durumda kaldım. Sonra, yerimden kalkmak zorunda kalmadan, Tom Collins sürahisine uzandım, bir bardak doldurdum, sehpaya ve yere biraz içki ve buz döküldü. Bardak elimde, içmeden birkaç dakika daha oturdum, sonra bardağı sehpanın üstündeki su birikintisine bıraktım. "Charlotte'a o dokuz dikişi niye attılar, biliyor musunuz?" diye sordum birden. Hayret, sesimin tonu bana son derece normal gelmişti. "Göle gitmiştik. Seymour Charlotte'a yazıp bizimle gelmesi için onu davet etti. Sonunda annesi izin verdi. Olan da şu; Charlotte, bahçede garaj yolunun tam ortasına oturmuş, Boo Boo'nun kedisini seviyordu, ve Seymour ona bir taş attı. Seymour oniki yaşındaydı. Ona bir taş attı, çünkü Boo Boo'nun kedisiyle yolun ortasında oturmuş, çok güzel görünüyordu. Herkes biliyor bunu, Tanrı aşkına; ben, Charlotte, Boo Boo, Waker, Walt, tüm aile." Sehpanın üstünde duran madeni tablaya dikmiştim gözümü. "Charlotte tek bir söz bile söylemedi ona bu konuda. Tek bir söz bile." Konuğuma baktım, bana karşı çıkmasını umarcasına, bana yalancı der mi diye. Yalan söylüyordum kuşkusuz, Seymour'un o taşı niye attığını Charlotte hiç anlamamıştı. Ama, ihtiyar yüreklendiriyordu beni sırıtarak, sanki bu konuda söyleyeceğim her şey kesinlikle doğru olacakmış gibi. Ayağa kalktım ve odadan çıktım. Hatırlıyorum, odanın ortasına geldiğimde yerde duran iki buz parçasını alayım mı diye düşündüm, ama öyle büyüdü ki gözümde, vazgeçip koridora doğru yürümeye devam ettim. Mutfak kapısının önünden geçerken ceketimi çıkarıp yere attım. Nedense, o gün mutfak, hep ceketimi bıraktığım bir yer oluyordu.

Banyoda, çamaşır sepetinin önünde dakikalarca dikilip kaldım, Seymour'un güncesini alıp bir daha göz atayım mı diye çekiştim kendimle. Bu konuda olumlu ya da olumsuz ne gibi sorular geçti kafamdan, hatırlamıyorum, ama sonunda sepeti açtım ve defteri aldım. Yine banyo küvetinin kenarına oturdum, sayfaları baş parmağımın altında hızla geçirerek, Seymour'un notlarını yazdığı son sayfayı buldum:

"Demin adamlardan biri, bizi gene uçuş hattına çağırdı. Görüş açılmaya devam ederse, herhalde gün doğmadan havalanmış olacağız. Oppenheim heyecanlanmayın diyor. Muriel'a anlatmak için telefon ettim. Çok tuhaf. Telefonu açtı ve alo alo deyip durdu. Sesim çıkmadı. Neredeyse kapatacaktı, biraz sakinleşmeseydim. Oppenheim küfeyi devirip yattı bile, çağrılana dek uyuyacakmış. Benim de yatmam gerek, ama çok gerginim. Aslında, gidip kendi başımıza evlenmemizi istemek için aramıştım Muriel'ı. İnsanlar arasında çok gergin oluyorum. Kendimi yeniden doğmak üzereymişim gibi hissediyorum. Kutsal, kutsal gün. Telefon bağlantısı kötüydü, hiçbir şey konuşamadım. Ne korkunç bir şey, seni seviyorum diyorsun ve öbür uçtaki kişi bağırarak karşılık veriyor: "Nee?" Bütün gün bir Vedanta derlemesini okudum. Evlilikte eşler birbirlerine hizmet eder. Birbirlerini yüceltir, birbirlerine yardım eder, birbirlerine öğretir, birbirlerini güçlendirirler, ama herşeyden önce birbirlerine *hizmet ederler*. Çocuklarını onurlu, sevecen ve üstlerine düşmeden yetiştirirler. Çocuk evde bir konuktur, sevilecek ve saygı görecektir; ama sahiplenilmeyecektir, Tanrı'ya aittir çünkü. Ne harika, ne aklıbaşında, ne güzel, ne zor ve bu yüzden de doğru. Ömrümde ilk kez sorumluluk sevinci duyuyorum. Oppenheim horluyor. Ben de uyumalıyım, ama olmuyor. Birinin bu mutlu adamla birlikte oturması gerek."

Bunları bir solukta okudum. Defteri kapattım, elime alıp yatak odasına gittim, Seymour'un pencere kenarında duran çantasına attım. Sonra telaşsız, yataklardan yakındakine attım kendimi. Taş gibi; belki yatağa serilmeden, daha havadayken– uykuya daldım.

Bir-bir buçuk saat kadar sonra uyandığımda, ağrıdan başım çatlıyordu, ağzım kupkuruydu. Oda nerdeyse karanlıktı. Yatağın kenarında bir hayli oturduğumu hatırlıyorum. Sonra, duyduğum müthiş susuzlukla kalktım ve yavaşça oturma odasına yöneldim, sehpanın üstündeki sürahide hâlâ soğuk bir şeyler bulmayı umuyordum.

Son konuğum da evden gitmişti. Boş bardağı ve madeni tablada duran puro izmariti, onun bir zamanlar var olduğuna dair yegâne izlerdi. Bu puro izmaritini düğün armağanı olarak Seymour'a gönderseydim, o da ne olduğunu merak edip paketi açıp baksaydı diye hâlâ düşünürüm. Yalnız puro izmariti, küçük, güzel bir kutu içinde. Belki de yanında boş bir yaprak kâğıt, açıklama olarak.

SEYMOUR
BİR GİRİŞ

Çeviren:
Sevin Okyay

Oyuncular varlıklarıyla beni dehşete salarak, şimdiye kadar onlar hakkında yazdıklarımın çoğunun sahte olduğuna hep ikna etmişlerdir. Sahte, çünkü onlar hakkında değişmeyen bir sevgiyle ama değişken bir yetenekle yazıyorum (şimdi bile, bunları yazarken, bu da sahteleşiyor) ve bu değişken yetenek, gerçek oyuncuları yüksek sesle ve doğru olarak taklit etmiyor, kendisini yetenekle asla tatmin olmayacak bu aşk içinde kasvetli bir şekilde kaybedince de bu yeteneğin kendisini göstermesini önlemek suretiyle aktörleri koruduğunu sanıyor.

Sanki (mecazi olarak tanımlarsak) bir yazarın kalemi sürçmüş ve bu yazım hatası böyle olduğunun bilincine varmış gibi. Belki de hata değildi de, daha yüce bir anlamda bütün açıklamanın esaslı bir kısmıydı. Öyleyse sanki bu yazım hatası, yazarına karşı, ona duyduğu nefretten isyan ederek onun hatasını düzeltmesini yasaklıyor ve şöyle diyor sanki: "Hayır, silinmeyeceğim, sana karşı bir tanık olarak kalacağım, senin çok kötü yazar olduğunun tanığı."

Doğruyu söylemek gerekirse, bazen kazanç hanemin hayli zayıf olduğunu düşünüyorum, ama kırk yaşına gelmişken, kadim iyi gün dostum genel okura son derinden çağdaş sırdaşım olarak bakıyorum, zaten yeniyetme yaşından çıkmadan çok önce, şahsen tanıdığım en heyecan verici ve esasen en ukala halk sanatçısı da benden hayli zahmetli bir şey isteyerek, son derece tuhaf ya da korkunç bile olsa böylesi bir ilişkinin hoşluklarına sebatkâr ve aklı başında bir gözle bakmaya çalışmam talebinde bulunmuştu; benim durumumda, bunun gelişini en başından gördü. Mesele şu ki, bir yazarın okurunun nasıl bir şey olduğu hakkında fikri yoksa eğer, hoşlukları nasıl gözetebilir? Tersi, elbette yeterince sık görülür, ama bir hikâyenin yazarına okur hakkında neler düşündüğü ne vakit sorulmuştur kuzum? Şansım varmış demek, elimi çabuk tutup burada meramımı anlatmak gerekirse (ki bunun bitmez tükenmez bir birikim karşısında ayakta kalabilecek türden bir şey olduğunu da sanmıyorum), *kendi* genel okurum hakkında bilmem gereken hemen hemen her şeyi yıllar, yıllar önce bulmuştum; yani, korkarım, *sizin* hakkınızda. Endişem şu ki bunu tepeden tırnağa inkâr edeceksiniz, ama ben de sözünüze güvenmek durumunda değilim, gerçekten. Siz büyük bir kuş âşığısınız. Vaktiyle Arnold L. Sugarman, Jr.'ın çok yetersizce denetlenen bir etüd saatinde okumam için beni zorladığı, John Buchan tarafından yazılmış "Skule Skerry" adlı kısa hikâyedeki adam gibisiniz, kuşlarla ilgilenmeye başlamışsınız, çünkü hayal gücünüzü harekete geçirmişler; sizi büyülemişler, çünkü "yaratılmış varlıklar arasında saf ruha en yakın olan onlarmış gibi görünüyor; normal ısı dereceleri 125 derece olan o küçük yaratıklar." Belki de tıpkı John Buchan adlı bu adam gibi siz de buna ilişkin olarak çok heyecanlı düşüncelere kapılmışsınızdır; eminim ki kendi kendinizi uyarmışsınızdır: "Midesi bir bezelyeden büyük olmayan altıntepeli, Kuzey Denizi'ni uçarak geçer! Yuvasını sadece üç kişinin görmüş olacağı kadar kuzeyde üreyen deniz çulluğu, tatilde Tasmanya'ya gider." Tabii, benim kendi genel okurumun deniz çulluğunun yuvasını gözleriyle görmüş o üç kişiden biri olacağını umut etmek biraz fazla olur ama hiç değilse onu –sizi– benden şu anda gelecek hangi iyi niyetli jestin iyi karşılanacağını tahmin edebilecek kadar tanıyorum. Öyleyse bu *entre-nous* ruh hali içinde, kadim sırdaşım, diğerlerine, her yerde temel atmış olan ve aralarında eminim ki bizi aya zumlamakta ısrarlı orta yaşlı süratli araba meraklılarının, Dharma Burmların, düşünen adamlar için sigara filtresi yapımcılarının, Bitkin ve Dikkatsiz ve Huysuz olanların, seçilmiş kült erbabının, zavallı küçük seks organlarımızla ne yapıp ne yapmayacağımızı o kadar iyi bilen azametli uzmanların, bütün o sakallı, mağrur, okuması yazması olmayan genç adamlarla yeteneksiz gitarcıların ve Zen-katillerinin ve birleşik estetik Teddy Boy'ların ki, aydınlanmadan zerrece nasibini almamış burunlarının tepesinden aşağı; Kilroy, İsa ve Shakespeare'in hepsinin uğradığı bu muhteşem gezegene (lütfen beni susturmayın) bakarlar; bu ötekilere katılmadan önce, size mahremiyet içinde söylüyorum ki ey kadim dostum (korkarım aslında, size hitaben), lütfen bu erken tomurcuklanmış iddiasız parantez buketini benden kabul buyurun: (((( )))). Sanırım ki, çiçeksilik bir yana, bunların sahiden de benim şunları yazarkenki ruh ve beden halimin çarpık bacaklı alâmetleri olarak kabul edilmelerini istiyorum. Profesyonel olarak konuşmak gerekirse, ki konuşmanın sahiden hoşlandığım tek şekli budur (ve biraz daha gözünüze girmek için belirteyim ki, dört tanesi taş gibi ölü olan dokuz dili devamlı olarak konuşuyorum); tekrarlıyorum, profesyonel olarak konuşmak gerekirse, vecd derecesinde mutlu bir adamım. Daha önce hiç olmamıştı. Ah belki bir kez, ondört yaşındayken ve kahramanların hepsinin Heidelberg düello yara izleri taşıdığı bir hikâye yazdığımda; erkek kahraman, kötü adam, kadın kahraman, onun yaşlı dadısı, bütün atlarla köpekler. O vakit *mak*ul bir ölçüde mutlu olduğum söylenebilir, ama şimdiki gibi vecd halinde değil. Sadede gelelim: Vecd halinde mutlu bir insanın çoğu kez çevrede bulunabilecek en kan ilik kurutucu tipte biri olduğunu biliyorum nasılsa, belki de herkesten iyi. Tabii bu durumdaki şairler olabileceklerin en "zor"udur, ama aynı şekilde nöbete tutulmuş bir düzyazı yazarının da, doğru dürüst insanlar yanında davranış açısından pek seçme şansı yoktur; ilahî olsun olmasın, nöbet nöbettir. Ve vecd halindeki mutlu bir düzyazı yazarının basılı sayfa üzerinde birçok iyi şey yapacağını sandığım halde –içtenlikle umarım ki, en iyisini– ılımlı ya da ölçülü olamayacağı, kısa yazamayacağı da doğrudur ve son derece daha aşikârdır diye bir şüphem var; kısa paragraflarının hemen hemen hepsini kaybeder. Tarafsız da olamaz; ya da çok ender olarak, şüpheci şekilde, aşağı inen dalgalar üzerinde. Mutluluk gibi büyük ve tüketici bir şeyin ardından, sayfada sakince bir çitin üzerinde oturur görünmenin daha küçük ama bir yazar için daima hayli incelikli keyfini de ister istemez kaybeder, ceza olarak. Daha da beteri, sanırım artık okurunun en acil ihtiyacı ile ilgilenecek durumda da değildir; yani, yazarın hikâyesini anlatmayı sürdürmesi, kahretsin. İşte birkaç cümle gerideki meşum parantez sunumu da, kısmen, bundandı. Birçok mükemmelen zeki insanın bir hikâye sözümona anlatılırken parantez içindeki yorumlara tahammül edemediğinin farkındayım. (Böyle şeyler bize postayla bildirilir; daha çok da, kampus dışı zamanlarında bize yazma işinde üstün çıkmaya ilişkin çok doğal, yulafsı güdüleri olan tez hazırlayıcıları tarafından, kabul etmeliyim. Ama okuruz ve genellikle inanırız; iyi, kötü, ya da vasat, İngilizce kelimelerin herhangi bir dizisi dikkatimizi çeker, sanki Prospero'nun kendisinden gelmiş gibi.) Ben yalnızca bu noktadan itibaren iç monologlarımın coşup taşacağını bildirmek için buradayım (bir-iki dipnot olup olmayacağından emin değilim aslında), ancak zaman zaman çiğnenmiş olay örgüsü hattından sapmış ve heyecanlı ya da ilginç ve dümen kırmaya değer bir şey gördüğümde kişisel olarak okurun sırtına binmeye de tamamen niyetliyim. Bu durumda hız, Tanrı Amerikalı postumu korusun, benim için hiçbir anlam taşımıyor. Ancak dikkatlerinin sadece en temkinli, en klasik ve mümkünse en ustaca yöntemlerle çekilmesini ciddi olarak gerektiren okurlar da var ve ben öneriyorum ki –bir yazar böyle bir şeyi ne kadar dürüstlükle önerebilirse– şimdiden, yol yakınken gitsinler, bence. Yolumuza devam ederken herhalde el altındaki çıkışları işaret etmeye devam ederim ama bir daha bütün kalbimi bu işe koymuş edası takınacağımdan emin değilim.

O iki açılış alıntısı hakkında hayli cömert kelimelerle başlamak isterim. "Aktörler varlıklarıyla...", Kafka'dan. İkincisi; "Sanki (mecazi olarak tanımlarsak) bir yazarın kalemi sürçmüş..." Kierkegaard'dan (ve ille de bu Kierkegaard pasajının bazı Varoluşçuları ve biraz fazlaca yayımlanmış Fransız mandarinlerini; şaşırtacağını diyelim, düşündükçe hiç de cazip olmayan bir şekilde ellerimi ovuşturmaktan kendimi alamıyorum).[1] Aslında kimsenin sevdiği yazarların eserlerinden alıntı yap-

1 Bu mütevazı kara çalma *tamamen* takdire layık, ama büyük Kierkegaard'ın, bırakın Varoluşçu olmayı, asla bir Kierkegaardcı olmayışı küçük çaplı bir entelektüeli sınırsız bir şekilde yüreklendiriyor, onun, kozmik bir Noel Baba'ya olmasa da, kozmik bir şiirsel adalete olan inancını doğrulamayı asla ihmal etmiyor.

mak için su götürmez nedenlere ihtiyacı olduğunu derinden hissediyor falan değilim ama, tamam, bir tane olursa eğer, iyidir. Bu durumda ise o iki pasaj, hele ardarda olunca, bana bir anlamda yalnızca Kafka ve Kierkegaard'ı değil, modern sanatsal süreçler hakkında kusursuz inanılırlıkta herhangi bir bilgi istediğimde en sık meylettiğim -zaman zaman gerçek bir keder içinde- dört ölü adamın dördünü de, dört çeşitli şekilde kötü şöhretli Hasta Adam'ı ya da yeterince uyum sağlamamış bekârları (dördünün içinde herhalde sadece Van Gogh bu sayfalarda konuk olarak hazır bulunmaktan mazur görülecektir) harikulade bir şekilde temsil edermiş gibi görünüyor. Bu iki pasajı daha çok, burada toplamayı umut ettiğim veri yığınının bütünü karşısında nasıl bir tavrım olduğu konusundaki fikrimi açıkça önermeye çalıştığım için kopya ettim; hiç çekinmeden söyleyeyim, bir yazarın bazı çevrelerde yeterince açık olamayacağı ya da vaktinden evvel davranamayacağı bir konu. Ne var ki, bu iki kısa alıntının nispeten yeni edebi eleştirmenler soyuna bir tür spot kolaylık olarak hayli makul ölçüde hizmet edeceğini düşünmek, hayal etmek, benim için ödüllendirici olurdu; İşi başından aşkın yeni-Freudcu Sanat ve Edebiyat kliniklerimizde, çoğu kez paye kazanma umutları gittikçe solarak saatler boyunca çalışan birçok işçi (asker de diye*bilirsiniz* herhalde). Belki de özellikle kendileri de zihin sağlığı ile kesinlikle dolup taşan, kendileri de (inkâr edilmez şekilde, sanırım) güzelliğe ilişkin herhangi bir Tanrı vergisi marazi *attrait*'den azade, bir gün estetik patoloji ihtisası yapmaya niyetlenen hâlâ çok genç öğrenciler ve daha acemi klinisyenler için. (İtiraf edeyim ki bu, onbir yaşında olduğum ve bu dünyada en çok sevdiğim sanatçı ve Hasta Adam'ı henüz kısa pantolon giydiğim çağda, muteber bir profesyonel Freudcular grubu tarafından altı saat kırkbeş dakika süreyle muayene edilirken gördüğümden beri hayli katı yüreklilikle yaklaştığım bir konudur. Benim pek de güvenilir olmayan görüşüme göre, ondan bir beyin dokusu almalarına ramak kaldı ve yıllarca onları bunu yapmaktan caydıran yegane şey saatin geç oluşuydu -gece 2- diye düşündüm. Ve burada da gerçekten o katı yürekli tonu taşımak istiyorum. Ama kaba değil. Gene de bunun çok ince bir hat, ya da kalas olduğunu algılayabilirim, ama bir dakika daha onun üstünde yürümek isterim; hazır olsam da olmasam da, bu duyguları toplamak ve onlardan kurtulmak için pek çok yıl bekledim.) Elbette olağanüstü, sansasyonel ölçüde yaratıcı olan sanatçıya ilişkin çeşit çeşit rivayet alır başını gider; ve burada sadece ressamları ve şairleri ve tam *Dichter*'i kastediyorum. Bu rivayetlerden biri –ve şimdiye kadar bence hepsinin içinde en keyif verici olanı– onun asla, hatta psikanaliz öncesi karanlık çağda bile, profesyonel eleştirmenlerine derinden saygı duymadığı ve genelde sağlıksız toplumsal bakışıyla aslında onları, ellerine geçecek olsa, eğer farklı, ve muhtemelen daha temiz eserleri yeğleyecek olduklarını isteksizce kabul ettikleri anlaşılan *echt* yayımcıları, sanat tacirleriyle ve sanatın belki de haset edilecek bir refah içindeki diğer kamp izleyicileri ile aynı kaba koyduğu yolundadır. Ama, hiç değilse modern çağda benim hasta-olduğu-halde-şaşılacak-kadar-üretken şair ya da ressam hakkında sık sık duyulduğunu sandığım şey, onun her zaman bir tür süper-boyutlu ama herhangi bir yanılgıya meydan vermeyecek bir "klasik" nörotik, sapkınlığından feragat etmeyi sadece bazen, o da pek derin hislerle olmaksızın dileyen bir sapkın olduğudur, ya da, İngilizce'de bir Hasta Adam: Bunu hiç de ender denmeyecek sıklıkta çocukcasına inkâr ettiği söylendiği halde, sanki diğer insanlarda iyilik olarak kabul edilen şeyi yaşayabilmek için hem sanatını hem de ruhunu bütün kalbiyle bırakabilecekmiş gibi korkunç ıstırap çığlıkları atan ve buna rağmen (diye devam ediyor rivayet) sağlıksız görünüşlü küçük odasının mahremiyeti ihlâl edilince ve birisi –bu birisinin onu fiilen seven biri olması nadiren rastlanır bir olay değildir– ona ıstırabının nerede olduğunu tutkuyla sorunca meseleyi klinik uzunlukta, yapıcı bir şekilde tartışmayı ya reddeden ya da bunu beceremediği anlaşılan ve sabahları, yani büyük şairlerle yazarların bile kendilerini her zamankinden biraz daha iyi hissettikleri varsayılan bir saatte, sanki başka bir günün, *çalışma* günü olduğu varsayılan bir günün ışığında bütün insanların, sağlıklı olanlar da dahil, nihayetinde öldüğünü ve bu işi çoğu kez belirli bir gönülsüzlükle yaptıklarını ama *kendisinin*, şanslı adam, hiç değilse, hasta olsun olmasın, bilip bileceği en canlandırıcı dost tarafından halledildiğini hatırlamış gibi, hastalığının seyrini izleyişini görmeye her zamankinden de sapkınca azimli gibi görünen bir Hasta Adam. Genelde, yakın kan hısımlarım arasında bu adeta polemik boyunca ima ettiğim türden ölü bir sanatçı olduğuna göre, benden çıkışı kulağa biraz haince gelse de, insanın bu son genel rivayetin (ki, ağız dolusudur) adilce miktarda dişe dokunur olgulara dayanmadığı sonucuna mantıklı bir şekilde nasıl varabileceğini anlayamıyorum. Seçkin akrabam yaşarken onu bir şahin gibi izlerdim; bazen düşünüyorum da, neredeyse kelimenin anlamıyla. Mantıklı her türlü tanımlamaya *gerçekten de* sağlıksız bir örnekti, en beter geceleriyle akşamüstlerinde yalnızca ıstırap değil imdat çığlıkları da *atardı* ve sözde yardım geldiğinde, neresinin acıdığını tamamen anlaşılır bir dille söylemeyi *gerçekten de* reddederdi. Gene de, bu konulardaki kabul görmüş uzmanlara açıkça kusur bulamıyorum –bilimadamları, biyograflar ve özellikle de halka açık büyük psikoanalitik okullarımızdan birinde eğitilmiş halihazırda duruma hakim entelektüel aristokrasi– ve onlara *bu konuda* hırçın bir şekilde kusur buluyorum: Istırap çığlıkları atıldığında doğru dürüst dinlemezler: Dinleyemezler, tabii. Onlar soylu bir teneke kulaklar sınıfı. Böylesine kusurlu donanımla, *o* kulaklarla insan nasıl olur da yalnızca ses ve nitelik sayesinde ıstırabı kaynağına kadar izleyebilir? Böylesine biçare işitme donanımıyla sanırım fark edilebilecek ve belki de onaylanabilecek olanın en iyisi sorunlu bir çocukluktan ya da düzensiz bir libidodan gelen birkaç avare, zayıf uyum notasıdır; kontrpuan bile sayılmaz. İyi ama ıstırabın asıl büyük kısmı, bütün o ambulans yükü gerçekte nereden gelir? Nereden *gelmelidir*? Hakiki şair ya da ressam bir kâhin midir? Aslında yeryüzünde sahip olduğumuz tek kâhin değil midir? Bilimadamı besbelli değil, psikiyatr ise katiyetle değil. Psikanalistlerin tek ve yegâne büyük şairi elbette ki Freud'un kendisiydi; onun da şüphesiz küçük bir kulak sorunu vardı ama, aklı başında olan kim epik bir şairin işbaşında olduğunu inkâr edebilir ki? Beni affedin; bunu bitirmek üzereyim. Bir kâhinde, insan anatomisinin en ağır istismara tahammül etmesi ille de gereken bölümü hangisidir? Tabii ki, *gözler*. Lütfen, sevgili genel okur, son kez bir hoşgörü göster (eğer hâlâ buradaysan) ve Kafka ile Kierkegaard'ın başladığım iki kısa pasajını gene oku. *Açık* değil mi? Bu çığlıklar doğrudan doğruya gözlerden gelmiyor mu? Adli Tıp raporu ne kadar çelişkili olursa olsun –ölüm nedeni olarak ister Tüketme ya da Yalnızlık ya da İntihar telaffuz edilsin– hakiki sanatçı-kâhinin aslında nasıl öldüğü apaçık değil mi? Ben diyorum ki (ve bu sayfalarda daha sonra gelecek her şey benim hiç değilse doğruya *yakın* olmama bağlı olarak ayakta kalıyor ya da düşüyor, çok muhtemelen); Ben diyorum ki, hakiki sanatçı-kâhin, güzelliği üretebilen ve üreten o semavi budala, esas olarak kendi vicdanıyla, kendi kutsal insani bilincinin kör edici biçimleri ve renkleriyle gözü kamaşarak ölür.

Amentüm beyan edildi. Geriye yaslanıyorum. İçimi çekiyorum; mutlulukla, korkuyorum. Bir Murad yakıyorum ve Tanrım, umut ederim ki, başka şeylerle devam ediyorum.

Şimdi çadırın tepesine yakın olan o altbaşlık "Bir Giriş" üzerine bir şeyler – yapabilirsem eğer, canlı bir şekilde. Buradaki merkezi karakterim, hiç değilse kendi kendimi oturup makul bir şekilde suskun durmaya razı edebildiğim o berrak aralıklarda, müteveffa ağabeyim Seymour Glass (sanırım bunu mersiyevari bir tek cümlede söylemeyi tercih edeceğim), 1948'de otuzbir yaşındayken, karısıyla Florida'da tatil yaparken intihar etti. Yaşadığı sürece birçok kişi için birçok anlam taşıyordu ve biraz büyük beden boyutlu ailemizdeki erkek ve kız kardeşleri için ise handiyse her şey demekti. Tabii bizim için her *gerçek* şey demekti: Mavi şeritli tek boynuzlu atımız, çift adeseli yanan camımız, danışman dâhimiz ya da portatif bilincimiz, süper kargomuz ve tek tam şairimiz ve, kaçınılmaz olarak sanırım, çünkü ketumluk yalnızca asla onun en kuvvetli yanı olmamakla kalmıyordu çocukluğunun hemen hemen yedi yılını kıyıdan kıyıya yayımlanan bir çocuk radyo yarışma programının yıldızı olarak geçirmişti, yani şu ya da bu şekilde sonunda yayınlanmayan pek bir şey kalmamıştı; kaçınılmaz olarak, sanırım ki, aynı zamanda bizim hayli kötü şöhretli "mistik"imiz ve "dengesiz tip"imizdi. Ve besbelli burada daha başlangıçta işi tam yaptığıma göre, daha da vuzuhla beyan ediyorum -yani insan hem vuzuhla beyan edip hem de aynı zamanda feryat edebilirse- ki, kafasında bir intihar planı olsa da olmasa da, o benim itiyat kabilinden refakat ettiğim, birlikte takıldığım tek kişiydi, benim görüşümce bir *mukta*, bir ışık çakmasıyla aydınlanmış adam, bir Tanrıbilir olmanın klasik fikrine uyduğu anlar, uymadığı anlardan daha fazla olan biriydi. Her neyse, bu karakter *benim* bildiğim herhangi bir meşru anlatım özlülüğüne papuç bırakmaz, itek bir vuruşla ya da ister ay ister yıl esasına göre düzenlenmiş olsun, epeyce basit tek bir oturum dizisiyle onu saf dışı etmeye çalışacak hiç kimseyi tahayyül edemiyorum, hele ki kendimi. Sadede geliyorum: Bu genel boşluk için benim özgün planlarım Seymour hakkında bir hikâye yazıp buna "SEYMOUR BİR" adını vermekti, buradaki büyük "BİR", okurdan çok bana, Buddy Glass'a, içten yerleşmiş bir kolaylık yerine geçiyor; mantıken başka hikâyelerin de (Bir Seymour İki, Üç, ve muhtemelen Dört) izleyeceği bir uyarı. O planlar artık yok. Ya da, varsalar -ki bence durumun böyle olması daha büyük ihtimal- belki de hazır olursam üç kere vuracağım yolunda bir düşünceyle yeraltına kaymışlar. Ancak şu anda ben, kardeşime ilişkin olarak ne olursam olayım bir kısa hikâye yazarı değilim. Sanıyorum ki ben *aslında* onun hakkında tarafsızlıktan uzak, önsöz niteliğinde lafları olan bir eşanlamlı kelimeler sözlüğüyüm. Hemen hemen daima ne olduysam, temelde hep o kaldığıma inanıyorum; bir anlatıcı, ama son derece baskın kişisel ihtiyaçları olan bir anlatıcı. Sunmak istiyorum, tanımlamak istiyorum, yadigârlar, muskalar dağıtmak istiyorum, cüzdanımı çıkarıp herkese enstantane fotoğraflar vermek istiyorum, burnumun doğrusuna gitmek istiyorum. Bu ruh halinde, kısa hikâye biçiminin civarına yaklaşmaya bile cesaret edemem. Benim gibi tarafsızlıktan uzak şişko küçük yazarları bir lokmada yutar.

Ama size anlatacağım ve kulağa uygun gelmeyecek pek çok şey var. Örneğin, erkek kardeşim hakkında bunca erkenden bu kadar çok şey söylüyorum, kataloğunu çıkarıyorum. *Mutlaka* fark etmiş olmalısınız. Şimdiye kadar Seymour hakkında söylediğim her şeyin (ve sanki, genellikle kan grubu hakkında), çarpıcı methüsenalar niteliğinde olduğunu da fark etmişsinizdir belki; *benim* dikkatimden tam anlamıyla kaçmadığını biliyorum. Tamam, bu beni duraklatıyor. Gömmeye değil ama mezardan çıkarmaya ve en büyük ihtimalle övmeye geldiğimi kabul ediyorum, gene de her yerdeki serinkanlı, tutkudan uzak anlatıcıların onurunun uzaktan uzağa da olsa burada tehlikeye girdiğinden şüpheleniyorum. Seymour'un en azından telaşla sıralanacak hiç tasa verici kusuru, kötülüğü, hainliği *yok* muydu? Neydi yani? *Aziz* mi?

Çok şükür ki buna cevap vermek benim sorumluluğuma girmiyor. (Ah, şanslı gün!) Konuyu değiştireyim ve tereddütsüz söyleyeyim ki, farklı kronolojik hassasiyet ya da derisi kalın olmama fasılalarıyla ailede rüştünü ispat etmemiş herkesin kendisini içkiye vurmasına yol açacak Heinzvari kişisel özellik çeşitlilikleri vardı. Her şeyden önce bunu Tanrı'yı, besbelli muazzam başarıyla, akla gelebilecek en tuhaf yerlerde – örn., radyo spikerlerinde, gazetelerde, hileli taksimetreli taksilerde, kelimenin tam anlamıyla her yerde– arayan bütün insanlarda ortak bulunan hayli korkunç bir ayırdedici özellik olduğu apaçık. (Kayda geçsin diye söylüyorum, erkek kardeşimin, yetişkin hayatı boyunca sanki ortasında, küçük tombul bir melek misali yukarı doğru kıvrılmış halde İsa'nın kendisini görecekmiş gibi, dolu kül tablalarını işaret parmağıyla karıştırıp bütün izmaritleri yanlara itmek –ve bunu yaparken ağzı kulaklarında gülümsemek– gibi afallatıcı bir alışkanlığı vardı, ve asla hayal kırıklığına uğramış görünmezdi.) Öyleyse, ileri derecede dindar olanın ayırdedici özelliği, ister laik olmayanlar ister başkaları olsun (ve "aşırı derecede dindar"a, nefret verici bir tanımlama olsa da, büyük Vivekananda'nın deyişiyle bütün Hıristiyanları merhameten ekliyorum; yani, "İsa'yı gör, o vakit bir Hıristiyansın; geri kalanı fasa fiso"); bu kişiyi çoğu kez tanımlayan ayırdedici özellik, onun sık sık bir budala, hatta bir geri zekalı gibi davranmasıdır. Eğer daima böyle biri gibi davranacağına güvenilmiyorsa, bir aile için gerçek bir ekâbiri içermek bir dert olur. Artık katalog çıkarmayı bırakmak üzereyim ama, tam da şu noktada, onun en yorucu kişisel özelliklerinden biri olduğunu sandığım şeyin sözünü etmeden pek bırakamam. Bu, konuşma alışkanlıklarıyla ilgili bir özellikti; ya da, daha doğrusu, konuşma alışkanlıklarının anormal yelpazesiyle. Lafı ya bir Trappist manastırın kapıcısı kadar kısa tutardı ya da –bazen ardı ardına günlerce, haftalarca– hiç durmadan konuşurdu. Kurulduğu zaman (ve meseleyi tam da olduğu gibi koymak gerekirse, hemen hemen herkes ebediyyen kuruyordu onu ve tabii sonra da derhal yanına sokuluyorlardı, beynindekileri daha iyi alabilmek için); kurulduğunda, ise bazen odada bir ya da iki ya da on başka kişi olduğunun neyse ki farkına bile varmadan saatlerce konuşması işten değildi. Dur durak bilmeyen esinlenmiş bir konuşmacıydı, diye ödün vermez şekilde öneriyorum ama, *çok* ılımlı bir şekilde belirtmek gerekirse; hiç durmadan konuşan bir kişi, en üstün başarıyı gösterse bile, devamlı olarak memnun edemez. Ve ben bunu, eklemeliyim ki, görünmez okuruma karşı "adil" davranma yolundaki iğrenç muhteşem bir dürtüden çok –ki bu daha da beter, sanırım– bu hiç durmadan konuşan kişinin her miktarda yerden yere vurma ile başa çıkabileceğine inandığım için söylüyorum. En azından, benden. Ben, ağabeyime öyle pat diye *dur durak bilmeyen bir konuşmacı* diyebilmek –ki bence, bu birisi için söylenecek hayli alçakça şeylerden biri– ve aynı zamanda arkama yaslanıp biraz da, korkarım, her iki kolunun manşeti de aslarla dolu bir tip gibi, hiç çaba harcamadan bir dolu hafifletici öğe (ki, "hafifletici" de hiç uygun bir kelime değil) hatırlamak gibi benzersiz bir durumda bulunuyorum. Hepsini tek bir tanesi içine sıkıştırıp sığdırabilirim: Seymour ergenlik döneminin ortalarına vardığında –onaltı, onyedi– sadece anadilini değil, elit sayılmayacak çok, pek çok New York konuşma üslûbunu kontrol etmeyi öğrenmekle kalmamış, kendi gerçek, onikiden vurulmuş şair kelime dağarcığını da edinmişti.. Hal böyle olunca, hiç durmadan konuşmaları, monologları, neredeyse nutukları baştan sona, diyelim ki, Beethoven'in işitme duyusunun engelinden kurtulduktan sonraki ürünlerinin hacmi kadar –en azından, pek çoğumuz için– ve belki de özellikle, birazcık müşkülpesentlik olsa da, Si-bemol-majör ve Do-diyez-minör kuartetleri kadar keyif verici hale gelirdi. Gene de biz, yedi çocuklu bir aileydik, başlangıçta. Ve şans eseri, hiçbirimiz hiç mi hiç dili bağlı takımından değildik. Kendini doğuştan sular seller gibi ifade eden ve yorumlayan altı kişinin evinde yenilmez bir şampiyon konuşmacının bulunması son derece ağırlıklı bir meseledir. Doğru, o böyle bir ünvanın hiç peşinden koşmadı. Ve bir sohbet ya da tartışmada içimizden biri ya da diğerinin daha fazla puan alarak onu yenmesini ya da sadece ondan uzun süre konuşmasını görmeyi tutkuyla özlerdi. Elbette, o kendisi asla farkına varmamış olsa da –başka herkes gibi, onun da kör noktaları vardı– bir kısmımızı daha da kaygılandıran bir küçük mesele de vardı tabii. Sonuçta ünvan onundu ve bundan emekliye ayrılabilmek için dünyadaki hemen hemen her şeyi verebilecek olduğunu düşünsem de –bu en ağırlıklı mesele, kesinlikle, ve birkaç yıl daha bunu derinden derine keşfe çıkamayacağım– bunu yapmanın tam anlamıyla zarif bir yolunu asla bulamadı.

Bu noktada, ağabeyim hakkında daha önce yazmış olduğumdan söz etmek bana sırf ahbap işi gibi görünmüyor. Ona bakarsanız, biraz yüzüme gülünüp canayakın davranılırsa, onun hakkında, yazmadığım dönemlerin pek ender olduğunu teslim etmem de düşünülebilir ve yarın oturup silah zoruyla bir dinozor hakkında bir hikâye yazacak olsam, elimde olmadan koca oğlana Seymour'u hatırlatacak bir-iki ufak tavır katacağımdan hiç şüphem yok; diyelim ki bir baldıran otunun tepesini ısırışındaki son derece canayakın tavrı ya da on metrelik kuyruğunu sallayışı. Bazıları –yakın dostlar *değil*– bana sık sık, yayımlamış olduğum tek romanın genç baş karakterinin Seymour'un pek çok özelliğini taşıyıp taşımadığını sordular. Aslında bu kişilerin çoğu bana *sormadı; söylediler*. Fark ettim ki bunu biraz da olsa protesto etmek beni kurdeşen ediyor, ancak ağabeyimi tanıyan hiç kimsenin bana bu tür bir şey sormadığını ya da söylemediğini belirteyim; ve bunun için müteşekkirim ve bir anlamda, birazdan da fazla etkilendim, çünkü ana karakterlerimden çoğu Manhattan dilini akıcı bir şekilde ve deyimleriyle konuşur, kahrolası budalaların çoğunun adım atmaya korktukları yerlere koşturmak gibi hayli sıradan bir doğal yatkınlıkları vardır ve genelde benim çok kabaca Dağın İhtiyar Adamı diye tanımlamayı çok, ama çok tercih edeceğim bir Varlık tarafından kovalanırlar. Ama beyan edebileceğim ve etmem gereken de şudur ki, doğrudan doğruya Seymour hakkında olması gereken iki kısa hikâye yazdım ve yayımladım. İkisinden daha yeni olanı, 1955'te yayımlanmıştı, onun 1942'deki düğün gününün son derece ince elenip sık dokunmuş bir anlatılışıdır. Ayrıntılar, bir tek, her okura hatıra olarak eve götürmesi için her düğün konuğunun ayak izinden bir şerbet kalıbı çıkarıp sunma dışında eksiksiz olarak sunulmuştu, ama Seymour'un kendisi –ana yemek– hiçbir yerde fiziksel olarak fiilen ortada yoktu. Öte yandan, daha önce yazdığım çok daha kısa hikâyede, ta 1940'ların sonlarında, sadece kanlı canlı olarak ortaya çıkmakla kalmıyor, yürüyor, konuşuyor, okyanusa dalıp çıkıyordu, ve son paragrafta da beynine bir kurşun sıkıyordu. Ancak, birbirinden uzaklara savrulmuş olsa da yakın ailemin, yayımlanmış düzyazılarımı küçük teknik hatalar bulmak için hep didik didik eden birçok üyesi nazik bir şekilde (pek de öyle nazik sayılmaz, çünkü çoğu kez gramerci gibi üstüme çökerler) o eski hikâyedeki genç adamın, yürüyen ve konuşan, ateş etmeyi bir yana bıraksak bile, o "Seymour"un hiç de Seymour olmadığına fakat, gariptir ki, (hoppalaa!, korkarım) benimle çarpıcı bir benzerliği olan biri olduğuna işaret ettiler. Ve bu da doğru, sanırım, ya da bana bir ustanın serzenişinin çınlamasını hissettirecek kadar doğru. Ve bu türden bir *faux pas* için iyi hiçbir *iyi* bahane olmasa bile, adı geçen hikâyenin Seymour'un ölümünden birkaç ay sonra yazıldığından söz etmeden geçemiyorum, ve benim de hem hikâyedeki "Seymour", hem de Hakiki Hayat'taki Seymour gibi Avrupa Harekat Sahası'ndan dönüşümün üzerinden pek fazla bir süre geçmemişti. O sıralarda, hadi dengesiz demeyelim ama, çok kötü şekilde onarılmış bir Alman daktilosu kullanıyordum.

Ah, bu mutluluk çok güçlü bir şey. Harikulade özgürleştirici. Size şimdi tam da duymayı hasretle beklediğiniz şeyi anlatmak için *özgür* olduğumu hissediyorum. Yani, eğer, bu dünyada en çok, normal ısısı 125 derece olan o seraba ruh küçük varlıkları seviyorsanız, ki sevdiğinizi biliyorum, öyleyse bir sonraki en çok sevdiğiniz yaratığın gerçekten şiir *olan* bir şiir yazan kişi olduğu da bunun doğal bir sonucu olarak ortaya çıkar; ister Tanrısever olsun, ister Tanrı'dan nefret eder (ikisinin arasında bir şey, anlaşılan odur ki hemen hemen hiç olmuyor), aziz ya da hovarda olsun, ahlâkçı olsun ya da ahlâka aykırılığı savunsun. İnsanlar arasındaki deniz çulluğu odur ve hemen, onun uçuşları, ısısı ve inanılmaz kalbi için sözde bildiğim azıcık şeyi size hemen anlatmak isterim.

1948'in başlarından beri kardeşimin hayatının son üç yılında, Ordu içinde ya da dışındayken ama çoğunlukla pek bir içindeyken yazmış olduğu yüz seksendört kısa şiirin sakini olduğu spiralli bir defterin üzerine oturdum; ailem kelimenin gerçek anlamıyla oturduğum görüşünde. Şimdi kalkıp, çok geçmeden –birkaç günlük ya da haftalık iş, diyorum kendi kendime– bu şiirlerin yüz elli kadarından uzağa çekilmeye ve ütülü bir sabah kostümü ile temizce bir çift gri eldiveni olan ilk istekli yayımcının onları alıp dosdoğru gölgeli matbaa makinelerine götürmesine izin vermeye niyetleniyorum, orada ise büyük bir ihtimalle iki renkli bir kapağın içine sıkışacaklar, tabii üzerine meslektaşları olan sanatçıların eserleri hakkında halk içinde yorum yapma konusunda hiç vicdan azabı duymayan o "adı bilinen" şairler ve yazarlardan istenmiş ve edinilmiş, garip bir şekilde kahredici birkaç sözün bulunduğu bir arka kapak da eksik olmayacak (daha derin çeyrek kalpten takdirlerini ise dostları, şüphelendikleri astları, yabancılar, gecekuşları ve başka bir alanda uğraş verenlere saklamayı âdet edinmişlerdir); sonra Pazar edebiyat ekleri gelecek, burada, yer varsa eğer, Grover Cleveland'ın büyük, yeni, *tanımlayıcı* biyografisinin eleştirisi çok uzun değilse, yeni şiir kitaplarını ille de bilgece ya da tutkuyla değil veciz bir şekilde eleştireceklerine güvenilen küçük kıdemliler çetesinden biri, orta karar maaşı olan ukalâlar ve gelirine ek arayanlar tarafından, şiirsever halka sunulacaklar. (Bir daha böyle limoni bir ton tutturacağımı sanmıyorum. Yaparsam eğer, bu konuda eşit derecede saydam olmaya çalışacağım.) Şimdi, şiirlerin üstünde on yılı aşkın süredir oturduğumu göz önüne alarak, kalkmayı, onların üstünden yükselmeyi seçmeme yol açtığını sandığım iki ana nedeni versem iyi olabilir – hiç değilse, dinçleştirici şekilde normal ya da sapkın olmayanlarından. Ve her iki nedeni de, torba çanta stilinde aynı paragrafa tıkmayı tercih ediyorum, kısmen birbirlerine yakın durmaları hoşuma gittiği için, kısmen de yolculuk sırasında onlara bir daha ihtiyaç duymayacağım şeklinde belki de tezcanlılık sayılacak bir kanım olduğu için.

Önce, aile baskısı meselesi var. Şüphesiz çok sık rastlanan bir şey, hatta duymak istemediğimden de sık rastlanıyor, ama benim, okumuş yazmış, haddinden fazla belagat sahibi denebilecek dört küçük kardeşim var, kısmen Yahudi, kısmen İrlandalı ve herhalde kısmen de Minatör ahfadından; iki oğlan, biri, Waker, sabık gezginci halen mahsur bir Kartusyen keşiş-muhabir, ve diğeri Zooey, gayretle adlandırılmış ve seçilmiş olmakta ondan geri kalmayan, dar kafalılıktan uzak bir aktör, yaşları sırasıyla otuzaltı ve yirmidokuz; ve iki kız, biri, gelecek vadeden genç bir aktris, Franny, öteki de biraz fazlaca canlı, hali vakti yerinde, Westchesterlı yaşını başını almış evli bir kadın olan Boo Boo, yaşları, sırasıyla, yirmibeş ve otuzsekiz. 1949'dan beri zaman zaman, seminer ve yatılı okuldan, Kadın Hastanesinin doğum katından ve değişimli öğrencilerin Queen Elizabeth'te su hattının altındaki yazı odasından, tabir caizse (sanki, neredeyse, adeta) sınavlar ve kostümlü provalar ve matineler ve sabah saat iki mamaları arasında bu muhterem şahısların her biri bana postayla eğer Seymour'un Şiirleri *için kısa sürede* bir şey yapmayacak *olursam* başıma neler geleceğine dair açıkça belirtilmemiş ama besbelli kara ültimatomlar gönderdiler. Belki de yazan bir adam olmanın yanı sıra, New York eyaletinin kuzeyinde, Kanada sınırından pek uzakta olmayan bir kızlar kolejinde İngiliz Edebiyatı Bölümü'nün yarı mesai yapan bir üyesi olduğum da derhal belirtilmeli. Yalnız yaşarım (ama kedisiz, bunu herkesin bilmesini istiyorum) ormanın derinliklerinde ve bir dağın daha zor ulaşılır yanında, tamamen mütevazı, hadi aşırı mütevazı demeyeyim, küçük bir evde. Öğrencileri, öğretim üyelerini ve orta yaşlı garson kadınları saymazsak çalışma haftası sırasında ya da yıl boyunca pek az insan görürüm. Kısacası, postayla hayli başarılı bir şekilde zorbalık edilebilecek ya da gözdağı verilebilecek, ki bundan hiç şüphem yok, bir edebi kapanmışlar türüne aidim. Zaten herkesin bir doyum noktası vardır ve ben artık çiftlik donanımı sirkülerleri ve banka bildirileri arasında yuvalanmış durumda, erkek ya da kız kardeşlerimin birinden gelmiş uzun, geveze, tehdit edici bir kartpostal bulma ihtimali karşısında aşırı bir endişeye kapılmadan posta kutumu açamaz hale geldim, bu arada iki tanesinin tükenmez kalem kullandığını eklemeye de özellikle değer bence. Şiirleri bırakmak, yayımlatmak kararı almanın ikinci ana nedeni de bir yönden fizikselden çok, gerçekten, duygusal. (Ve bu da, bir tavuskuşu kadar gururla söyleyeyim ki, insanı dosdoğru belagât batağına götürür.) Radyoaktif zerreciklerin insan vücudu üzerindeki etkisi, ki 1959'da son derece günceldi, eski şiirseverler için hiç de yeni bir şey değildir. İtidalle kullanılırsa, birinci sınıf bir dize, ısı tedavisinin mükemmel ve etkisini genellikle çabuk gösteren bir biçimi olur. Bir seferinde, Ordudayken, üç ayı aşkın bir süreyle ayakta geçirilen zatülcenp denebilecek bir şeye yakalandığımda ilk kez gömleğimin cebine son derece masum görünen bir Blake liriği koyup, onu bir-iki gün yakı gibi taşıdığımda tam anlamıyla rahat bir nefes almıştım. Ancak aşırı olan şeyler daima rizikoludur ve normal olarak da düpedüz muzırdır ve birinci sınıf şiir hakkında en iyi bildiklerimizi aşıyor gibi görünen herhangi bir şiirle uzun süreli temasın tehlikeleri de müthiştir. Her neyse, ağabeyimin şiirlerinin bu genel küçük alanın dışına, en azından bir süre için çıkarılmasını görmek beni rahatlatacak. Hafifçe ama geniş ölçüde yanmış hissediyorum kendimi. Ve bana en sağlamıymış gibi görünen bir temel üzerinde: Ergenliğinin büyük bölümü ve bütün yetişkin hayatı boyunca Seymour önce Çin şiirinin ve sonra da aynı derinlikle Japon şiirinin ve her ikisinin çekiciliğine, dünyada başka hiçbir şiirinkine kapılmadığı kadar kapıldı.[2] Elbette ki, kurban edilmiş olsa da sevgili genel okurumun Çin ya da Japon şiirine ne kadar aşina olduğunu ya da olmadığını çabucak bilmemin bir yolu yok. Ancak, bu şiir üzerinde *kısa* bir tartışmanın bile belki de ağabeyimin mizacına hayli ışık tutabileceğini göz önüne alarak, şimdi ketum ve tahammüllü davranmamın sırası olmadığını düşünüyorum. İnanıyorum ki, en etkin hallerinde Çin ve Japon klasik dizeleri, davet olunan kulak misafirini neredeyse ölümüne hoşnut eden, aydınlatan ya da boyutunu genişleten anlaşılabilir deyişlerdir. Özellikle kulağa hoş gelebilirler, genellikle de gelirler ama ben daha çok demek isterdim ki, bir Çin ya da Japon şairin gerçek güçlü yanı eğer iyi bir trabzon hurmasını ya da iyi bir yengeci ya da iyi bir kolda iyi bir sivrisinek ısırığını görünce tanımak değilse, o vakit semantik ya da entelektüel bağırsakları ne kadar sıradışı ya da büyüleyici olursa olsun, ya da tıngırdatıldıklarında ne kadar akıl çelici bir ses çıkarsa çıksın, Esrarengiz Doğu'da hiç kimse ondan şair olarak söz etmez, yani eğer herhangi bir şekilde söz edecek olursa. Haklı olarak, biraz fazla tekrarlasam da, mutluluk adını verdiğim kendi iç, aralıksız kıvancım, farkındayım, bütün bu kompozisyonu bir budalanın iç monoloğuna dönüştürmekle tehdit ediyor. Ama Çinli ya da Japon şairi böyle bir mucize ve sevinç haline getire-

2 Bu bir tür kayıt olduğuna göre buracıkta, Çin ve Japon şiirini çoğunlukla yazıldığı dilde okuduğunu mırıldanmalıyım. Bir başka sefer, muhtemelen usandırıcı bir uzunlukta –en azından, benim için– bir ölçüde ailemizin başlangıçtaki yedi çocuğundan hepsinin bir ölçüde ortaklaşa sahip olduğu ve üçümüzde topallama gibi belirgin biçimde tecelli ederek yabancı dilleri büyük bir kolaylıkla öğrenmemize yol açan doğuştan garip bir özellik üzerinde duracağım. Ancak bu dipnot daha çok genç okurlar içindir. Eğer görevimi yerine getirirken bu arada birkaç gencin Çin ve Japon şiirine ilgisini de gıcıklarsam, benim için iyi haber olur. Genç kişi her halükârda bilsin ki, yani zaten bilmiyorsa, hayli çok miktarda birinci sınıf Çin şiiri, özgün metne büyük sadakatle ve ruhla birkaç seçkin kişi tarafından İngilizceye çevrilmiştir: Witter Bynner ve Lionel Giles, ilk akla gelenler. En iyi kısa Japon şiirleri –özellikle haiku, ama senryu da– R.H. Blyth onlara el atmışsa eğer özel bir tatmin hissiyle okunabilir. Blyth doğal olarak bazen rizikoludur çünkü kendisi de keyfe bağlı eski bir şiirdir ama aynı zamanda hayranlık uyandırıcıdır da – hem zaten kim şiire güvence bekleyerek yaklaşır ki? (Tekrar ediyorum, bu son küçük bilgiçlik örneği, yazarlara yazan ve hayvanlardan asla cevap alamayan gençler içindir. Ben aynı zamanda kısmen kendisi de öğretmen olan baş karakterim için de çalışıyorum, zavallı piç.

nin ne olduğunu söylemeye çalışacak küstahlık bende bile yok herhalde. Gene de bir şeyler (ne dersiniz buna?) insanın aklına geliveriyor. (Tam da aradığım şey olduğunu tahayyül etmiyorum ama onu öylece atamıyorum da.) Vaktiyle, korkunç sayıda yıl önce, Seymour ve ben sekiz ve altı yaşındayken, annemizle babamız New York'ta eski Hotel Alamac'taki üç buçuk odalı evimizde neredeyse altmış kişilik bir parti vermişti. Resmen vodvilden emekli oluyorlardı ve hem dokunaklıydı, hem de kutlama amaçlıydı. Bizim ikimizin saat onbir sıralarında yataktan çıkıp gelip şöyle bir göz atmamıza izin vermişlerdi. Göz atmaktan da ileri gittik. İstek üzerine, ve kendimiz hiçbir şekilde itiraz etmeden dans ettik, şarkı söyledik, önce tek başına, sonra birlikte, bizim durumumuzdaki çocukların yaptığı gibi. Ama daha çok, sadece ayakta kaldık ve gözledik. Sabah saat ikiye doğru gitmeler başlayınca Seymour Bessie'ye –annemiz– gidenlerin, küçük apartmanın her yanına asılmış, sarkıtılmış, atılmış, yığılmış hatta uyuyan küçük kızkardeşimizin yatağının ayakucunda bile duran paltolarını getirmesine izin versin diye yalvardı. Onunla ben konuklardan bir düzüne kadarını yakından tanıyorduk, on falanını daha çok görmüştük ya da adını duymuştuk, geri kalanını ise ya hiç tanımıyorduk, ya da çok az tanıyorduk. Herkes geldiğinde yatakta olduğumuzu da ekleyeyim. Ama konukları üç saate yakın gözlemenin, onlara sırıtmanın ve sanırım onları sevmenin sonucu olarak Seymour –daha önceden hiç soru sormadan– hemen hemen bütün konuklara, her seferinde birer ikişer, ve hiç yanlış yapmaksızın kendi gerçek paltolarını ve ilgili bütün adamlara da şapkalarını getirdi. (Kadın şapkalarıyla biraz sorunu oldu.) Şimdi, böyle bir marifetin Çin ya Japon şairlerinin tipik bir marifeti olduğunu ille de öneriyor değilim ve bunun onu o yapan şey olduğunu da ima etmek niyetinde değilim elbette. Ama bir Çin ya da Japon dizi bestecisi, eğer görme suretiyle kimin paltosunun kimin olduğunu bilmezse, onun şiirinin de hayatta olgunlaşma şansının çok zayıf olduğunu düşünüyorum. Ve tahminime göre sekiz de, bu küçük marifetin ustası olmak için azami yaş sınırıdır.

(Hayır, hayır, artık duramam. Bana öyle geliyor ki, benim durumumda, artık sadece ağabeyimin bir şair olarak konumunu bildirmekle kalmıyorum; bir ya da iki dakika için bile olsa bu kahrolası dünyadan bütün bombaların detonatörlerini çıkardığımı hissediyorum; çok minik, tamamen geçici bir kamu hizmeti, şüphesiz, ama benim kendi malım.) Çin ve Japon şairlerinin en çok basit konulardan hoşlandığı yolunda ortak bir kanı var ve ben eğer buna karşı çıkmaya çalışırsam, kendimi her zamankinden de salak hissedeceğim, ama "basit" şahsen benim zehirmiş gibi nefret ettiğim bir kelimedir, çünkü –en azından benim geldiğim yerde– bu kelimenin bilinçsizce de olsa kısa, genelde zamandan tasarruf sağlayan, önemsiz, kel ve kısaltılmış şeyler için kullanılması âdettendir. Kişisel fobilerim bir yana Çin ya da Japon şairinin malzeme seçimini betimleyecek bir kelimenin herhangi bir dilde *var olduğuna* –Tanrı'ya şükür– inanmıyorum. Böyle bir şey için kimin bir kelime bulabileceğini de merak ediyorum: Mağrur, azametli bir Parlamento üyesi, avlusunda yürür ve o sabah İmparator'un huzurunda yapmış olduğu özellikle mahvedici bir konuşmayı yeniden yaşarken *üzüntüyle* birisinin kaybettiği ya da ıskartaya çıkardığı mürekkepli kalemle yapılmış bir eskize basar. (Vah bana, aramızda bir düzyazı yazarı var; Şimdi Şarklı şairin kullanmayacağı yerlerde italik kullanmak zorunda kalacağım.) Büyük Issa neşeyle bize bahçede tombul suratlı bir camgüzelinin bulunduğunu bildirir. (Ne fazla, ne eksik. Bu tombul suratlı camgüzelini kendimiz için görmeye gidip gitmeyeceğimiz ayrı bir konu; bazı düzyazı yazarlarının ve Batılı şair bozuntularının aksine, ki onların ismini verecek durumda değilim, bizi denetlemiyor.) Issa'nın adının geçmesi bile beni hakiki şairin malzeme seçme şansı olmadığına ikna ediyor. Belli ki malzeme onu seçiyor, o malzemeyi değil. Tombul suratlı camgüzeli kendini Issa'dan başka kimseye göstermeyecek; Bosan'a, Shiki'ye, hatta Basho'ya bile. Belirli alelâde değişikliklerle, aynı kural, mağrur ve azametli Kabine üyesi için de geçerli. Büyük avam tabakası üyesi, piç ve şair Lao Ti-kao gözlemek üzere olay yerine vasıl olana kadar bir parça eskiz kâğıdına ilahi şekilde insani bir pişmanlıkla basmaya cesaret edemeyecek. Çin ve Japon şiirinin mucizesi, saf bir şairin sesinin kesinlikle bir başkasınınkiyle aynı olması ve aynı zamanda kesinlikle belirgin ve farklı olmasında yatıyor. Tang-li, doksanüç yaşındayken ve bilgeliği ve hayırseverliği için yüzüne karşı övülürken, başarının canına okuduğunu ifşa ediyor. Bir başka, son örnek olarak Ko-huang da yüzünden aşağı akan yaşlarla, sabık efendisinin sofra görgüsünün son derece kötü olduğu gözleminde bulunuyor. (Hep, Batı'ya karşı biraz fazlaca kötü davranma tehlikesi mevcut. Kafka'nın Günceler'inde –daha doğrusu, birçok güncesinden birinde– Çin Yeni Yılı'nı kolaylıkla müjdeleyebilecek bir satır vardır: "Yalnızca sevgilisi ile kol kola yürüdüğü için sessizce etrafa bakan genç kız.") Ağabeyim Seymour'a gelince; ah, ağabeyim Seymour işte. Bu Semitik-Seltik Şarklı için yepyeni bir paragraf gerek bana.

Gayrıresmi olarak, Seymour, bizimle kaldığı otuzbir yıl boyunca Çin ve Japon şiiri üzerine yazdı ve konuştu, ama onun böyle bir şiir yazmadaki resmi başlangıcı onbir yaşındayken bir sabah, evimizin yakınlarında, üst Broadway'deki bir halk kütüphanesinin birinci kattaki okuma odasındayken yaptığını söyleyebilirim. Bir Cumartesi günüydü, okul yoktu, önümüzde öğle yemeğinden daha acil bir şey de yoktu ve biz de tembel tembel yüzerek ya da yığınlar arasında ayaklarımızı vurarak su içinde duruyor, zaman zaman da yeni yazarlar için ciddi balıkçılık faaliyetine girişiyorduk ki birden bana gelmemi ve elindekini görmemi işaret etti. On birinci yüzyılın harikası P'ang'ın tercüme edilmiş şiirlerinden koca bir yığın yakalamıştı. Ama, bildiğimiz gibi, balıkçılık ister kütüphanelerde, ister başka herhangi bir yerde olsun, nazik bir iştir, kimin kimi yakalayacağı asla belli değildir. (Genelde balıkçılığın tehlikesi de Seymour'un en sevdiği konulardan biriydi. Küçük kardeşimiz Walt ufak bir oğlanken büyük bir kancalı olta balıkçısıydı, ve dokuzuncu ya da onuncu doğumgününde Seymour'dan, Hudson Nehri'nde bir kelebek balığı yakalayan küçük zengin bir oğlan hakkında bir şiir aldı –bence bu, hayatının en büyük sevinçlerinden biridir–, oğlan balığı çekmek için makarayı sardığında alt dudağında korkunç bir acı hissediyordu, sonra da meseleyi kafasından atıyor ama eve dönüp hâlâ canlı olan balığı küvete attığında onun, yani balığın kafasında, tepesinde oğlanın kendi okul armasının aynısının bulunduğu mavi serj bir kasket olduğunu keşfediyordu; oğlan minicik ıslak kepte kendi isim şeridinin dikilmiş olduğunu fark ediyordu.) O sabahtan itibaren Seymour daimi şekilde oltaya takılmıştı. Ondört yaşına geldiğinde aileden birimiz ya da ikimiz hayli düzenli bir şekilde, ağır geçen bir jimnastik dersi ya da dişçide uzun bir bekleyişte karalamış olabileceği satırları bulmak için ceketleriyle rüzgârlıklarının ceplerini karıştırırdık. (Bu son cümleden bu yana bir gün geçti ve arada İş Yerim'den, onda Seymour'un çok küçüklüğünden kalma ve bu yazıya girmesini özellikle istediği bir şiir olup olmadığını sormak için Tuckahoe'da oturan kızkardeşim Boo Boo'ya şehirlerarası bir telefon ettim. Beni kendisinin arayacağını söyledi. Seçtiği şiir benim şimdiki amaçlarıma istediğimce uygun çıkmadı ve bu yüzden de azıcık sinir bozucu oldu ama bunu atlatacağım sanırım. Seçtiği şiirin şair sekiz yaşındayken yazıldığını da biliyorum: "John Keats / John Keats / John / Kaşkolunu tak lütfen.") Yirmiiki yaşındayken bana çok çok iyi görünen, özel ve ince olmayan bir deste şiiri vardı ve hayatımda, onbir hurufatlık halini ânında gözümün önüne getirmeden tek satır el yazısı yazmamış olan ben, biraz da huysuzca, onu bu şiirleri bastırmak için bir yere vermeye zorladım. Hayır, bunu yapabileceğini sanmıyordu. Henüz değil; belki asla. Batılı olmaktan çok uzaktılar, fazlaca nilüferimsiydiler. Onların biraz rencide edici oldukları duygusuna kapıldığını söyledi. Rencide meselesinin nereden geldiği konusunda pek karara varmış sayılmazdı ama bu şiirlerin bir tür nankör tarafından, sırtını –hiç değilse, etki açısından– kendi çevresine ve bu çevredeki ona yakın olan kişilere dönen biri tarafından yazıldığı izlenimi uyandırdığını söyledi. Yemeğini büyük buzdolaplarımızdan yediğini, sekiz silindirli Amerikan arabalarımızı kullandığını, hastalanınca tereddüt etmeksizin ilaçlarımızı aldığını ve anne babasıyla kızkardeşlerini Hitler'in Almanya'sından korumak için ABD Ordusu'na güvendiğini, ve bütün şiirlerinde hiçbir şeyin, herhangi bir şeyin bu gerçekleri yansıtmadığını söyledi. Fena halde yanlış olan bir şey vardı. Bir şiiri bitirdiğinde Miss Overman'ı ne kadar sık sık düşündüğünü söyledi. Miss Overman'ın, çocukken düzenli olarak yararlandığımız New York'taki ilk halk kütüphanesi şubesindeki kütüphaneci olduğunu da söyleyeyim. Seymour Miss Overman'a, hem kendi tuhaf standartlarına uygun bir şiir biçimi için, ama aynı zamanda Miss Overman'ın zevkine tamamen uymayacak türden olmadığı da ilk bakışta bile anlaşılacak titiz, arkası gelmiş bir arayışı borçlu olduğu duygusuna kapıldığını söyledi. Bunu söylemeyi bitirdiğinde ben de onun dikkatini sakin bir şekilde, sabırla –yani, elbette, avaz avaz bağırarak– Miss Overman'ın bırakınız yargıç olmayı bir şiir okuru olarak bile yetersiz olduğunu düşündüğüm yanlarını söyledim. Bunun üstüne o da benim halk kütüphanesindeki ilk gününde (tek başına, altı yaşındayken) Miss Overman'ın, bir şiir yargıcı olarak eksikli olsun olmasın, bir kitabın Leonardo'nun mancınığının olduğu resimli bir sayfasını açtığını ve onu ışıldayarak kendisinin önüne bıraktığını, bir şiiri yazmayı bitirdiğinde Miss Overman'ın henüz sevgili Mr. Browning'ini ya da aynı derecede aziz ve hiç de daha az sarih olmayan Mr. Wordsworth'ünü, büyük bir ihtimalle, henüz elinden bırakmış olduğu için onun şiirini zevkle ya da kendini vererek ele almakta zorluk çekeceğini bilmenin kendisi için hiç de keyifli olmadığı konusunda beni uyardı. Tartışma (benim için tartışma, onun için konuşma) orada sona erdi. Şairin işlevinin yazması gerekeni yazmak olduğuna değil de, hayatının eski kütüphanecilerinden insani koşullar altında mümkün olduğu kadar azını dışlamak üzere tasarlanmış bir üslûpta yazmak sorumluluğunu almasına bağlı olması halinde yazacaklarını yazmak olduğuna inanan, ya da hiç değilse tutkuyla bundan şüphelenen biriyle tartışamazsınız.

İnananlar, sabırlı olanlar, simyasal saflar için bu dünyadaki bütün önemli şeyler –belki de sadece kelimelerden ibaret olan hayat ve ölüm değil, ama önemli olan şeyler– hayli güzel şekilde hallonulur. Bitişinden önce, Seymour üç yılı aşkın süre boyunca, kıdemli bir ustanın hissetmesine izin verilen en derin tatmin duygusu olması gereken şeye sahip olmuştu. Kendisine, kendisi için doğru olan, genelde şiire ilişkin uzun süreli taleplerinin çoğunu karşılayan ve, inanıyorum ki, hâlâ hayatta olsa ve dikkatini eski gözağrıları Browning ve Wordsworth'e verdiği kadar müsrifçe verecek olsa, büyük bir ihtimalle Miss Overman'ın da bakmayı çarpıcı, hatta belki de alımlı bulacağı ve kesinlikle "kendisini vereceği" bir şiirleştirme biçimi bulmuştu. Bulduğu şey işine yarıyordu ve tanımlaması çok zor.[3] Seymour'un üç satırlık, onyedi hecelik klasik Japon haiku'sunu belki de başka hiçbir şiir biçimini sevmediği kadar sevdiğinden ve kendisinin de haiku yazdığından – kanadığından– (hemen hemen daima İngilizce ama bazen, umarım bu konuyu açmakta gerektiğince gönülsüzümdür) söz ederek başlamanın yararı olabilir. Seymour'un son dönem şiirlerinden birinin, esaslı bir tür duble haiku'nun, böyle bir şey varsa eğer, İngilizce çevirisi gibi göründüğü söylenebilir, ve büyük ihtimalle söylenecektir ve ben bu konuda kaçamaklı laflar etmek niyetinde olduğumu sanmıyorum ama 1970'de yorulmak bilmez ölçüde nüktedan bir İngiliz Edebiyatı Bölümü üyesinin –ki, Tanrı yardımcım olsun, bunun ben olmam da imkân harici değil– Seymour'un bir şiiri ile bir haiku arasındaki ilişkinin, duble bir Martini ile sıradan bir Martini arasındaki ilişkiye benzediğini söyleyerek sağlam bir espri patlatabilmesi yolundaki güçlü ihtimal karşısında mide bulantısına uğrama eğilimi gösteriyorum. Ve bunun doğru olmadığı olgusunun bir ukalâyı ille de durdurması gerekmez, eğer sınıfın yeterince ısıtılmış ve hazır olduğunu hissediyorsa. Her neyse, hazır söyleyebilecek durumdayken şunu epeyce yavaşça ve özenle söylemek istiyorum: Seymour'un son dönemdeki bir şiiri, belli bir vurgusu olmayan ama çoğu kez iki vurgulu ölçüyle yazılmış (ilki zayıf, ikincisi kuvvetli) altı dizeli bir şiirdir ve kısmen ölmüş Japon ustalara olan muhabbetinden, kısmen de bir şair olarak cazip sınırlı alanlar dahilinde çalışmaya duyduğu doğal meyil nedeniyle kasıtlı olarak otuzdört

3 Bu noktada yapılacak normal ve yegâne mantıklı şey, okur kendi gözleriyle görsün diye şiirlerin birini, ikisini, ya da yüz seksendört tanenin hepsini pat diye yere bırakmaktır. Bunu yapamam. Hatta bu konuyu tartışmaya hakkım olup olmadığından bile emin değilim. Şiirlerin üzerinde oturmama, onları yayıma hazırlamama, göz-kulak olmama, ve nihayet onları ciltli olarak basacak bir yayımcı bulmama izin var, ama, son derece kişisel nedenlerle, şairin, onlara yasal olarak sahip olan dulu tarafından, onların herhangi bir bölümünü burada alıntılamam yasaklandı.

heceyle, yani klasik haiku'dakinin iki katıyla sınırlı kalmıştır. Bunun dışında halen çatımın altındaki yüz seksendört şiirdeki hiçbir şey herhangi bir şeye pek benzemez, Seymour'un kendisi hariç. Her şey bir yana, hiç değilse akustiğin bile Seymour kadar dikkat çekici olduğu söylenebilir. Yani, şiirlerin her biri onun bir şiirin olması gerektiğine inandığı gibi tınısız, sessizdir ama şahsen benim üzerimde birinin –elbette tam anlamıyla ayık sayılamayacak biri– kapımı açışı, odaya bir kornetten üç, dört ya da beş tane şeksiz şüphesiz tatlı ve ustaca nota üfleyişi, sonra da yok oluşu etkisi uyandıran (şimdiye kadar bir şairin şiirin ortalık yerinde kornet çaldığı izlenimini uyandırdığını hiç görmedim, bırakın güzel kornet çalmayı, onun için de bu konuda hemen hemen hiçbir şey söylememeyi tercih ederim. Aslında, hiçbir şey.) fasılalı ses uyumu (daha az gaddarca bir şey yokluğundan) patlamaları var. Altı dizelik yapı ve bu çok garip armoni dahilinde sanırım Seymour bir şiirle, tam da onunla yapmak istediği şeyi yapar. Yüz seksendört şiirin büyük çoğunluğu ölçüye sığmaz bir, hadi hafif kalplilik demeyelim de yüce kalpliliktedir ve herkes tarafından, her yerde okunabilir, hatta fırtınalı gecelerde ilerici denebilecek yetimhanelerde bile, ama son otuz ya da otuzbeş şiiri hayatında en azından iki kez, tercihan yavaş yavaş, ölmemiş olan hiç kimseye kayıtsız şartsız tavsiye etmem. Benim kendi favorilerim, varsa eğer, ki sizi temin ederim var, koleksiyondaki son iki şiirdir. Çok basit bir şekilde onların ne hakkında olduğunu söylersem, kimsenin ayağına basmış olmam sanırım. Sondan bir önceki şiir burada benim eski evlilik elkitabımda evlilik dışı ilişki olarak nitelendirilen şeyi açıkça yaşamakta olan genç bir evli kadın ve anne hakkında. Seymour onu betimlemiyor ama genç kadın şiire tam Seymour'un o korneti olağanüstü etkili bir şey yaparken giriyor ve onu müthiş güzel bir kız olarak görüyorum, makul bir zekâya sahip, makul denemeyecek kadar mutsuz, ve Metropolitan Sanat Müzesi'nden bir–iki blok uzakta oturma ihtimali hiç de uzak bir ihtimal olmayan. Bir gece eve bir randevudan çok geç dönünce –benim zihnimde, gözleri yorgunluktan kızarmış ve ruj lekeleriyle– yatak örtüsünün üstünde bir balon buluyor. Birisi oraya bırakıvermiş. Şair söylemiyor ama bunun büyük, şişmiş bir oyuncak balon olmaması imkânsız, herhalde yeşil, baharda Central Park gibi. Öteki şiir, koleksiyondaki son şiir bir gece, kesinlikle pijaması ve ropdöşambrıyla dolunaya bakmak için kendi küçük çimenliğine oturmuş, banliyöde yaşayan genç bir dul adam üzerine. Hanesinin bir üyesi ve hanesinin sabık bir kilit şahsı olduğu besbelli, canı sıkılmış bir beyaz kedi onun yanına geliyor, yuvarlanıyor, adam da, aya bakarken, onun sol elini ısırmasına izin veriyor. Aslında bu son şiir, benim genel okuruma, hayli özel iki nedenden dolayı fazlasıyla ilginç gelebilir. Bunları tartışmayı çok isterdim.

Çoğu şiire yakıştığı ve belirgin bir Çin ya da Japon "etki"si olan herhangi bir şiire kesinlikle uyduğu gibi, Seymour'un şiirleri olabildiğince yalındır ve hiçbir ayrım gözetmeksizin süsten uzaktır. Ancak altı ay kadar önce bir hafta sonunda burayı ziyaret eden küçük kızkardeşim Franny, kazara yazı masamın çekmecelerini talan ederken benim (suç işleyerek) anahatlarıyla çizmeyi henüz bitirdiğim bu dul adam şiirine rastlamış; Koleksiyondaki diğer şiirlerden, yeniden daktilo edilmek için ayrılmıştı. Şu an için katiyetle uygun olmayan nedenlerle, şiiri daha önce hiç görmemişti ve bu yüzden de, doğal olarak, oracıkta okudu. Daha sonra benimle şiir hakkında konuşurken Seymour'un neden genç dulun beyaz kediye ısırttığı elin sol el olduğunu söylediğini merak ettiğini söyledi. Bu onu rahatsız ediyordu. Bu "sol" işinin, Seymour'dan çok bana has bir iş olduğunu söyledi. Benim gittikçe artan profesyonel ayrıntı merakıma ilişkin olarak atılmış iftira, elbette, bir yana, sanırım ki bu sıfatın ona engelleyici, haddinden fazla açık ve şiirsellikten uzak geldiğini kastetti. Onun iddiasını tartışarak çürüttüm ve, gerekirse eğer, *sizin* iddianızı da çürütmeye hazırım, doğrusu. Ben kendi kafamda Seymour'un, genç dulun beyaz kediye iğne gibi sivri dişlerini batırsın diye uzattığı elin sol, yani ikinci sınıf el olmasının ve böylece sağ elini göğsüne ya da alnına vurmak için boşta bırakmasını ima etmenin hayati önem taşıdığını düşündüğünden eminim; kimi okura çok, ama çok sıkıcı gelebilecek bir tahlil. Belki de öyledir. Ama ben ağabeyimin insan elleri hakkında neler hissettiğini biliyorum. Üstelik, meselenin bir başka, son derece hatırı sayılır bir yönü daha var. Bu konuya uzun uzun dalmak biraz zevksiz görünebilir –sanki telefonda yedi kat bir yabancıya "Abie'nin İrlandalı Gülü"nün tam metnini okumakta ısrar eder gibi– ama Seymour yarı Yahudiydi ve ben bu tema üzerinde büyük Kafka'nın mutlak yetkinliğiyle konuşamasam da kırk yaşında, damarlarında fazlasıyla Sami kanı dolaşan herhangi bir düşünen adamın elleriyle tuhaf bir şekilde mahrem, neredeyse iki tarafın da karşılıklı teslim ettiği şartlar altında yaşadığı benim ciddi tahminimdir, ve onları mecazi olarak *ya da* gerçek anlamıyla ceplerinde tutmak suretiyle uzun yıllar geçirebilse de (korkarım partiye getirmemeyi tercih ettiği iki eski ısrarcı dost ya da akrabaya her zaman benzemediklerini pek iddia edemeyeceğim) sanırım ki bir kriz anında onları kullanacak, pek seve seve onları cebinden çıkartacak ve çoğu kez bir kriz anında onlarla esaslı bir şey yapacaktır, örneğin bir şiirin ortasında hiç de şiirsel olmayan bir şekilde kedinin ısırdığı elin sol el olduğundan söz etmek gibi – ve şiir de, elbette bir krizdir, belki de kendi malımız sayabileceğimiz tek dava edilebilir kriz. (Bu laf kalabalığı için özür dilerim. Ne yazık ki dahası da gelebilir.) Mahut şiirin genel okuruma fazlasıyla ilginç –ve umarım gerçekten ilginç– geleceğini düşünmek için ikinci nedenim ise, bu şiire aktarılan garip kişisel güçtür. Basılı olarak buna pek de benzeyen bir şeye asla girmedim ve sağduyusuz şekilde ilk çocukluğumdan otuz yaşını hayli geride bırakana kadar günde ikiyüzbin kelimeden, ve sık sık da dörtyüzbin kelimeden azını pek ender okuduğumdan söz edebilirim. Kırk yaşında, itiraf edeyim, artık kendimi acıkmış hissettiğim bile ender veya genç hanımlara ya da kendime ait İngilizce kompozisyonları gözden geçirmem gerekmediğinde, akrabalardan gelen haşin kartpostallar, tohum katalogları, kuş izleyenlerin bültenleri (şu ya da bu türde) ve şurda burda benim altı ayımı bir Budist manastırında ve geri kalan altısını da bir akıl hastanesinde geçirdiğim gibi uyduruk bir bilgiye rastlamış eski okurlarımdan gelen dokunaklı Geçmiş Olsun mesajları dışında pek fazla bir şey okumamayı âdet haline getirdim. Ancak bir okumayanın gururunun da –ya da, ona bakarsanız, kitap tüketimi belirgin biçimde kısıtlı olan kişinin gururunun– bazı ciltler deviren okurların gururundan daha saldırgan olabileceğinin de farkındayım ve bu yüzden de en eski edebi kendini beğenmişliklerimden birkaçını sürdürmek için çaba harcadım (sanırım bu konuda ciddiyim). Bunların en kocamanlarından biri, çoğu kez bir şair ya da düzyazı yazarının birinci ikinci– ya da onuncu elden deneyimden mi aktarma yaptığını ya da has bir icat olduğunu düşüneceğimiz şeyi mi bize kakaladığını anlayabilmemdir. Ne var ki, o genç-dul-erkek-ve-beyaz-kedi dizesini ilk kez, 1948'de okuduğumda –ya da, oturup dinlediğimde– Seymour'un hiç değilse, ailenin haberdar olmadığı bir eşi gömmediğine inanmakta çok zorluk çektim. Gömmemişti, tabii. Hayır (ve buradaki ilk yüz kızarmaları bana değil, olursa eğer, okurlara ait olacak)– hiç değilse bu enkarnasyonda. Üstelik, benim adam hakkındaki epeyce yaygın ve biraz da yılankavi bilgilerimin ışığında, genç dul erkeklerle de yakın bir tanışıklığı olmamıştı. Bu konu üzerinde son ve tamamen tedbirsizce bir yorumda bulunacak olursam, kendisi de genç bir Amerikan erkeği, dul olmaktan ne kadar uzak olabilirse, o kadar uzaktı. Ve her evli erkeğin –ola ki Seymour da, ama hemen hemen tamamen tartışma adına, bundan hariç değil– ara sıra, ister eziyet edici, ister coşku verici olsun, küçük kadın tablodan çıkacak olursa hayatın nasıl olacağı üzerine kafa yorması mümkünse de (buradaki ima, birinci sınıf bir şairin bu tür asma budamalardan iyi bir ağıt çıkarabileceği yolunda), bu imkân bana yalnızca psikologların değirmenlerinde öğütülecek zahire olurmuş gibi görünüyor, ve kesinlikle de benim anlatmak istediğimin dışında kalıyor. Benim anlatmak istediğim ise –ve, her zamanki düşük başarı şansına karşın, uzatmamaya çalışacağım– Seymour'un şiirleri ne kadar kişisel görünürse ya da öyle *olursa,* içeriğinin onun bu Batı dünyasındaki fiili günlük hayatının bilinen ayrıntılarının herhangi birini daha az açığa çıkarttığıdır. Aslında, erkek kardeşim Waker, Seymour'un en etkileyici şiirlerinin çoğunda, kentleşme öncesi Benares, feodal Japonya ve metropolitan Atlantis'teki eski, mutlaka hatırlanmaya değer varoluşların iyi-kötü dönemlerinden yararlanırmış gibi göründüğünü iddia ediyordu (umarız ki manastırdaki başrahibinin kulağına asla gitmez). Bir es veriyorum ki , tabii, okur ellerini havaya açma şansı bulsun ya da ellerini yıkayıp hepimizden kurtulsun. Gene de, ailemizin hayattaki bütün çocuklarının Waker'la bu konuda hayli çenebazca görüş birliği içinde olacağı kanısındayım, belki de biri ya da ikisi çekince koyabilir. Örneğin, intihar ettiği öğlen sonrasında Seymour, otel odasındaki masada duran kurutma kâğıdının üzerine dümdüz, klasik üslupta bir haiku yazmış. Ben kendi kelimesi kelimesine çevirimi pek tutmuyorum – Japonca yazmış– ancak bu şiirde kısaca uçakta koltuğunda bebeğiyle birlikte oturan ve şaire baksın diye onun başını döndüren bir küçük kızı anlatıyor. Bu şiir yazılmadan bir hafta kadar önce Seymour gerçekten de ticari bir uçakta yolcuydu ve kızkardeşim Boo Boo, biraz ihanete giren bir şekilde, onun uçağında böyle bebekli bir küçük kız *olabileceğini* önerdi. Doğrusu benim şüphelerim var. Doğrudan reddetmiyorum ama, şüphelerim var. Ve eğer durum sahiden *böyleydiyse* bile –ki buna bir an bile inanmıyorum– bahse girerim ki çocuk asla arkadaşının dikkatini Seymour'a yöneltmeyi aklından geçirmemiştir.

Ağabeyimin şiiri konusunu biraz fazla mı uzatıyorum? Çenem mi düştü? Evet. Evet. Ağabeyimin şiiri konusunu biraz fazla uzatıyorum. Çenem düştü. Ve aldırıyorum... Ancak bu konuyu bırakmamaya ilişkin nedenlerim, ben ilerledikçe tavşan gibi çoğalıyor. Üstelik de, daha önce alenen ilan ettiğim gibi, mutlu bir yazar olduğum halde, ne şimdi ne de hiçbir vakit asla neşeli bir yazar olmadığıma yemin edebilirim; bereket versin her zamanki neşesiz düşünceler profesyonel kotasından bana da tahsisat yapıldı. Örneğin, Seymour'un kendisi hakkında bildiklerimi nakletmeye bir kez başladım mı, onun şiirinden söz etmek için yer ya da gereken nabız atışı oranını ya da, geniş ama hakiki anlamda, meyli kendime tanımayı bekleyemeyeceğim fikri kafama şu anda takılmış değil. Tam da şu anda, korkutucu bir şekilde, kendi bileğimi kavrar ve kendi kendime çenesi düşüklük üzerine söylev çekerken, ağabeyimin bir Amerikan şairi olarak mertebesi hakkında nihai, boğuk sesli, karşı çıkılabilir, her şeyi kapsar bir halka açık ilanda bulunma konusunda hayatta bir kez ele geçecek bir fırsatı –aslında, bunun son fırsatım olduğunu düşünüyorum– kaybediyor olabilirim. Bu fırsatı kaçırmamalıyım. İşte: Amerika'daki özgün, yarım düzineden biraz fazla şairimiz ile birçok yetenekli egzantrik şaire ve –özellikle, modern çağda– istidat sahibi üslup sapkınlarına doğru geriye baktığım, geriyi dinlediğim zaman, *hemen* heme*n* gözden çıkarılmaz nitelikteki şairlerimizin sayısının sadece üç ya da dört olduğu konusunda emin olmaya benzer bir şeyler hissediyorum ve sanırım Seymour da sonunda bu birkaçının yanında yer alacak. Bir gecede değil, *verständlich. Zut,* ne derdiniz? İlk eleştirmenler dalgasının, sessiz ya da yalnızca kötü bir şekilde dile getirilmiş bir beyanla, ki bu daha da kahredicidir, onun şiirlerini İlginç ya da Çok İlginç diye adlandırarak, onların çağdaş Batı sahnesine kendi içten yerleştirilmiş transatlantik platformlarıyla, kürsüleri, su bardakları ve buzlu deniz suyu dolu sürahileriyle gelmeyi başaramamış hayli küçük, akustik-altı şeyler olduklarını belirterek dolambaçlı şekilde kınayacağı benim tahminim, benim belki de rezilce fazlaca ölçülüp biçilmiş tahminim. Ama farkına vardım ki gerçek bir sanatçı her şeye rağmen ayakta kalır (Mutlu bir şekilde şüpheleniyorum ki, övgüye rağmen bile.) Ve vaktiyle, bizler henüz oğlan çocuklarıyken Seymour'un çok heyecanlanmış, sarı pijaması karanlıkta parıldayarak beni derin uykumdan uyandırdığını da hatırlıyorum. Gözlerinde, erkek kardeşim Walt'ın Eureka Bakışı dediği bakış vardı ve bana anlatmak istiyordu ki, İsa'nın neden kimseye Budala demeyin dediğini nihayet anladığını düşünüyormuş. (Bu hafta boyunca onun kafasını karıştıran bir sorundu, çünkü eminim ona, Babası'nın İşi ile meşgul birisinin değil, Emily Post'un tipik bir lafı gibi görünüyordu. İsa böyle demişti, Seymour bunu bilmek isteyeceğimi düşünüyordu, çünkü budala diye bir şey yoktu. Ahmak, evet; budala, hayır. Bana, bunun için beni uyandırmaya gerçekten değermiş gibi görünüyordu, ancak ben de böyle olduğunu kabul edecek olursam (ki, ediyorum, kayıtsız şartsız), her şiir eleştirmenine yeterince zaman verirseniz, budala olmadıklarını kanıtlayacaklarını da gönülsüzce kabul ettiğim anlamına gelir. Doğruyu söylemek gerekirse, bu da bence hazmı zor bir fikir, ve başka bir şeye geçebileceğim için şükran duyuyorum. Ağabeyimin şiiri hakkındaki bu zorlayıcı ama korkarım ki yer yer de biraz cerahatli uzun söylevin gerçek doruğuna nihayet ulaştım. Zaten ta başından beri gelmekte olduğunu görmüştüm. Tanrı adına söylüyorum, keşke okurun daha önce bana söyleyecek korkunç bir şeyi olsaydı. (Ah, siz oradakiler; haset edilecek altın sessizliğinizle.)

Boyuna yinelenen ve 1959'dan beri neredeyse kronikleşmiş bir önsezim var, Seymour'un şiirleri yaygın ve adeta resmi bir şekilde Birinci Sınıf kabul edilince (kolej kitapçılarında istiflenip, Çağdaş Şiir kurslarında ödev olarak verilmeye başlanınca) üniversiteye kabul edilmiş genç erkekler ve kadınlar, defterler alesta, birer ikişer çıkıp biraz gıcırdayan kapıma dayanacak. (Bu konunun açılmış olması bile üzücü, ama bırakın zarafeti bir yana, sahip olmadığım bir temiz kalplilik kisvesine bürünmek için bile artık kesinlikle çok geç ve sözümona kalp şeklindeki düzyazılarımın beni Ferris L. Monahan'dan bu yana eserleri basılmış en çok sevilen sahte bilginlerden biri olarak asalet ünvanı sahibi yaptığını ve İngilizce Bölümü'nden birçok genç insanın zaten oturduğum yeri, kovuğumu bildiğini açıklamalıyım; gül yataklarımdaki tekerlek izleri bunu kanıtlıyor.) Bir bütün olarak düşünmek gerekirse, bir nebze tereddüt duymadan söyleyebilirim ki, herhangi bir edebi atın ağzına mümkün olduğu kadar doğru dürüst bakma arzusu ve gözüpekliğine sahip üç cins öğrenci vardır. İlk cinsi epeyce sorumlu türden herhangi bir edebiyatı çılgınca sevip sayan ve eğer Shelley'yi kolay anlaşılır bulmazsa, daha aşağı ama saygın ürünlerin imalatçılarını arayarak durumu idare edecek genç erkek ya da kadınlardır. Bu oğlanlarla kızları iyi tanıyorum, ya da tanıdığımı sanıyorum. Naifler, hayat dolular, coşkulular, genellikle pek haklı oldukları söylenemez ve onlar daima, sanıyorum, dünyanın dört bucağındaki içi geçmiş ya da çıkarı olanla ilgilenen edebi topluluğun umudu. (Hak ettiğimi sanmadığım bir şans eseri, son oniki yılda ders verdiğim her ikinci ya da üçüncü sınıfta o içi içine sığmayan, kendinden son derece emin, sinir bozucu, öğretici, çoğu kez pek hoş kız ya da erkekler bulunmuştur.) Edebi veriler ardında kapı zillerini fiilen çalan genç insanların ikinci türü, adeta gururla, üniversitenin ilk yılından beri etkilerine açık olduğu yarım düzine Modern İngiliz Edebiyatı profesörü ya da doktora asistanından kaptıkları bir akademisitis vakasından mustarip olanlardır. Hele eğer kendisi zaten ders veriyorsa, ya da ders vermek üzereyse, hastalığın, tam teşekküllü biri çaba harcasa da artık durdurulacağından şüphe duyulacak kadar ilerlediği de ender görülen bir olay değildir. Sadece geçen yıl, örneğin, genç bir adam birkaç yıl önce yazdığım ve Sherwood Anderson'la hayli ilgisi olan bir yazı için beni görmek üzere uğradı. Kışlık odun stokumun bir kısmını benzinle çalışan bir halka testereyle kestiğim sırada geldi; sekiz yıl sürekli kullandıktan sonra hâlâ ödümün koptuğu bir âlet. İlkbaharda buzların erimesinin doruğundaydık, güzel güneşli bir gündü ve ben de, doğrusu, kendimi biraz Thoreauvari hissediyordum (benim için gerçek bir ikram sayılır, çünkü onüç yıl kırda oturduktan sonra ben hâlâ pastoral mesafeleri New York Şehri apatman blokları ile tahmin eden bir adamım). Kısacası, edebi olsa da ümit verici bir öğleden sonrasına benziyordu, genç adama, Tom Sawyer ve beyaz badana kovası usulü, halkalı testeremde bir deneme yaptırma konusunda büyük umutlarım olduğunu hatırlıyorum. Sağlıklı, hatta güçlü kuvvetli görünüyordu. Ne var ki aldatıcı görünüşü az daha sol ayağıma maloluyordu, çünkü testeremin sıçrama ve vızıltıları arasında, tam da ben Sherwood Anderson'ın yumuşak ve etkin üslubu üzerine hayli keyif veren bir methiyeyi bitirmek üzereyken, genç adam bana –düşünceli, ve zalimce ümit verici bir duraklamanın ardından– bir Amerikan *Zeitgeist* salgını olduğunu düşünüp düşünmediğimi sordu. (Zavallı genç adam. Kendine son derece iyi baksa da, önünde en iyi ihtimalle elli yıllık başarılı kampüs etkinlikleri var.) Seymour'un şiirleri bir kez neredeyse tamamen ambalajları açılıp etiketlendikten sonra buranın epeyce istikrarlı bir ziyaretçisi olacak üçüncü türden kişinin, başlı başına kendine mahsus bir paragraf istediğine inanıyorum.

Çoğu genç kişinin şiirin cazibesine, bir şairin hayatının az ya da çok ayrıntısına karşı duydukları ve burada kesinlikten uzak bir şekilde, işlemsel olarak, çarpıcı şeklinde tanımlanabilecek cazibeden daha fazla kapıldıklarını söylemek saçma olur. Ancak bu benim günün birinde iyi bir akademik yarışa sokmaya itirazım olmayacak türden saçma bir fikir. Her halûkârda eminim ki, benim iki Yayımlanmak İçin Yazmak kursumdaki (çoğu son sınıf öğrencisi, hepsi İngiliz Edebiyatı Bölümü'nde) altmışbir küsur kızdan (ya da, yani, altmışbir tuhaf kızdan) "Ozymandias"tan bir dize, herhangi bir dize okumalarını ya da bana sade kabaca şiirin ne hakkında olduğunu söylemelerini istesem, içlerinden on tanesinin bunların herhangi birini yapacağı kuşkuludur ama çıkmamış lalelerim üzerine bahse girerim ki elli kadarı bana Shelley'nin serbest aşk yanlısı olduğunu, ve "Frankenstein"ı yazan bir karısıyla, boğularak intihar eden bir karısı olduğunu söyleyebilir.[4] Bu fikir karşısında şok geçirmiş ya da hiddetlenmiş değilim, bunu böyle bilin. Şikâyet ettiğimi bile sanmıyorum. Çünkü eğer kimse budala değilse ben de değilim ve benim de, kim olursak olalım, son doğumgünü pastamızdaki mumların ısısı bir yüksek fırını ne kadar andırırsa andırsın ve hepimizin eriştiği entelektüel, ahlâkî ve ruhî doruklar sözde ne kadar yüksek olursa olsun, çarpıcı ya da kısmen çarpıcı olan (ki, elbette, hem aşağılık hem de üstün dedikoduları içeriyor) için gustomuz, gına getirecek kadar doyurulacak ya da etkin biçimde denetim altına alınacak tensel iştahlarımızdan sonuncusudur muhtemelen. (Ama, Tanrım, niye cafcaflı laflar etmeyi sürdürüyorum ki? Neden bir illüstrasyon için dosdoğru şaire gitmiyorum? Seymour'un yüzseksendört şiirinden biri –sadece ilk darbede şoke edici; ikincisinde, yaşayanlara yönelik okuduğum en neşeli şükran şarkılarından biri– ilahi söyleyen rahipler

4 Burada, sırf meramımı anlatmak için öğrencilerimi nahak yere utandırıyor olabilirim. Öğretmenler bunu daha önce de yapmıştır. Ya da belki yanlış şiir seçtim. Eğer, benim haince arzettiğim gibi, "Ozymandias"ın öğrencilerimi güçlü bir şekilde etkisiz bıraktığı doğruysa, belki de bunun kabahatinin büyük bölümü "Ozymandias"ın kendisine bulunabilir. Belki de Çılgın Shelley o kadar da çılgın değildi. Her halükârda, çılgınlığının yürekten bir çılgınlık olmadığı kesin. Kızlarım Robert Burns'ün haddinden fazla içtiğini ve haşarılık ettiğini şüphesiz biliyorlardı ve muhtemelen bu onları hoşnut ediyordu ama, onun sabanının ortaya çıkardığı harika fare hakkında da her şeyi bildiklerinden aynı derecede eminim. (Acaba diyorum, çölde duran bu "iki muazzam ve gövdesiz taştan bacak"ın Percy'nin kendisine ait olma imkânı var mı? Ve öyleyse eğer, yoksa bunun nedeni – Eh, vazgeçiyorum. Ama genç şairler, kulağınıza küpe olsun. Eğer en iyi şiirlerinizi de hiç değilse Hareketli, Renkli Hayatlarınız kadar muhabbetle hatırlamamızı istiyorsanız, her kıtada bize yüreğinizden kopmuş iyi bir tarla sıçanı vermeniz isabetli olur.)

ve çömezleriyle çevrelenmiş olarak ölüm döşeğinde yatan seçkin yaşlı bir perhizkâr hakkında, orada yatmış, avludaki çamaşırcı kadınların, komşusunun çamaşırları hakkında neler dediğini anlamaya çalışıyor. Seymour açıkça belirtiyor ki, yaşlı centilmen halsiz halsiz rahiplerin seslerini biraz kısmalarını diliyor.) Ancak gene de, çok kullanışlı bir genellemeyi, çılgın bir belirgin önermeyi destekleyecek kadar uzun süreyle hareketsiz durdurmaya ve itaatkâr kılmaya çalışırken insanın karşısına çıkan olağan sıkıntılardan *biraz da olsa* nasibimi aldığımın farkındayım. Bu konuda akılcı davranmak hoşuma gitmiyor ama, sanırım ki davranmalıyım. Bana dünyanın dört bucağında değişken yaş, kültür ve Tanrı vergisi özellikte çok sayıda insanın, büyük ya da güzel sanat eserleri üretmeye ilişkin şöhretlerinin yanısıra, kişi olarak de göze çarpan bir Hatası olan sanatçılara özel bir itici güçle hatta kimi durumda tiz bir uğultuyla tepki gösterdikleri tartışılmaz şekilde doğru görünüyor: karakter ya da yurttaşlıkta heyecan veren bir kusur, romantik olarak yorumlanabilecek bir ıstırap ya da iptila; aşırı ben-merkezcilik, evlilikte sadakatsizlik, kapı gibi sağır, bütün bütün kör olmak, korkunç bir susuzluk, ölümcül kötülükte bir öksürük, fahişelere düşkünlük, büyük çapta zina ya da ensest merakı, afyon ya da sodomi için belgelenmiş ya da belgelenmemiş bir zaaf, ve saire, Tanrı yalnızlık içindeki piçlere merhamet etsin. Eğer yaratıcı erkekler için intihar, zorlayıcı sakatlıklar listesinin başında yer almıyorsa, insan ister istemez intihar temayüllü şair ya da ressamın hatırı sayılır miktarda haris bir dikkatin hedefi olduğunun, bu dikkatin neredeyse tamamını duygusal nedenlerin oluşturmasına hiç de ender olarak rastlanmadığının da farkına varıyor, sanki o (aslında istediğimden daha korkunç bir anlatımla) bir batındaki düşük kulaklı güdük yavru imiş gibi. Her neyse, bu çoğu kez uykumu kaçıran ve muhtemelen gene de kaçıracak olan bir düşüncenin *nihayet söze dökülmüş hali.*

(Şu düştüğüm kaydı düşüp de nasıl hâlâ mutlu olabiliyorum? Ama öyleyim. İliklerime kadar neşesizim, neşesizim ama, ilahi ilhamım kurşun geçirmez görünüyor. Hayatımda tanıdığım kişilerden sadece bir tanesini hatırlatarak.) Bu anki boşluk için ne kadar büyük, el ovuşturtan planlarım olduğunu hayal edemezsiniz. Ancak bu planlar, çöpkutumun dibinde lâtif görünmek için tasarlanmış sanki. Ben o son iki geceyarısı paragrafını, buracıkta iki güneş ışıklı nükteyle, sık sık kardeş hikâyecileri haset ya da mide bulantısından yemyeşil ettiğini hayal ettiğim türden bir çift uyluk tokatlatıcı nükteyle rahatlatmaya *niyetliydim*. Niyetim, okura buracıkta, genç insanlar eğer Seymour'un hayatı ya da ölümü konusunda beni görmek için uğradıklarında ya da uğrarlarsa, benim garip bir ıstırabım nedeniyle, heyhat, böyle bir buluşmanın tamamen olanaksız hale geleceğini anlatmaktı. Seymour ve benim çocukken bir radyo yarışma programında sorulara cevap vererek yaklaşık yedi yıl geçirdiğimizden ve resmen radyodan ayrıldığımızdan beri de bana sadece saati soran insanlar hakkında bile tam da Betsey Trotwood'un eşekler hakkında hissettiklerine benzer şeyler hissettiğimden söz etmek istemiştim; şöyle ayaküstü, çünkü bu, umarım bir gün bitmez tükenmez bir uzunlukta geliştirilecek. Daha sonra oniki yıllık üniversite öğretim görevliliğinin ardından şimdi, 1959'da, fakültedeki meslektaşlarımın Glass hastalığı demek lütfunda bulundukları, yani böyle olduğuna inanıyorum, şeyin sık sık krizlerini geçirdiğimi ifşa etmeye niyetlenmiştim; halk diliyle, görev başında olmayan bir üniversite öğretim görevlisinin yanına kırk yaşın altında birinin yaklaştığını görünce iki büklüm olmasına, ve sokaklarda telaşla karşıdan karşıya geçmesine ya da büyük mobilyaların altına girmesine yol açan, sırtın alt kesimi ile aşağı ventral bölgenin patolojik spazmları. Ne var ki, bu iki çıkışın da bana burada faydası olmayacak. Her ikisinin de sapkın bir doğruluk payı var ama, yeterli değil. Çünkü, paragraflar arasında bana ulaşan korkunç ve aldırmazdan gelinmeyecek bir olgu var: Bu ölü adam hakkında konuşmaya, bana soru sorulmasına, sorgulanmaya *can atıyorum*. Henüz farkına vardım ki başka birçok –ve, Tanrım lütfen, daha az pespaye– nedenin yanısıra, geriye kalanın müteveffayı yakından tanıyan hayattaki tek kişi olduğu yolundaki o aşina kibrine takılıp kaldım. *Bırakın gelsinler;* tüyü bitmemişlerle coşkulular, akademik olanlar, meraklılar, uzunlar ve kısalar ve her şeyi bilenler! Bırakın otobüsler dolusu gelsinler, bırakın boyunlarında Leica'ları ile paraşütle insinler. İnsanın zihni, kibar hoşgeldiniz konuşmalarıyla arı kovanına dönüyor. Bir el daha şimdiden deterjan kutusuna, öteki kirli çay fincanlarına uzanıyor. Kan oturmuş göz, temizleme talimi yapıyor. *Mahut kırmızı halı yerinden çıktı.*

Şimdi de çok nazik bir konu. Birazcık *pürüzlü*, elbette ama nazik, çok nazik.

Bu meselenin arzu edilen ya da muazzam ayrıntılarla daha sonra gündeme gelmeyeceğini varsayarak, sanırım okurun hemen şimdi öğrenmesi ve tercihan sonuna kadar da aklında tutması gerekir ki, ailemizdeki bütün çocuklar şaşırtacak kadar uzun ve alacalı bulacalı, iki taraflı bir profesyonel eğlendiriciler kolundan gelmişti, gelmiştir. Genetik olarak konuşursak ya da mırıldanırsak daha çok şarkı söyler, dans eder ve (bundan şüpheniz olabilir mi?) Komik Fıkralar anlatırız. Ancak bence aramızda geniş bir sirkte çalışan göstericiler ve sirkin, kıyılarında diyelim, çalışan göstericiler harmanı olduğunu akılda tutmanın da özellikle önemli olduğunu düşünüyorum; Seymour da öyle düşünürdü, henüz çocukken bile. Büyük-büyük dedelerimden biri (*ve* Seymour'un da), ağız sulandırdığını hemen kabul ettiğim bir örnektir, Zozo adlı ve –insan mecburen anlıyor ki, sonuna kadar– muazzam yüksekliklerden küçük su kaplarına atlamaya karşı meyli olan, hayli meşhur bir Polonya Yahudisi karnaval palyaçosuydu. Seymour'un ve benim bir başka büyük büyük dedemiz, MacMahon adlı İrlandalı (ki annem, ebedi övgüye değer biçimde, asla ondan "sevgili adam" diye söz etme eğilimine kapılmamıştır), bir çayıra birkaç oktavlık boş viski şişesi yığan ve bize söylendiğine göre, para ödeyen bir kalabalık yaklaşınca da, şişelerin kenarlarında hayli müzikal biçimde dans eden, kendi kendinin efendisi bir tipmiş. (Bu durumda aile ağacında başka şeylerin yanısıra birkaç kaçık da olduğu yolundaki beyanımı ciddiye alacaksınız, elbette.) Annemle babamın kendileri, Les ve Bessie Glass ise vodvilde ve müzikhollerde hayli geleneksel ama (*biz* inanıyoruz ki) dikkati çekecek kadar iyi bir şarkı-ve-dans-ve-motor gibi konuşma numarası yaparlardı, Avustralya'da (Seymour ve ben çocukluğumuzun ilk yıllarında orada, tamamı satılmış biletlerle, iki yıl geçirdik) belki de hemen hemen yıldız seviyesine eriştiler ama daha sonra da, burada Amerika'da eski Pantages ve Orpheum çevrimlerinde sadece geçici tanınılırlıktan çok daha fazla başarı elde ettiler. Sayıları hiç de azımsanmayacak insanın görüşlerine göre, bir vodvil ekibi olarak ömürleri aslında olduğundan epeyce daha uzun sürebilirdi. Ne var ki, Bessie'nin bu konuda kendine göre fikirleri vardı. Sadece duvarlardaki elyazılarını okuma konusunda bir yatkınlığa sahip olmakla kalmıyordu –günde-iki-gösterilik vodvil, daha 1925'te hemen hemen ortadan kalkmıştı ve Bessie'nin, hem bir anne, hem de bir dansçı olarak büyük, yeni, sayıları gittikçe katlanan sinema *ve* vodvil saraylarında günde-dört-gösterilik vodvil konusunda en sağlamından inançları vardı– bundan da önemlisi, Dublin'de çocuk olduğu ve ikiz kızkardeşinin sahne arkasında dörtnala hızla ilerleyen yetersiz beslenmeye boyun eğdiği günlerden beri Güvenlik, hangi biçimde olursa olsun, Bessie için ölümcül bir cazibe taşımıştı. Her halükârda, 1925 ilkbaharında, Brooklyn'deki Albee'de şöyle böyle başarılı bir programın ardından, beş çocuğu Man*hat*tan'daki eski Hotel Alamac'ın ihtişamdan uzak üçbuçuk odasında kızamıkçık ile yataktan çıkamaz haldeyken, ve yeniden hamile olduğu düşüncesine kapılmışken (yanıldığı anlaşıldı; ailenin bebekleri Zooey ve Franny, sırasıyla 1930 ve 1935'ten önce doğmadılar), Bessie birden gerçekten "nüfuzlu" bir hayranına başvurdu ve babam yıllar boyunca hep aynı şekilde ve evde kendisine karşı çıkılması konusunda ciddi bir korku duymaksızın, ticari radyonun hizmetkârı olarak söz ettiği şeyde işe girdi, ve Gallagher & Glass'in uzatılmış turnesi resmen sona erdi. Ancak benim burada *asıl* yapmaya çalıştığım bu tuhaf sahne-ışıkları –ve-sirk ringi mirasının ailemiz çocuklarının yedisinin de hayatlarının neredeyse her noktasında hazır ve nazır ve tamamen anlamlı bir gerçeklik taşıdığını önermenin en sağlam yolunu bulmak. Ne var ki burada öyle *kalın* bir hat da pek çizilemez. Kızkardeşlerimden daha büyük olanı dış görünüşe bakılacak olursa, tamamen yerleşik bir banliyö sakini, üç çocuk annesi, iki arabalık, dolu bir garajın ortak sahibidir ama son derece neşeli anlarının hepsinde, neredeyse kelimenin tam anlamıyla, canı pahasına dans eder; onu, dehşet içinde, beş günlük bir kız yeğenim kollarında olmak üzere hiç de fena olmayan bir tap dans rutinine (Pat ve Marion Rooney'den sanki Ned Wayburn çıkmış gibi) geçerken görmüşümdür. Savaş sonrası Japonya'da bir kazada ölen müteveffa küçük kardeşim Walt da (ve bu oturumda, yani eğer bitirebileceksem, ondan mümkün mertebe az söz etmeyi planlıyorum) belki de kızkardeşim Boo Boo kadar içinden gelerek dans etmese de çok daha profesyonel bir dansçıydı. İkizi –erkek kardeşimiz Waker, keşişimiz, mahsur Kartusyenimiz– çocukken gizliden gizliye W.C. Fields'i azizlik mertebesine çıkarmıştı ve bu esin sahibi, haşarı, ama biraz da kutsal adamın imgesiyle başka birçok şeyle beraber saatler boyunca puro kutularıyla jonglörlük talimleri yapardı, bu işte son derece becerikli hale gelene kadar. (Aile arasındaki söylentiye göre başlangıçta manastıra kapatılması –yani, Astoria'da manastıra bağlı olmadan halkın arasında yaşayan bir rahip olarak görevlerinden azledilmesi– onu kutsal ekmeği cemaatinin dudaklarına, onların yarım ya da bir metre gerisinde durup, sol omuzunun üstünden nefis bir kavis oluşturarak fırlatma şeklindeki ısrarlı bir eğilimden kurtarmak içindi.) Bana gelince –Seymour'u en sona bırakmayı tercih ediyorum– sanırım benim de biraz dans ettiğimi söylemeye gerek yok. Arzu üzerine, elbette. Bunun dışında çoğu kez, biraz düzensiz de olsa, Büyük-Büyük Dede Zozo'nun beni gözlediği hissine kapıldığımdan söz edebilirim; ormanda gezintiye çıktığımda, ya da sınıflara girdiğimde onun esrarengiz bir şekilde görünmeyen palyaço şalvarıma takılıp düşmememi sağladığını hissederim, ve belki de daktilonun başına oturduğumda yumuşak burnumun bazen doğuya dönmesini sağladığını.

Son olarak Seymour'umuzun kendisi de "artyetişim"inden geri kalanlarımızın hiçbirinden bir nebze olsun daha az etkilenmiş olarak yaşamış ya da ölmüş değildir. Şiirlerinin bundan daha kişisel olamayacağına ya da onu bundan fazla açığa çıkaramayacağına inandığım halde, tek tek onların her birini, hatta Mutlak Sevincin İlham Perisi sırtında oturduğu sıralarda yazdıklarını bile, gerçekten otobiyografik tek bir bilgiyi ağzından kaçırmadan yazdığından daha önce de söz etmiştim. Ki bu da, diye öneriyorum, herkesin zevkine uygun olmasa da son derece okur yazar bir vodvildir – geleneksel bir ilk numara, kelimeleri, duyguları, çenesinde altın bir korneti dengeleyen adam; her zamanki gece bastonu, krom masa ve suyla dolu şampanya kadehi yerine. Ama size anlatacak bundan daha açık ve esaslı bir şeyim daha var. Bunu bekliyordum: Brisbane'de 1922'de, Seymour ve ben beş ve üç yaşındayken, Les ve Bessie birkaç haftalığına Joe Jackson ile aynı programda sahneye çıkmışlardı; numarasında kullandığı ve parıltısı tiyatronun en arka sırasına bile platinden daha iyi bir şeymiş gibi vuran nikel kaplama bisikletiyle koca Joe Jackson. Bundan yıllar sonra, İkinci Dünya Savaşı'nın çıkışından uzun sayılmayacak bir süre sonra, Seymour ve ben kendimize ait küçük bir New York apartman dairesine henüz taşınmışken, babamız –bundan sonra Les diye anılacak– bir iskambil oyunundan eve dönerken bir gece bize uğradı. Besbelli bütün öğleden sonra eline çok kötü kâğıtlar gelmişti. Neyse, gene de geldi, paltosunu sırtında tutma yolunda önceden katı bir karar almıştı. Oturdu. Mobilyalara kaş çatarak baktı. Parmaklarımda sigaradan katran lekeleri var mı diye kontrol etmek için elimi çevirdi, sonra Seymour'a günde kaç sigara içtiğini sordu. İçkisinde sinek bulduğunu sandı. Nihayet, konuşma –en azından, benim görüşümce– dosdoğru cehenneme gidiyor gibi görünürken birden ayağa kalktı ve kendisiyle Bessie'nin duvara daha yeni asılmış bir fotoğrafına bakmaya gitti. Tam bir dakika, belki de daha fazla, fotoğrafa yiyecek gibi baktı, sonra ailede hiç kimsenin sıradışı bulmayacağı bir terslikle döndü, ve Seymour'a, acaba Joe Jackson'ın onu, Seymour'u, bisikletinin gidonuna oturtup bütün sahne boyunca döne döne gezdirdiği günü hatırlıyor mu diye sordu. Odanın öbür yanında fitilli kadifeden eski bir koltukta oturmuş sigarasını içen, mavi bir gömlek, kurşuni bol bir pantolon, fortları çıkarılmış mokasenler giyen, yüzünün yanında benim görebildiğim bir traş kesiği olan Seymour, ciddiyetle ve hemen, ve Les'in bütün sorularını cevaplandırdığı o özel tavırla; sanki o sorular, bütün diğerlerinin üstünde, onun hayatı boyunca kendisine sorulmasını tercih ettiği sorularmış gibi, cevap verdi. Joe Jackson'un güzel bisikletinden inip inmediğinden emin olmadığını söyledi. Ve babam için kişisel olarak taşıdığı muazzam duygusal değerinin dışında bu cevap, birçok yönden, doğruydu, doğruydu, doğruydu.

Son paragrafla bunun arasından ikibuçuk aydan biraz fazlası geçti. Geçip gitti. Bende sanki tam da çalıştığım zaman daima bir iskemle kullandığımı, Yazma Saatleri sırasında otuz fincandan fazla koyu kahve içtiğimi, ve bütün mobilyalarımı boş vakitlerimde kendimin yaptığımı ima etmek üzereymişim gibi bir duygu uyandıran, yayınlamak zorunda olduğum için birazcık yüzümü buruşturduğum küçük bir bülten; lafın kısası, Pazar Kitap Eki'nin söyleşi görevlisiyle gönülsüz bir şekilde, çalışma alışkanlıklarından, hobilerinden ve yayınlanmaya daha uygun insani zaaflarından söz eden bir edebiyatçının tonuna sahip. Ben burada o kadar da *mahrem* bir şey yapıyor değilim. (Aslında, burada kendimi zapturapt altına almaya çalışıyorum. Bana sanki bu kompozisyon hiçbir zaman şimdi olduğu kadar, kelimenin tam anlamıyla bir çamaşırın teklifsizliğini edinmenin acil tehlikesiyle karşı karşıya kalmamıştı gibi geliyor.) Paragraflar arasındaki bellibaşlı bir gecikmeyi, okura sarılık, yani akut hepatitle dokuz hafta kaldığım yataktan henüz kalktığımı bildirmek için ilan ettim. (İççamaşırı hakkında ne demek istediğimi anlıyorsunuz. Bu son açık ifadem neredeyse *intacta* halde, dosdoğru Minsky burleskinden çıkmış, düz bir replik. Burlesk, şovun İkinci Adamı: "Dokuz hafta akut hepatitle yatakta kaldım." Birinci Adam: "Hangisi, seni şanslı köpek? Her ikisi de şirindir, bu Hepatit kızları." Eğer bu benim va'dedilmiş taburcu kâğıdımsa, kendime çabucak Hastalar Vadisi'ne dönecek bir yol bulayım.) Yüzüm yeniden güllerden pembe, neredeyse bir haftadır kalkmış dolaştığım sırrını verirsem, ki vermem gerek, acaba okur, merak ediyorum bu sırdaşlığı yanlış yorumlar mı?– sanırım, temel olarak iki şekilde. Birincisi, hasta odama kamelyalar yağdırmayı ihmal ettiği için bunun ılımlı bir paylama olduğunu düşünür mü? (Herkes ikincide Mizah'ı tüketmiş olacağımı duyunca rahatlayacak, tahmin etmesi de kolay.) İkincisi, okur bu Hasta Raporu'na dayanarak benim kişisel mutluluğumun – ki bu kompozisyonun en başında onca özenle çığırtkanlığı yapılmıştı– belki de aslında mutluluk değil sadece fazla yeyip içip rahatsızlanma olduğunu düşünmeyi seçecek mi? Bu ikinci ihtimal benim için son derece ciddi biçimde kaygı verici. Bu Giriş üzerinde çalışıyor olmaktan samimi olarak mutluyum. Kendi miskin tavrımla, bütün hepatitim süresince mucizevi biçimde mutluydum (sadece aliterasyon bile işimi bitirmeye yeterdi). Ve şu anda da vecd halinde mutluyum, mutlulukla bildiririm. Ki bu da inkâr etmek anlamına gelmiyor (ve korkarım şimdi de zavallı ihtiyar karaciğerim için bu vitrini inşa etmemin asıl nedenine geldim); ki bu da inkâr etmek anlamına gelmiyor, tekrarlıyorum, hastalığım bende tek bir, korkunç bir eksiklik bıraktı. Dramatik satırbaşı boşluklarından bütün kalbimle nefret ederim ama, sanırım bu mesele için yeni bir paragrafa ihtiyacım var.

Kendimi bu Giriş üzerinde çalışmaya dönebilecek kadar dinç ve iyimser hissettiğim ilk gece, hemen geçen hafta, yalnızca ilahi ilhamımı değil, Seymour hakkında yazmaya devam etme olanağını da kaybettiğimi fark ettim. *Yokluğumda çok büyümüştü.* İnanılacak gibi değildi. Ben hastalanmadan önceki idare edilebilir dev halinden dokuz kısa hafta içinde hayatımın en aşina insanına, her zaman sıradan daktilo kâğıdına sığmayacak ölçüde çok çok büyük olan tek kişiye dönüşmüştü; hiç değilse, benim daktilo kâğıtlarımdan birine. Lafı gevelemeden belirtmek gerekirse, paniğe kapıldım, ve ondan sonra birbirini izleyen beş gece boyunca da paniğe kapılmayı sürdürdüm. Gene de sanıyorum ki bunu olduğundan da kara renklerle çizmemem gerek. Çünkü bir de çok şaşırtıcı gümüş astarı var. Hiç tereddüt etmeden size bu gece yaptığım ve bana, yarın gece işe muhtemelen her zamankinden daha büyük ve daha burnu havada ve daha nahoş olarak döneceğim duygusunu veren şeyi söyleyeyim. İki saat kadar önce, 1940'ta bir sabah kahvaltı tabağımın altına bırakılmış eski kişisel bir mektubu –daha doğrusu, çok uzun bir not– okudum sadece. Tam olarak söylemek gerekirse, yarım greyfurtun altında. Sadece bir-iki dakika içinde o uzun notu buraya kelimesi kelimesine aktarmanın tarifsiz (aradığım kelime "zevk" değil); tarifsiz Boşluğunu tatmak üzereyim. (Ah mutlu hepatit! Hastalığın -ona bakarsanız, ya da üzüntünün, ya da felaketin- sonunda bir çiçek ya da iyi bir büro içi not gibi açılmadığını hiç görmedim zaten. Sadece bakmayı sürdürmemiz gerekir. Seymour bir seferinde, onbir yaşındayken yayında, İncil'de en sevdiği şeyin KOLLA! kelimesi olduğunu söylemişti.) Ancak, sadede gelmeden önce, birkaç arızi meseleyle ilgilenmek beni baştan ayağa zorlayıp duruyor. Bu şans bir daha karşıma çıkmayabilir.

Ciddi bir ihmal gibi görünüyor ama, Seymour üzerinde yeni kısa hikâyelerimi denemenin, her uygulama fırsatı bulduğumda, ki çoğu zaman bulunmazdı, benim âdetim, bastırılmaz arzum olduğunu söylediğimi sanmıyorum. Yani, onları yüksek sesle ona okumanın. Ki bunu, sonunda herkes için açıkça belirtilmiş gerekli bir Teneffüsle *molto agitato* şekilde yapıyordum. Bu benim, sesim kesildikten sonra Seymour'un herhangi bir yorumda bulunmaktan daima kaçındığını söyleme şeklim. Onun yerine genellikle beş ya da on dakika tavana bakardı - bir Okuma için şaşmaz bir şekilde sırtüstü yere uzanırdı- sonra kalkardı, (bazen) uyuşmuş bir ayağını yavaş yavaş yere vururdu ve odayı terk ederdi. Daha sonra -genellikle birkaç saat içinde, ama bir-iki seferinde de birkaç gün içinde- bir kâğıt parçasına ya da bir gömlek mukavvasına birkaç not çiziktirir ve onu ya benim yatağıma ya da yemek masasındaki yerime bırakır ya da (çok ender olarak) ABD Postası ile bana gönderirdi. İşte kısa eleştirilerinden bazıları. Doğrusu, bu bir ısınma. Onu reddetmenin anlamını göremiyorum, oysa belki de etmeliyim.

Korkunç ama doğru. Dürüst bir Medusa Başı.

Keşke bilseydim. Kadın iyi ama ressam, İtalya'da Anna Karenina'nın portresini yapan senin şu arkadaşın var ya, o adamın etkisinde kalmış görünüyor. Ki bu da birinci sınıf bir etki, en iyisi, ama senin kendi öfkesi burnunda ressamların vardır.

Yeniden yapılması gerektiğini düşünüyorum, Buddy. Doktor öyle iyi ki, ama bence onu sevmekte biraz gecikiyorsun. İlk yarı boyunca açıkta kalmış, onu sevmeni bekliyor ve senin ana karakterin. Hemşire ile olan o hoş diyalogu bir din değiştirme olarak görüyorsun. Dini bir hikâye olmalıydı ama püritence. Bütün o Allah kahretsinlerde senin sansürünü hissediyorum. Bu bana aykırı geliyor. O ya da Les ya da başka birinin her şeyi Allah-kahretsinlemesi, duanın aşağı bir biçiminden başka nedir ki? Tanrı'nın herhangi bir küfür biçimini tanıdığını sanmıyorum. Bu, din adamları tarafından icat edilmiş kılı kırk yaran bir kelime.

Bunun için öyle üzgünüm ki. Doğru dürüst dinlemiyordum. Çok üzgünüm. İlk cümle beni çok uzaklara attı. "Henshaw o sabah başı çatlayarak uyandı." Edebiyattaki bütün o sahtekâr Henshaw'ların işini bitirmen için sana öyle şiddetle güveniyorum ki. Henshaw diye bir şey yok. Onu bana yeniden okur musun?

Burada oturmuş sana yazdığım notları yırtıp duruyorum. "Bu harika bir şekilde kurulmuş" ve "Kamyonun arkasındaki kadın çok komik" ve "İki polis arasındaki konuşma müthiş" gibi şeyler demeye başlayıp duruyorum. Yani kıvırtıyorum.. Neden olduğundan emin değilim. Sen okumaya başladıktan sonra biraz tedirgin oldum. Baş düşmanın Bob B.'nin son derece iyi bir hikâye dediği türden bir şeyin başlangıcına benziyordu. Sence o buna, doğru yönde bir adım, adını vermez miydi? Bu seni kaygılandırmıyor mu? Hatta kamyonun arkasındaki kadına ilişkin olarak komik olan şey bile, *senin* komik olduğunu düşündüğün bir şey gibi gelmiyor kulağa. Daha çok, senin herkesçe komik sayılacağını düşündüğün bir şey gibi geliyor. Kendimi kazıklanmış hissediyorum. Bu seni çıldırtmıyor mu? Akrabalık durumumuzun yargımı bozduğunu söyleyebilirsin.

Beni yeterince kaygılandırıyor. Ama ben aynı zamanda sadece bir okurum. Sen bir yazar mısın yoksa son derece iyi hikâyelerin yazarı mı? Ben senden son derece iyi bir hikâye gelmesine önem veriyorum. Senin *ganimetini* istiyorum.

Bu yenisini aklımdan çıkartamıyorum. Hakkında ne diyeceğim, bilmiyorum. Duygusallığa bulaşmanın tehlikelerinin neler olmuş olacağını biliyorum. Sen işi iyi kıvırmışsın. Belki de fazla iyi. Biraz tökezlemeni ister miydim, bilmiyorum. *Senin* için küçük bir hikâye yazabilir miyim? Bir vakitler büyük bir müzik eleştirmeni vardı, Wolfgang Amadeus Mozart üzerine seçkin bir otorite. Küçük kızı P.S. g'ye gidiyordu, orada Glee Kulübü'ndeydi ve bu büyük müzik âşığı, bir akşam kız başka bir çocukla, Irving Berlin ve Harold Arlen ve Jerome Kern ve böyle kişilerin şarkılarından bir demet söylemeye çalışmak üzere eve geldiğinde çok kızmış. Çocuklar neden "süprüntü" yerine küçük basit Schubert Lied'leri söylememeli? Böylece okulun müdürüne gitmiş ve sorun çıkarmış. Müdür, böylesine seçkin bir kişinin savlarından pek etkilenmiş ve Müzik Takdir Öğretmenini, çok yaşlı bir hanımı, dizine yatırmayı kabul etmiş. Adam eve giderken müdürün odasında ileri sürdüğü parlak savları bir daha düşünmüş ve kıvancı büyümüş de büyümüş. Göğsü gerilmiş. Adımları hızlanmış. Islıkla küçük bir melodi çalmaya başlamış. Melodi: "K-K-K-Katy."

Şimdi de not. Gurur ve teslimiyet ile sunulmuş olarak. Gurur çünkü – Neyse, bunu geçeceğim. Teslimiyet, çünkü fakülte yoldaşlarım dinliyor olabilir –kıdemli büro içi şaklabanlar hepsi de– ve benim ergeç "Yollarını Kaybetmiş Olan ve Devam Edemeyen Yazarlar ve Erkek Kardeşler ve Hepatitten Nekahat Döneminde Olanlar İçin Ondokuz Yıllık bir Reçete" başlığını almaya mahkûm eldeki bu yazı hakkında bir fikrim var. (Ah, neyse. Şaklabanın halinden şaklaban anlar. Üstelik de bunun için kasıklarımın garip bir şekilde bağlanmış olduğunu hissediyorum.)

Her şeyden önce bunun Seymour'dan herhangi bir Edebi Çabam için aldığım en uzun eleştirel yorum olduğunu düşünüyorum; ona bakarsanız, belki de ondan hayatı boyunca aldığım en uzun şifahi olmayan açıklama. (Birbirimize pek ender olarak kişisel mektuplar yazardık, hatta savaş sırasında bile.) Kurşun kalemle, annemizin birkaç yıl önce Chicago'daki Bismarck Hotel'i, sahip olmaktan kurtardığı bir tomar mektup kâğıdına yazılmıştı. Benim o vakte kadar yazdıklarımın içinde kesinlikle en iddialısı olan yazı *blokun*a cevap veriyordu. Yıl 1940'tı ve ikimiz de hâlâ annemizle babamızın East Seventies'deki nüfusu hayli kalabalık dairesinde oturuyorduk. Yirmibir yaşındaydım, bekârdım, söylesem mi, sadece genç, hiçbir şeyi yayımlanmamış, toy bir yazarın olabileceği kadar. Seymour'un kendisi yirmiüç yaşındaydı ve New York'ta bir üniversitede İngiliz edebiyatı öğretmenliğinin beşinci yılına henüz başlamıştı. Öyleyse, hadi bakalım, eksiksiz olarak. (Seçici okuru utandıracak bazı şeyleri şimdiden görür gibiyim, ama sanırım En Kötüsü, hitap kısmında sona erecek. Diyorum ki, eğer bu hitap beni özel olarak utandırmıyorsa, başka herhangi bir canlıyı niye utandırması gerektiğini anlayamıyorum.)

SEVGİLİ UYUYAN YAŞLI KAPLAN:
Bilmiyorum, yazar aynı odada horlarken bir metnin sayfalarını çevirmiş çok okur var mıdır; bunu kendim görmek istedim. Bu sefer sesin sanki haddinden fazla geldi. Sanırım düzyazın, karakterlerinin tahammül edebileceği tiyatronun tamamı haline gelmeye başladı. Sana söylemek istediğim o kadar çok şey var ki, başlayacak yerim de yok.

Bu öğleden sonra İngiliz Edebiyatı Bölümü başkanına, hem de ona, basbayağı senin ağzından çıkmışa benzeyen ve tam olduğunu sandığım bir mektup yazdım. Beni öyle memnun etti ki, sana da söylemem gerektiğini düşündüm. Güzel bir mektuptu. Kendimi geçen baharda, Carl ve Amy ile ve benim için getirdikleri o çok garip kızla Die Zauberflöte'ye gittiğim ve senin yeşil boğucunu taktığım Cumartesi öğleden sonrasında hissettiğim gibi hissettim. Taktığımı sana söylememiştim. *(Burada bir mevsim önce satın aldığım dört pahalı kravattan birini kastediyor. Bütün erkek kardeşlerime –ama özellikle onlara en kolaylıkla erişebilecek olan Seymour'a– kravatları sakladığım çekmecenin yakınına bile yaklaşmayı yasaklamıştım. Kısmen de gırgır olsun diye onları selofon içinde saklamıştım.)* Taktığım vakit hiç suçluluk duymadım, sadece sen birden sahneye çıkacakmışsın da beni orada karanlıkta kravatınla otururken görecekmişsin diye ölümcül bir korku. Mektup biraz farklıydı. İşler tersine dönmüş olsa da sen benim ağzımdan çıkmış gibi bir mektup yazıyor olsan, tedirgin olacağını düşündüm. Bense bunu aklımdan çıkarmayı başarmıştım sayılır. Beni bu dünyada, dünyanın kendisi dışında, hâlâ her gün üzebilen ender şeylerden biri, Boo Boo ya da Walt sana, benim ağzımdan çıkmış gibi bir şey söylüyorsun dediklerinde senin rahatsız olduğunu fark etmem. Bunu sanki bir korsanlık suçlamasıymış gibi, bireyselliğine küçük bir darbeymiş gibi kabul ediyorsun. Bazen birbirimizin sesiyle bir şeyler söylememiz o kadar kötü mü? Aramızdaki zar öyle ince ki. Hangisinin kimin olduğunu unutmamamak bizim için o kadar önemli mi? İki yıl önce hani onca uzun süreyle dışarıdayken, senin Z'nin ve benim en azından dört enkarnasyonda, belki daha da fazlasında kardeş olduğumuzu çıkarabilmiştim. Bunda bir güzellik yok mu? Bizim için her birimizin bireyselliği tam da son derece yakın bağlarımıza sahip çıkıp, birbirimizin şakalarını, yeteneklerini, aptallıklarını ödünç almanın kaçınılmazlığını kabul ettiğimiz noktada başlamıyor mu? Farkındaysan, kravatları işe karıştırmıyorum. Bence Buddy'nin kravatları Buddy'nin kravatlarıdır, ama onları izinsiz ödünç almak *sahiden* de zevkli.

Aklımda, senin hikâyelerin dışında kravatlar ve başka şeylerin olduğunu düşünmek senin için korkunç olmalı. Oysa yok. Sadece düşüncelerimi her yerde arıyorum, o kadar. Bu ıvır zıvırın kendimi toparlamama yardımı olabilir diye düşündüm. Dışarıda gün ışıdı, ve ben sen yattın yatalı burada oturuyorum. Senin ilk okurun olmak ne saadet. Benim fikrime kendininkinden fazla değer verdiğini bilmesem, katıksız bir saadet olurdu.

Senin hikâyelerin hakkındaki fikrime bunca bel bağlaman bana hiç de doğru görünmüyor. Yani, senin hakkında. Başka bir zaman beni tartışmada alt edebilirsin ama, işin bu hale gelmesi için çok yanlış bir şey yapmış olduğumdan eminim. Şu an tam anlamıyla suç içinde debeleniyor sayılmam ama, suç suçtur. Çekip gitmez. Geçersiz kılınmaz. Tam olarak anlaşılamaz bile, eminim; kökleri, özel ve uzun süreli karmanın çok derinlerine iner. Bu şekilde hissetmeye başladığımda kellemi kurtaran tek şey, suçun, bilginin kusurlu bir biçimi olmasıdır. Sadece kusursuz olmayışı da, ondan yararlanılmayacağı anlamına gelmez. İşin en zor yanı, o seni felç etmeye başlamadan önce onu pratik bir kullanıma geçirmektir. Onun için ben de bu hikâye hakkında ne düşündüğümü yazabildiğim kadar hızla yazacağım. Acele edersem, suçumun burada en iyi ve en doğru amaçlara hizmet edeceği konusunda güçlü bir duygum var. Sahiden böyle düşünüyorum. Sanıyorum ki bu konuda elimi çabuk tutarsam, sana belki de yıllardır söylemek istediğimi söyleyebilirim.

Sen de bu hikâyenin büyük sıçramalarla dolu olduğunu biliyor olmalısın. Zıplamalar. Sen yatağa ilk gittiğinde, bir süre evdeki herkesi uyandırıp harika sıçrayan kardeşim için bir parti vermem gerektiğini düşündüm. Herkesi uyandırmadığıma göre *neyim ki* ben? Keşke bilseydim. En iyi ihtimalle, kaygıcıbaşı. Gözlerimle ölçebileceğim büyük sıçramalara kaygılanıyorum. Sanırım senin zıplayarak benim görüş alanımdan çıkma cüretini göstereceğini hayal ediyorum. Bağışla beni. Artık çok hızlı yazıyorum. Sanırım bu yeni hikâye, senin beklediğin hikâye. Ve benim de, bir anlamda. Biliyorsun, beni ayakta tutan her şeyden çok *gurur*. Sanırım ana kaygım bu. Kendi iyiliğin için, beni gurur nedeniyle uyanık tutma. Sanırım söylemek istediğim tam da bu. Keşke artık asla beni gurur yüzünden ayakta tutmasan. Bana beni mantıksız bir şekilde tetikte tutacak bir hikâye ver. *Beni sadece bütün yıldızların çıktığı için beşe kadar ayakta tut, başka hiçbir nedenle değil.* Vurgulama için özür dilerim, ama bu, başımı aşağı yukarı hareket ettiren hikâyelerinden biri hakkında söylediğim ilk şey. Lütfen bana başka bir şey söyletme artık. Bu gece bir yazara, yıldızlarının çıkmasına izin vermesi için yalvardıktan sonra söylenebilecek herhangi bir şeyin sadece edebi tavsiye olduğunu düşünüyorum. Bu gece, bütün "iyi" edebi tavsiyelerin sadece Louis Boulhet ve Max Du Camp'ın Flaubert'in Madame Bovary'yi yazmasını dilemeleriden ibaret olduğunu düşünüyorum. Tamam, böylece ikisi bir araya gelip, ince zevkleriyle, ona bir şaheser yazdırdılar. Onun kendi yüreğini yazıp ortaya dökmesi yolundaki tüm şansını öldürdüler. Bir şöhret gibi öldü, oysa olmadığı tek şeydi bu. İnsan mektuplarını okumaya dayanamıyor. Olmaları gerekenden o kadar daha iyiler ki. Ziyan, ziyan, ziyan diye yazıyorlar. Kalbimi parçalıyorlar. Eski dostum Buddy, sana bu gece herhangi bir şey söylemekten korkuyorum, basmakalıp şeyler hariç. Lütfen kalbinin sesini dinle, kazan ya da kaybet. Orduya katılırken bana öyle kızdın ki. (*Önceki hafta onunla ben ve birkaç milyon başka genç Amerikalı daha en yakındaki devlet okuluna gidip orduya yazılmıştık. Onu, kayıt formuma yazdığım bir şeye gülümserken yakaladım. Eve dönene kadar, ona neyin bunca komik göründüğünü bana söylemeyi reddetti. Aileden herhangi birinin doğrulayabileceği gibi, durum ona istikbal va'dediyor gibi görününce esneklikten uzak bir redci olabilirdi.)* Neye gülümsüyordum, biliyor musun? *Mesleğinin* yazarlık olduğunu yazmıştın. Bana duyup duyacağım en güzel örtmece lafmış gibi geldi. Yazmak ne vakit senin mesleğin oldu ki? O sadece senin dinin oldu, asla başka bir şey değil. Asla. Şu anda biraz fazla heyecanlıyım. *Gerçekten* senin dinin olduğuna göre, öldüğünde sana ne sorulacağını biliyor musun? Ama ben sana önce, sana neler sorulmayacağını söyleyeyim. Öldüğünde harika, etkileyici bir yazı üzerinde mi çalışıyordun diye sorulmayacak. Uzun muydu kısa mıydı, hüzünlü ya da komik miydi, yayımlandı mı yayımlanmadı mı diye sorulmayacak. Onun üzerinde çalışırken formda mıydın formsuz muydun diye de sorulmayacak. Hatta bittiğinde senin de sürenin dolacağını bilseydin, üzerinde çalışmak isteyeceğin yazı bu muydu diye bile sorulmayacak – Sanırım bu bir tek zavallı Sören K.'ya sorulacak. Sana sadece iki soru sorulacağından eminim. *Yıldızların ne zaman çıktı? Yüreğini harıl harıl satırlara döküyor muydun?* Her iki soruya da evet diye cevap vermenin ne kadar kolay olduğunu bir bilsen. Bundan sonra yazı yazmaya her oturduğunda, henüz yazar olmadan çok önce bir *okur* olduğunu hatırlayabilsen. Bu olguyu kafanda tespit et, sonra hareketsiz otur ve kendi kendine, bir okur olarak, Buddy Glass eğer kalbiyle seçebilse bütün dünyada hangi yazıyı en çok okumak isterdi diye sor. Bir sonraki adım korkunç, ama öyle basit ki yazarken ben bile zorla inanıyorum. Utanmazca oturursun ve kendin yazarsın. Bunun altını bile çizmeyeceğim. Altı çizilmeyecek kadar önemli. Ah, yapmaya cüret et, Buddy! Kalbine güven. Sen bunu hak eden bir ustasın. Sana asla ihanet etmez. İyi geceler. Şu anda kendimi fazlasıyla heyecanlanmış ve biraz dramatik hissediyorum, ama sanırım ki senin gerçekten ve hakikaten gönlüne göre bir şey, herhangi bir şey, bir hikâye, bir şiir, bir ağaç yazmanı görmek için dünyadaki her şeyi verirdim. Bank Dick, Thalia'da oynuyor. Hadi yarın gece herkesi götürelim. Sevgiler, S.

Buddy Glass yeniden sayfaya döndü. (Tabii, Buddy Glass benim nam-ı müstearım. Gerçek adım Binbaşı George Fielding Anti-Climax.) Ben de kendimi haddinden fazla heyecanlı ve biraz dramatik hissediyorum, ve bu saniyedeki her ateşli dürtüm yarın geceki randevumuz için okura kelimenin tam anlamıyla yıldızlı vaatlerde bulunmak üzerine. Ama eğer kafam çalışıyorsa, sadece dişimi fırçalayıp koşa koşa yatağa giderim, sanırım. Eğer ağabeyimin uzun Not'unu okumak yorucuysa, arkadaşlarım için daktiloya çekilmesinin resmen bitkin düşürücü olduğunu eklemekten kendimi alamıyorum. Şu anda, dizlerimin üstüne bana çabuk-ol-da-şu-hepatiti-ve-yüreksizliği-atlat diye sunduğu o şık gökkubbeyi örttüm.

Gene de okura, yarın akşamdan başlayarak ne yapmaya niyetlendiğimi söylemem çok mu uluorta konuşmak olur acaba? On yıl boyunca ya da daha uzun süre, son derece doğrudan sorulara kısa, *kesin* cevaplar verilmesi yolunda özel bir tercihi olmayan biri tarafından "Ağabeyin Neye Benzerdi?" sorusunun bana sorulmasını hayal ettim. Lafın kısası, tavsiye edilen otorite organımın, bu dünyada birlikte kıvrılıp yatmaktan en fazla hoşlanacağımı söylediği yazı, o "bir şey, herhangi bir şey", Seymour'un onu başından atıp kurtulmak için hummalı bir telaş içinde olmayan biri tarafından yazılmış eksiksiz bir fiziksel betimlenmesi; adamakıllı utanmazca bir kelimeyle, ben.

Saçı berberde sıçrıyor. İşte Yarın Gece ve ben burada, söylemeye gerek bile yok, smokinimle oturuyorum. *Saçı berberde sıçrıyor.* Rab İsa, açılış satırım bu mu? Bu oda yavaş yavaş, çok yavaşça mısır ekmeği ve elmalı paylarla mı dolacak? Olabilir. İnanmak istemiyorum ama, olabilir. Eğer bir betimlemede Seçicilikte ısrar edersem, daha başlamadan gene işten soğuyacağım. Bu adamı bir düzene dahil edemiyorum, onun kaydını tutamıyorum. *Bazı* şeylerin geçici bir duyarlılıkla burada yapılmaya mahkûm olduğunu umabilirim, ama hayatımda bir kez olsun her kahrolası cümleyi ince eleyip sık dokumayayım, yoksa gene işim bitiktir. Berberde sıçrayan saçı, kesinlikle akla gelen ilk baskın şey. Genellikle saç kestirmeye her ikinci yayın günü ya da iki haftada bir giderdik, okuldan hemen sonra. Berber dükkânı 108. Sokak ile Broadway'in kesiştiği yerdeydi, yeşillikler arasına yuvalanmıştı (dur bakalım, hemen), bir Çin lokantası ile bir Musevi şarküterisinin arasındaydı. Eğer yemeğimizi yemeği unuttuksa, ya da, ki bu daha akla yakın, bir yerlerde *kaybettikse,* aşağı yukarı onbeş sentlik dilimlenmiş salam ile birkaç yeni bastırılmış dereotlu turşu alırdık ve onları koltuklarımızda yerdik, yani, an azından saç düşmeye başlayana kadar. Berberler, Mario ve Victor'du. Bunca yıldır, bir ihtimal, aşırı doz sarmısaktan göçüp gitmişlerdir, sonunda bütün New York berberlerinin göçüp gideceği gibi. (Tamam, *kes şunu.* Bunları daha işin başındayken önleyelim, lütfen.) Koltuklarımız yanyanaydı ve Mario'nun benimle işi bitip örtüyü silkelemeye hazır olduğunda ben asla, ama asla üstümde kendiminkinden fazla Seymour'un saçını bulmamazlık etmezdim. Hayatımda, bundan önce ya da o günlerden bu yana, beni bunun kadar sinirlendiren pek az şey olmuştur. Yalnızca bir seferinde şikâyette bulundum ve o da muazzam bir hataydı. Açıkça bozuk çalan bir ses tonuyla onun "kahrolası saçı"nın hep baştan aşağı üstüme sıçradığını söyledim. Söylediğim anda pişman oldum ama iş işten geçmişti. Bir şey demese de ânında bu konuda *kaygılanmaya* başladı. Dönüşte eve yürürken daha da beter bir hal aldı; sokakları sesizlik içinde geçti; besbelli saçının berber dükkânında kardeşinin üstüne sıçramasını önlemek için bir yöntem sezmeye çalışıyordu. 110'ncu sokaktaki evler, Broadway'den, Riverside'ın köşesindeki evimize kadar olan o uzun blok, en kötüsüydü. Aileden hiç kimse o blok boyunca uzanan yolda, elinde Yeterli Malzeme varsa Seymour'un kaygılanacağı kadar kaygılanamaz. Ki bu da bir gecelik yeter. Bitap düştüm.

Bir şey daha var. Onun fiziksel olarak bir betimlenmesinden ben ne *istiyorum?* (italiklerin hepsi benim) dahası, bunun ne *yapmasını* istiyorum? Dergiye girmesini istiyorum, evet; onu yayımlamak istiyorum. Ama mesele bu değil; ben *hep* yayımlamak isterim. Mesele daha çok onu dergiye sunmak istediğim *yöntemle* ilgili. Aslında bütün mesele bununla ilgili. Bildiğimi sanıyorum. Bildiğimi çok iyi biliyorum. Onun, ben pul ya da bir Manila zarfı kullanmadan oraya girmesini istiyorum. Eğer doğru bir betimlemeyse, ona sadece bir tren bileti vermeliyim, belki de bir sandviç sarmalıyım ve termosa sıcak bir şeyler koymalıyım, hepsi bu. Vagondaki diğer yolcular ondan birazcık uzaklaşmalı, sanki birazcık kafası iyiymiş gibi. Ah, ne harikulade bir düşünce! *N'olur bu işten birazcık kafası iyi olarak çıksın.* Ama kafası nasıl iyi? Bence, üç zorlu tenis setinden, *muzaffer* tenis setinden sonra, size son vuruşunu görüp görmediğinizi sormak için verandaya çıkarak sırıtan, sırıtan sevdiğiniz birisi gibi kafası iyi. Evet. *Qui.*

* * *

Bir başka gece. Unutma, bu okunacak. Okura nerede olduğunu söyle. Dostça davran; *hiç belli olmaz.* Ama elbette. Ben Limonluktayım, birazdan zili çalıp porto şarabını isteyeceğim, ve her an emektar aile hizmetkârı tarafından getirilebilir, olağanüstü zeki, şişko, zarif ve sınav kâğıtları hariç evdeki her şeyi yiyen bir fare.

Artık zaten sayfada olduğuna göre, S.'nin saçına dönüyorum. Dökülmeye başlayana kadar, o ondokuz yaşında falanken, tutam tutam, çok telimsi siyah saçları vardı. Aslında neredeyse kıvırcık denebilir, ama pek de sayılmaz; olsaydı, kendimi o kelimeyi kullanmaya azimli hissederdim sanırım. Olabilecek en çekilebilir-görünüşlü saçtı ve doğrusu çekiliyordu da; ailenin bebekleri daima otomatikman onun saçına uzanırdı, hatta burundan bile önce ki, Tanrı biliyor ya, o da Olağanüstü bir şeydi. Ama hepsi sırayla, teker teker. Çok kıllı bir adam, genç, ergen. Ailedeki diğer çocuklar, yalnızca oğlanlar değil ama özellikle onlar, daima evimizde bulunurmuşa benzeyen ergenlik öncesi birçok oğlan, onun bilekleri ile ellerine vurgundu. Kardeşim Walt onbir yaş sıralarında Seymour'un bileklerine bakma ve sonra da onu kazağını çıkarmaya davet etme şeklinde bir rutin tutturmuştu. "Kazağını çıkarsana, hey, Seymour! Hadi, hey! Burası *sıcak*! " S. ona sevinçle gülümserdi, ona dönüp ışıldardı. Çocukların hangisinden olursa olsun bu tür eşek şakasını pek severdi. Ben de severdim ama, sadece bazen. O ise hep. Ailenin küçükleri tarafından ona yöneltilen bütün o patavatsız ve düşüncesizce sözlerle serpilip gelişirdi de. Aslında 1959'da zaman zaman en küçük erkek ve kızkardeşimin marifetleri hakkında hayli can sıkıcı haberler alırken, bunların S.'ye ne büyük bir sevinç getirdiğini düşünüyorum. Franny'yi dört yaşındayken hatırlıyorum, onun kucağında oturuyor, yüzüne bakıyor ve müthiş bir hayranlıkla "Seymour," diyor, "Dişlerin öyle güzel ve *sarı* ki!" Bana doğru resmen sendeleyerek geldi ve onun ne dediğini duydum mu diye sordu.

Bu son paragraftaki bir laf, donup kalmama yol açtı. Neden çocukların eşek şakalarından sadece bazen hoşlanıyordum? Şüphesiz bana yöneltildiğinde bazen içinde adil miktarda garez olduğu için. Ben büyük bir ihtimalle bunu hak etmediğim için de değil. Merak ediyorum, okur büyük aileler hakkında ne biliyor acaba? Daha da önemlisi bu konuda söylenenleri dinlemeye ne kadar tahammül edebilir, yani benden? En azından şu kadarını söylemeliyim: Eğer büyük bir ailede büyük ağabeyseniz (özellikle, Seymour ile Franny arasında olduğu gibi, çocuklar arasında kabaca onsekiz yaş fark olduğu durumlarda) ve kendinize ya yerel hoca ve yol gösterici rolü veriyorsanız, ya da pek de gönüllü olmadığınız halde bu rol size veriliyorsa, aynı zamanda bir mümessile de dönüşmemek neredeyse imkânsızdır. Ama mümessillerin de kendilerine özgü biçimleri, boyutları ve renkleri vardır. Örneğin Seymour ikizlerden birine ya da Zooey'e ya da Franny'ye, hatta (benden sadece iki yaş küçük ve çoğu kez serapa hanımefendi olan) Mme. Boo Boo'ya eve girerken lastiklerini çıkarmalarını söylediğinde, hepsi onun eğer çıkarmazlarsa, döşemenin kirleneceğini ve Bessie'nin saplı süpürgesini çıkartması gerekeceğini kastettiğini bilirlerdi. Onlara lastiklerini çıkarmalarını *ben* söyleyince, çoğu kez çıkarmayanların çapaçul olduğunu kastettiğimi de. Bu ise sonunda tek tek ikimize nasıl takıldıkları ya da bizimle dalga geçtiklerinde hiç de ufak olmayan farklılıklar meydana getirmeye mahkûmdu. Kulağa kuşku uyandırıcı şekilde Namuslu ve Sokulgan gelmesinden kaçınılmaz bir itiraf, ki kulak misafiri olayım diye inliyorum. Bu konuda ne yapabilirim? Sesime her Doğrucu Davut tonu geldiğinde her şeyimi kaldırıp göstermeli miyim? O evde, gönülsüzce hoşgörülmenin de çok ötesinde bir muamele gördüğümden emin olmasam kendimi önemsiz göstermeyeceğimi –bu durumda, yetersiz önderlik niteliklerimi vurgulamayacağımı– okurun anlayacağına güvenebilir miyim? Size yeniden yaşımı söylemenin bir yararı olur mu? Ben bunları yazarken saçlarına kır düşmüş, gevşek kıçlı, kırk yaşında biriyim, makul ölçüde olanak sahibiyim ve bu yıl basketbol takımına giremeyeceğim ya da selamım Subay Aday Okulu'na girmemi sağlayacak kadar gayretkeşçe değil diye hayata küsmeyecek kadar makul ölçüde uygun olanaklarım var. Ayrıca itiraf nevinden bir pasaj, yazarın gururundan vazgeçmekten ötürü duyduğu gururun birazının kokusu çıkmaksızın belki de asla yazılmamıştır. Halk huzurunda itirafta bulunan birinde her seferinde kulak verilecek şey, neleri itiraf *etmediğidir*. Hayatının belli bir döneminde (çoğu kez, söylemesi acıdır ama, *başarılı* bir döneminde) bir adam birden, üniversitedeki bitirme sınavlarında kopya çektiğini itiraf etme Gücüne Sahip olduğunu hissedebilir, yirmiiki ve yirmidört yaşları arasında cinsel yönden iktidarsız olduğunu açıklamayı da seçebilir ama bu yiğitçe itiraflar, onun vaktiyle evinde beslediği hamstere kızıp ayağıyla kafasına basıp basmadığını öğreneceğimizi garanti etmez. Bu konuya devam ettiğim için üzgünüm ama bana burada meşru bir kaygım varmış gibi görünüyor. Ben tanıyıp tanıyacağım insanların içinde kendi koşullarımla gerçekten büyük saydığım tek kişi hakkında ve tanıyıp tanıyacağım insanlar arasında, sinsi sinsi koca bir dolap dolusu yaramaz, can sıkıcı küçük kibirler saklıyorsa diye bir an bile şüpheye kapılmama yol açmayan hatırı sayılır *herhangi* bir boyuttaki tek kişi hakkında yazıyorum. Acaba zaman zaman popülerlik konusunda sayfada onu burun farkıyla geçiyor olabilir miyim diye merak etme durumunda kalmayı bile korkunç –hatta, meşum– buluyorum. Belki de böyle dediğim için beni bağışlarsınız ama bütün okurlar vasıflı okur değildir. (Seymour yirmibir yaşında ve İngiliz Edebiyatı Profesörü payesine neredeyse tam olarak erişmişken, ve iki yıldan beri ders vermekteyken ona, öğretmenliğin hangi yanının onu nakavt ettiğini sordum, böyle bir şey varsa, tabii. Hiçbir yanının onu tam olarak *nakavt* ettiğini sanmadığını söyledi, ama onu korkuttuğunu sandığı bir şey vardı: Üniversite kütüphanesindeki kitapların kenarlarında kurşun kalemle yazılı notları okumak.) Bunu bitireceğim. Tekrarlıyorum, bütün okurlar vasıflı okur değildir ve bana da yazar olarak birçok sathi hoşluğum olduğu söylendi – eleştirmenler *her şeyi* söyler bize, önce de en kötü olanlarını. Bütün kalbimle, benim kırk yaşına varmamı şöyle biraz çekici bulabilecek türde bir okur olduğundan korkuyorum; yani, sayfadaki Bir Başkası'nın aksine, intihar edecek ve Beni Seven Bütün Ailemi cascavlak ortada bırakacak kadar "bencil" olmadığım için. (Bunu bitireceğimi söyledim, ama galiba yapamayacağım. Gerçek bir demir adam olmadığım için değil, ama bunu gerektiği şekilde bitirmek için intiharının ayrıntılarına temas etmem –Tanrım, *temas etmem*– gerekeceği için, ve gittiğim hızla bunu yapmaya daha birkaç yıl hazır olmayı ummuyorum.)

Gene de yatağa gitmeden önce size bir şey söyleyeceğim, bana konuya son derece uygun görünen bir şey. Ve herkes bunu kategorik olarak sonradan eklenilmiş bir şey saymamak için elinden gelen çabayı gösterirse müteşekkir kalırım. Yani size, bunu yazarken kırk yaşında olmamı canavarca bir avantaj-dezavantaj haline getiren tam anlamıyla araştırılabilir bir neden verebilirim. Seymour otuzbir yaşında ölmüştü. Bu vitesle onu *o* saçlara iyice ak düşmemiş yaşa getirmem bile aylar, belki de yıllar alacak. Şimdilik, onu sadece bir çocuk ve genç bir oğlan olarak göreceksiniz (Tanrı'dan dilerim ki, küçücük bir oğlan olarak asla). Sayfadaki iş için onunla birlikteyken ben de bir çocuk ve genç bir oğlan olacağım. Ama daima biraz göbekli ve neredeyse orta yaşlı bir adamın bu şovu yürüttüğünün farkında olacağım ve sanırım okur da öyle, biraz daha az partizanca olsa da. Bence bu düşünce hayat ve ölüme ilişkin diğer olgulardan daha melankolik değil, ama daha az melankolik de değil. Şimdiye kadar tek mesnediniz benim sözümdü ama size söylemeliyim ki herhangi bir şeyi ne ölçüde biliyorsam o ölçüde biliyorum ki, durumumuz değişse ve benim yerimde Seymour olsa, anlatıcı ve resmi dobra dobracı olarak yaşının mazur görülemez büyüklüğünden o kadar etkilenirdi –aslında, o kadar endişelenirdi ki– bu projeyi bırakırdı. Bu konuda daha başka hiçbir şey söylemeyeceğim, elbette, ama lafı açıldığı için memnunum. Hakikat bu. Lütfen sadece görmekle kalmayın; aynı zamanda hissedin.

Sonuç olarak, yatmaya gitmiyorum. Buralarda birisi uykuyu katletti. Aferin ona.

Tiz, nahoş bir ses (*benim* okurlarımdan birine ait değil): Bize ağabeyinin Neye Benzediğini anlatacağını söylemiştin. Bütün bu allahın belası tahlilleri ve yapış yapış şeyleri istemiyoruz.

Ama ben istiyorum. Bu yapış yapış şeylerin her parçasını istiyorum. Şüphesiz daha az tahlil yapabilirim ama, yapış yapış şeylerin her parçasını istiyorum. Bunun yanında bir de doğru yoldan ayrılmama duam varsa eğer, bunu yapacak olan yapış yapış şeylerdir.

Sanırım onun yüzünü, endamını, davranışlarını -her şeyi- hayatının herhangi bir döneminde (yurt dışında kaldığı yıllar hariç) betimleyebilir ve iyi bir benzeyiş sağlayabilirim. Edepli söz istemiyorum, lütfen. Kusursuz bir görüntü. (Eğer buna devam edersem okura ne zaman ve nerede ailemizden bazılarının ne türden hatıralara ve hatırlama gücüne sahip olduğunu anlatmak durumunda kalacağım. Seymour, Zooey ve ben. Sonsuza kadar erteleyemem, ama acaba basılı olarak ne kadar çirkin görünecek?) İyi kalpli biri bana bir telgraf çekip tam olarak hangi Seymour'u betimlememi tercih ettiğini söylese muazzam yardımı olurdu. Benden sadece *Seymour*'u, herhangi bir Seymour'u betimlemem istenirse, gerçi onun capcanlı bir resmini elde ediyorum ama, bu resimde önüme aynı anda yaklaşık sekiz, onsekiz ve yirmisekiz yaşlarında geliyor, başı saçla dolu ve adamakıllı kelleşmeye başlamış, bir yaz kampçısının kırmızı çubuklu şortuyla ve sırtında süvari çavuşu çubuklu buruşuk bir bronz rengi gömlekle, padmasanada otururken ve R.K.O. 86'ncı Sokak'taki balkonda otururken. Tam da öyle bir tablo sunmanın tehdidini hissediyorum ve bu hiç hoşuma gitmiyor. Her şeyden önce, bunun Seymour'u üzeceğini düşünüyorum. İnsanın Konu'sunun aynı zamanda *cher maitre*'i olması zor iş. Sanırım, içgüdülerime gerektiği şekilde danıştıktan sonra, onun yüzünü sunmak için bir tür edebi Kübizm'den yararlanmayı seçmiş olsam, bu onu pek de üzmezdi. Ona bakarsanız, bunun geri kalanını tamamen miniskül harflerle yazsam da onu zerre kadar üzmezdi; *eğer* içgüdülerim bunu salık veriyorsa. Burada Kübizm'in bir biçiminin olmasına ben de *aldırmam,* ama tek tek her içgüdüm bana buna karşı temiz, alt-orta-sınıf bir mücadele vermemi söylüyor. En azından, bu düşünceyle uyumalıyım. İyi geceler. İyi geceler, Bn. Calabash. İyi geceler, Kahrolası Betimleme.

* * *

Kendi adıma konuşmakta biraz zorluk çektiğim için bu sabah sınıfta (korkarım aynı anda Miss Valdemar'ın inanılmayacak kadar dar çoraplı bacaklarına da biraz gözümü dikmiş bakarken) yapılacak asıl kibar hareketin anne babamdan birine burada ilk söz hakkını sunmak olduğuna karar verdim ve başlamak için İlkel Anne'den daha iyi ne olabilir? Ne var ki, söz konusu rizikolar da bunaltıcı. Duygular bazı insanları palavracı yapmazsa eğer, doğal kötü anıları hemen hemen kesinlikle yapar. Örneğin, Bessie için, Seymour'un bellibaşlı özelliklerinden biri boyunun uzunluğuydu. Zihninde onu şaşmaz bir şekilde fidan gibi biri, odalara girerken boyuna başını eğip duran Texasvari bir tip olarak görüyor. Aslında bir seksenin biraz altındaydı; modern, çok vitaminli standartlarımıza göre uzunun kısası bir adam. Onca hiçbir sakıncası yoktu. Yüksek olmaktan hiç mi hiç hoşlanmazdı. İkizlerin boyu bir sekseni geçince, acaba onlara bir geçmiş olsun kartı yollayacak mı diye bir süre merak etmiştim. Sanırım bugün hâlâ hayatta olsaydı, aktör olan Zooey büyüyünce kısa boylu kaldı diye baştan aşağı tebessüm kesilirdi. O, S., gerçek aktörlerin ağırlık merkezinin yere yakın olması gerektiğine sahiden inananlardan biriydi.

O "baştan aşağı tebessüm" kısmı bir hataydı. Şimdi onun tebessüm etmesini engelleyemiyorum. Benim yerime burada dürüst tipte bir başka yazar otursa çok mutlu olurdum. Bu mesleğe başladığımdaki ilk yeminlerimden biri, basılı sayfada karakterlerimin Gülümseme ya da Sırıtma'larına paydos demekti. Jacquelin sırıttı. Koca tembel Bruce Browning acı acı gülümsedi. Kaptan Mittagessen'in haşin yüz hatlarını çocuksu bir tebessüm aydınlattı. Ama burda bana cehennemî bir baskı yapılıyor. Önce en berbat olanını aradan çıkartalım: Ben onun, dişleri şöyle böyle ile kötü arasındaki biri için çok, çok iyi bir tebessümü olduğunu düşünüyorum. Hakkında yazması bir nebze bile külfetli görünmeyen şey ise, işin mekaniği. Tebessümü, odadaki bütün yüzsel trafik ya durmuşken ya da aksi yönde hareket ederken, çoğu kez arkaya öne giderdi. Dağıtılışı da standart değildi, aile içinde bile. Küçük çocukların doğumgünü pastalarındaki mumlar üflenirken, hadi cenazelik demeyelim de, ciddi görünebilirdi. Öte yandan, çocuklardan biri ona şamandıranın altında yüzerken omuzunda sıyrılan yeri gösterince resmen keyiflenmiş görünebilirdi. Sanırım teknik olarak onda sosyal tebessüm denen şeyin zerresi yoktu, gene de yüzünde temelde doğru olan hiçbir şeyin eksikliğinin asla çekilmediğini söylemek de hakikatın ta kendisi (belki *birazcık* ölçüsüz) gibi görünüyor. Örneğin sıyrılmış omuz tebessümü çoğu kez çıldırtıcıydı, sıyrılmış olan sizin omuzunuzsa, ama aklı başka yöne çekmenin önemli olduğu yerde de aklı başka yöne çekiyordu. Doğumgünü partilerinde, sürpriz partilerdeki ciddiyeti onların neşesini hemen hemen asla bozmuyordu – ya da, diyelim ki, İlk Komünyonlar ve Bar Mizvah'lardaki sırıtkan halinden daha fazla değil. Ve bunun sadece önyargılı erkek kardeşin konuşması olduğunu da sanmıyorum. Onu hiç tanımayanlar ya da sadece az tanıyanlar ya da sadece faal ya da emekliye ayrılmış bir Çocuk Radyo Şöhreti olarak tanıyanlar bazen yüzündeki belirgin bir ifadeyle –ya da ifade yokluğuyla– *altüst* olurdu, ama yalnızca bir an için, sanırım. Ve böyle durumlarda çoğu kez kurbanlar meraka hoş şekilde yakın bir şey hissederdi; hatırladığım kadarıyla asla gerçek kişisel bir kırgınlık ya da kızdırma değil. Bunun bir nedeni –en karmaşığı elbette– her ifadesinin samimi olmasıydı. Büyüyüp erkekliğe eriştiğinde (ve sanırım bu konuşan önyargılı erkek kardeş*tir*), sanırım Daha Büyük New York Alanı'ndaki en mutlak korunmasız yetişkin yüzüne sahipti. Yüzünde samimiyetten uzak, kurnazca herhangi bir şeyler olup bittiğini hatırladığım anlar, evde bir yakın aile mensubunu kasıtlı olarak eğlendirdiği anlardır. Üstelik bu da vukuat-ı adiyeden sayılmazdı. Genelde Mizahı hanemizde başka herhangi birinden esirgenmiş bir ölçülülükle alıp kabul ettiğini söyleyebilirim. Bu ise, biraz da vurgulayarak, mizahın da onun beslenme rejiminin ana maddelerinden birini oluşturmadığını ima etmek anlamına gelmiyor, ama ona genelde en küçük parçanın kaldığı ya da kendine en küçük parçayı aldığı anlamına geliyor. Sürekli Aile Şakası, eğer babamız o anda ortalıkta değilse, neredeyse hep onun başında patlardı ve o da çoğu kez bu şakayı efendice bir yana koyardı. Ne demek istediğimin sanırım yeterince temiz bir örneği ben ona yeni hikâyelerimi yüksek sesle okurken, bana Günlük Konuşmanın Ritm ve Kadansları için İyi bir Kulağım olduğunu bilip bilmediğimi sormak için her hikâyede bir kere, bir diyaloğun tam ortasında sözümü kesmenin onun şaşmaz âdeti olmasıdır. Bana bunu söylerken pek dirayet sahibi görünmek de onun zevkiydi.

Sırada Kulaklar var. Aslında onların eksiksiz bir küçük filmine sahibim; kardeşim Boo Boo'nun, onbir yaşlarındayken coşkulu bir dürtüyle yemek masasını terk ettiği ve bir dakika sonra gerisin geri odaya dalıp spiralli bir defterden çıkarılmış halkaları Seymour'un kulaklarında denediği, çizilmiş bir tek makaralık film. Sonuçtan pek hoşnut kalmıştı ve Seymour onları akşam boyunca kulaklarında tuttu. Kan çıkarana kadar tutmuş olması ihtimali de akıldan uzak tutulamaz. Ama ona göre değillerdi. Korkarım onda bir korsanın kulakları değil, yaşlı bir hizipçinin ya da yaşlı bir Buda'nın kulakları vardı. Son derece uzun, etli kulak memeleri. Peder Waker'ın birkaç yıl önce yaman siyah bir giysiyle buradan geçerken, *Times*'ın çapraz bulmacasını yaptığım sırada bana S.'nin kulaklarının Tang hanedanlığındakilere benzediğini düşünüp düşünmediğimi soruşunu hatırlıyorum. Bana kalsa daha da geriye götürürdüm.

Yatağa gidiyorum. Belki de önce Albay Anstruther'le birlikte Kütüphanede yatmadan önce son bir içki, sonra yatak. Bu neden beni böylesine tüketiyor? Eller terliyor, bağırsaklar guruldayor. Uyumlu Adam evde değil işte.

Gözler ve belki de (*belki* dedim) burun hariç, yüzünün geri kalanını pas geçme eğilimindeyim. Kapsamlılık da cehennemin dibine. *Hiçbir şeyi* okurun hayalgücüne bırakmamakla suçlanmaya dayanamam.

* * *

Gözleri, bir-iki rahatça betimlenebilir biçimde, benimkine, Les'inkine ve Boo Boo'nunkine, şu yönlerden benzerdi: (a) bu takımın gözlerinin hepsinin renkleri hayli mahçubiyetle de olsa çok koyu öküz kuyruğu rengi ya da Ağlamaklı Yahudi Kahverengisi olarak betimlenebilir ve (b) hepimiz yarımaylara ve bazımız düpedüz gözaltı torbalarına yatkınız. Ama bütün aile için mukayese orada kalır işte. Ekibin hanımlarına karşı biraz centilmenlikten uzak bir tavır gibi görünüyor ama, benim ailedeki iki "en iyi" çift göz için vereceğim oy, Seymour ile Zooey'e giderdi. Ve oysa bu gözlerin her biri diğerinden öylesine büsbütün farklıydı ki, rengin lafı bile olmaz. Birkaç yıl önce, bir transatlantikteki "yetenekli"bir küçük oğlan hakkında ola*ğan*üstü Etkileyici, Akılda Kalır, nahoş biçimde tartışma konusu olan ve tamamen başarısız bir kısa hikâye yayımlamıştım ve içinde bir yerlerde de oğlanın gözlerinin ayrıntılı bir betimlemesi vardı. Mesut bir rastlantıyla, işte o hikâyenin bir sureti şu anda, bornozumun yakasına zevk sahibi bir şekilde iğnelenmiş olarak, üstümde bulunmakta. Alıntı yapıyorum: "Hiç de büyük olmayan soluk kahverengi gözleri birazcık şaşıydı; sol göz sağdan daha fazla. Çirkinleştirecek kadar, hatta ilk bakışta ille de fark edilebilecek kadar şaşı değillerdi. Sadece bahsini etmeye yetecek kadar ve sadece, onların daha düz, ya da daha derin, ya da daha kahverengi, ya da daha ayrık olması dileğinde bulunmadan önce insanın uzun uzun ve ciddiyetle düşünmüş olabilmesi bağlamında şaşıydılar." (Belki de *soluk*lanmak için bir saniye duralasak iyi olur.) Gerçek şu ki (sahiden, bir Ha Ha kastı yok) bunlar Seymour'un gözleri değildi, hem de hiç. Onun gözleri karadır, çok büyüktür, hayli yeterli ölçüde ayrıktır ve, başka ne olurlarsa olsunlar, şaşılıktan fevkalade uzaktır. Buna rağmen ailemin en azından iki ferdi o betimlemede onun gözlerini ima etmeye çalıştığımı biliyordu ve bunu söylediler, ve hatta *acayip* bir şekilde, işi hiç de fena kıvırmadığım hissine kapıldılar. Aslında gözlerinin üstünde bir var bir yok, bürümcük gibi fevkalade ince bir hafif şehlalığı andıran bir şey vardı; ne var ki, şehlalık falan değildi, işte ben de *orda* başımı derde soktum. Eğlenmekten hayli hoşlanan bir başka yazar –Schopenhauer– *kendi* çok komik eserinde benzer bir çift gözü betimlemeye çalışıyor ve, memnuniyetle söylüyorum, tamamen mukayese edilebilir şekilde yüzüne gözüne bulaştırıyor.

Pekâlâ. Burun. Kendime bunun sadece bir dakika acıtacağını söylüyorum.

Eğer 1919 ile 1948 arasında herhangi bir zamanda Seymour ve benim hazır bulunduğumuz kalabalık bir odaya girseydiniz, onun ve benim kardeş olduğumuzu anlamanın muhtemelen tek bir yolu olurdu, ama yanılmaya meydan vermeyen bir yol. Burunlar ve çeneler sayesinde. Çeneleri, tabii, hemen hemen hiç çenemiz olmadığını söyleyerek bir dakikada kolaylıkla saf-dışı bırakabilirim. Burunlarımız ise altını çize çize vardı ve neredeyse birbirinin tıpatıp eşiydiler: Ailedeki herkesin burnundan farklı iki büyük, etli, sarkık, *trompe*-benzeri şeyler, sadece çocukluğumuzdan kalma eski tarz bir fotoğrafta balon gibi şişen burnu, küçük bir oğlanken beni hatırı sayılır ölçüde korkutmuş olan sevgili yaşlı Büyük-Büyük Dede Zozo'nunki, fevkalade canlı şekilde, hariç, ailede hiç kimseninkine benzemeyen birer burun. (Düşünüyorum da, asla, anatomik şakalar mı desem, yapmamış olan Seymour bir keresinde bizim burunlarımızın –onunki, benimki, Büyük-Büyük Dede Zozo'nunki– bazı sakalların yol açtığı türden bir çıkmaza yol açıp açmayacağını, yani biz uyurken yorganın içinde mi dışında mı kalacağını merak ederek beni hayli şaşırtmıştı.) Ancak bu konuda çok fazla yapmacıklı görünme rizikosu var. Çok açık –gerekirse, kırıcı olacak kadar açık– olarak belirtmek isterim ki, bu burunlar kesinlikle romantik Cyrano çıkıntıları değildi. (Bu da bence hemen hemen herkesin en doğal şeymişcesine Cyrano'nun burnunun mu, nüktelerinin mi önce geldiğini bildiği ve inkâr edilmez şekilde dili tutuk olan büyük burunlu adamlar konusunda yaygın, uluslararası bir klinik suskunluğun olduğu cesur yeni psikanalitik dünyada, nereden baksanız tehlikeli bir konu.) Bence ikimizin burunlarının genel eni, boyu ve dış hatlarına ilişkin olarak sözünü etmeye değer tek fark, söylemek zorundayım ki, Seymour'un burnunun kemerinde sağa doğru, pek fark edilir bir kavis, ekstradan bir eğiklik olmasındaydı. Seymour hep bunun, benim burnumla mukayese edildiğinde kendininkini daha soylu kıldığından şüphelenirdi. Bu "eğiklik" aileden biri Riverside Drive'daki eski dairemizin salonunda hayli hülyalı bir şekilde beyzbol sopasıyla vuruş talimleri yaparken edinilmişti. Bu aksilikten sonra burnu hiç yerine oturmadı

Yaşasın. Burun bitti. Yatmaya gidiyorum.

* * *

Şimdiye kadar yazdıklarıma dönüp bakmaya henüz cüret edemedim; saat geceyarısını vurduğunda elden düşme bir Royal daktilo şeridine dönüşme yolundaki o eski mesleki korku bu gece *çok* kuvvetli. Ancak Arabee Şeyhi'nin yaşayan bir portresini sunmadığım yolunda sağlam bir fikrim var. Ki bunun da adil ve doğru olmasına duacıyım. Aynı zamanda kimse benim kahrolası beceriksizliğim ve heyecanım yüzünden S.'nin alışılmış, usandırıcı terminoloji ile bir Cazip Şekilde Çirkin Adam olduğu anlamını çıkarmaya sevkedilmemeli. (Zaten bu *herhalükârda* çok kuşku uyandırıcı bir etiket, en çok gerçek ya hayali, bazı kadın kısmı tarafından pek hayret verici tatlı-figanlı şeytanlara ya da, bundan daha az kategorik olarak, kötü yetiştirilmiş kuğulara, belki de fazlasıyla cazip bulmalarını mazur göstermek için kullanılır.) Üzerinde kafaya kakarmış gibi dursam bile –ki zaten durdum, farkındayım– şunu basit hale getirmeliyim ki biz, birazcık farklı derecelerde de olsa, iki tane göze batacak kadar "çirkin" çocuktuk. Tanrım, hem de nasıl çirkindik. Ve görünüşümüz büyüdükçe ve yüzümüz "dolgunlaştıkça" "hatırı sayılır biçimde iyileşti" diyebileceğimi sansam da çocuk, genç ve ergen olarak gerçekten düşünceli birçok kişiye ilk görüşte belirgin bir ıstırap verdiğimizi belirtmek ve sonra tekrar belirtmek zorundayım. Burada elbette yetişkinlerden söz ediyorum, diğer çocuklardan değil. Birçok küçük çocuk öyle kolay kolay ıstırap duymaz; en azından, bu şekilde duymaz. Öte yandan, küçük çocukların çoğu da öyle aman aman yüce gönüllü değildir. Çoğu kez çocuk partilerinde birinin hayli gösterişçi bir şekilde geniş fikirli annesi Şişe Çevirme ya da Postane oyunu önerirdi, ve serbestçe beyan ederim ki çocuklukları boyunca Glass'ların en büyük iki oğlu torbalar dolusu postalanmamış mektubun kıdemli alıcıları olmuşlardı (mantıksızca ama tatmin edici şekilde belirtilmiştir, sanırım), tabii, Postacı zaten birazcık deli olan Kaltak Charlotte diye bir kız değilse. Bu bizi rahatsız eder miydi? Acı verir miydi? *Şimdi iyi düşün, yazar.* Çok yavaş, iyice düşünüp taşınarak verilmiş cevabım: Hemen hemen asla. Şahsen, aklıma gelen üç sebep nedeniyle. Birincisi, bir-iki sarsak fasıl hariç, ta çocukluğumdan itibaren –büyük ölçüde Seymour'un ısrarı sayesinde, ama kesinlikle yalnızca bu nedenle değil– göze batacak kadar hoş, muktedir bir adam olduğuma inanagelmiştim, ve başka biri farklı düşünüyorsa eğer bu onun zevkinin hem belirgin ve hem de garip bir şekilde önemsiz bir yansımasıydı. İkincisi (eğer buna dayanabilirseniz, ve ben nasıl dayanacağınızı bilmiyorum), daha beş yaşına gelmeden büyüyünce pek üstün bir yazar olacağım konusunda tozpembe, eksiksiz bir inanca sahiptim. Ve üçüncüsü, hiçbiri yürekten olmamak üzere pek az sapmayla, Seymour'la herhangi bir fiziksel benzerlik taşımaktan hep gizlice hoşnut ve mağrur oldum. Tabii, Seymour'un kendisine gelince, iş her zaman olduğu gibi farklıydı. Komik görünüşüne sırasıyla hem çok aldırıyor, hem de hiç aldırmıyordu. Çok aldırdığı vakit, başkalarının hatırı için aldırıyordu ve ben kendimi özellikle bu anda kardeşimiz Boo Boo'yu düşünürken buluyorum. Seymour ona çıldırırdı. Ki bu da pek fazla bir şey sayılmaz çünkü aileden herkes için ve aile dışındaki çoğu kişi için çıldırırdı. Ama *benim* bildiğim bütün genç kızlar gibi Boo Boo da genelde yetişkinlerin *gaf*ları, *faux pas*'ları yüzünden günde en az iki kez "öldüğü" bir dönem geçirdi; onunkinin hayran olunacak kadar kısa sürdüğünü söylemeliyim. Bu dönemin doruğunda yemekten sonra sınıfa yanağında kremalı pasta benekçiği ile gelen bir öğretmen, Boo Boo'nun sırasında solup ölmesi için pekâlâ da yeterli neden olabilirdi. Ancak sık sık eve biraz daha az sudan nedenlerle ölmüş olarak gelirdi, işte Seymour'u rahatsız edip kaygılandıran da böyle anlardı. Onun hatırı için, özellikle, partiler ve böyle şeylerde yanımıza gelerek bize bu gece ne kadar yakışıklı göründüğümüzü söyleyen büyükler yüzünden üzülürdü. Tam öyle olmasa da, o *tür* şeyler pek ender meydana gelmezdi ve Boo Boo böyle bir şey olduğunda daima kulak mesafesinde olur, cidden ölmeyi beklerdi.

Belki de bu yüzü, *fiziksel* yüzü konusunda çizmeyi aşma ihtimaline ilişkin olarak duymam gerekenden daha az kaygı duyuyorum. Yöntemlerimde belirgin bir tam mükemmeliyet eksikliği olduğunu rahatlıkla kabul ederim. Belki de bütün bu betimleme işinde aşırıya kaçıyorum. Bir kere, yüzünün hemen hemen her hattını söz konusu ettiğimin, ve daha *hayat*ına temas bile etmediğimin farkındayım. Bizatihi bu düşünce –bunu beklememiştim– sarsıcı bir depresan. Ne var ki bunu hissetsem de, onunla birlikte batsam da, ta başlangıçtan beri sahip olduğum belli bir inanç el değmemiş halde duruyor; sıcacık ve kuru. "İnanç" hiç de yanlış bir kelime değil. Daha çok eziyetli işler delisi ödülü ya da bir dayanıklılık sertifikası gibi. Bir *bilgim* olduğunu, son onbir yıldır onu kâğıt üzerinde betimleme işindeki bütün başarısızlıklarımdan kazanılmış bir cins editöryel sezgim olduğunu hissediyorum ve bu bilgi bana; ona hafifseme ile ulaşılamayacağını söylüyor. Aslında, tam tersi. 1948'den bu yana onun hakkında hiç değilse bir düzine hikâye ya da müsvedde yazdım ve tiyatrovari bir şekilde yaktım; bazıları, bana göre neden başka türlü olsundu ki, hayli hoş ve okunabilir şeylerdi. Ama Seymour değillerdi. Seymour için bir hafifseme inşa et, bir yalana dönsün, *olgunlaşıp* yalan olsun. Artistik bir yalan, belki, ve bazen, hatta, leziz bir yalan, ama bir yalan.

Bir saat kadar daha uyanık kalmam gerektiğini hissediyorum. Zındancı! *Bu adamı yatmaya yollama sakın.*

Hiç de grotesk olmayan birçok şey vardı. Örneğin elleri çok iyiydi. Güzel demeye tereddüt ediyorum, çünkü o tam adamakıllı kahrolası "güzel eller" ifadesine başvurmayı istemiyorum. Ayaları genişti, başparmak ile işaret parmağı arasındaki kas beklenmedik ölçüde gelişmiş bir görünüşe sahipti, "kuvvetli" (alıntılar *gereksiz;* Tanrı aşkına, gevşe), buna karşılık parmaklar uzun ve Bessie'ninkilerden bile inceydi; orta parmaklar bir terzi mezurası ile ölçebileceğiniz bir şeye benzerdi.

Bu son paragraf hakkında düşünüyorum. Yani, bu paragraftaki kişisel hayranlık miktarı üzerine. Merak ediyorum, insanın, birkaç modern kaşın kalkmasına vesile olmadan ağabeyinin ellerine ne ölçüde hayran olmasına izin verilir? Gençliğimde, Peder William, heteroseksüelliğim (az sayıda, hep pek gönüllü sayılmayacak mı diyeyim, yavaş dönemi saymazsak) eski Çalışma gruplarımdan bazılarında hayli sıradan bir dedikoduydu. Ama şimdi kendimi, belki de gerekenden biraz daha canlı, Sofya Tolstoy'un hiç şüphem yok ki adamakıllı kışkırtılmasının sonucu olan evlilik küskünlüklerinden birinde, onüç çocuğunun babasını, evliliklerinin her gecesinde onu rahatsız etmeyi sürdüren yaşlı adamı, eşcinsel eğilimler duymakla suçlamasını hatırlarken buluyorum. Sanırım genelde Sofya Tolstoy zekâ parıltısından dikkati çekecek kadar uzak bir kadındı – ve üstelik benim atomlarım da beni duman çıkan yerde çoğu kez çilek jölesi ve nadiren yangın bulunduğuna inanmaya yaradılıştan meylettirecek şekilde düzenlenmiştir – ama her ya-hep-ya-hiç düzyazı yazarında, hatta müstakbel bir yazarda bile muazzam miktarda androjenlik olduğuna kesinlikle inanırım. Eğer görünmez etekler giyen erkek yazarlara kıs kıs gülerse, bunu tehlikeyi ebediyyen göze alarak yapar diye düşünürüm. Bu konuda başka bir şey söylemeyeceğim. İşte bu kolayca ve ağız sulandırıcı biçimde istismar edilecek türden bir sır. Basılı olarak, zaten olduğumuzdan daha berbat ödlekler haline gelmeyişimiz bir mucize.

Seymour'un konuşma sesini, inanılmaz hançeresini, buracıkta tartışamam. Önce doğru dürüst geri çekilmek için yeterli yerim yok. Sadece, şimdilik, kendi çekici olmayan esrar Sesimle diyeyim ki, konuşma sesi, dinleyip dinleyebileceğim tam anlamıyla kusursuz olmayan en iyi müzik âletiydi. Gene de tekrarlıyorum, burada onun tam bir betimlemesine girişmeyi erteliyorum.

Cildi koyu renkti, ya da en azından solgunun en uzak, tedbirli bir mesafesinde ve olağanüstü pürüzsüzdü. Ergenlik dönemini tek bir sivilcesiz geçirdi ve bu da hem kafamı çok karıştırdı, hem de beni çok sinirlendirdi, çünkü o da hemen hemen benim kadar seyyar satıcı malı yerdi –annemizin Ellerini Bile Yıkamayan Pis Adamların Yaptığı Sağlıksız Yiyecekler dediği şeyden–, hemen hemen benim içtiğim sayıda gazoz şişesini devirirdi ve şurası da kesin ki, benden hiç de daha sık yıkanmazdı. Hatta benden çok daha seyrek yıkanırdı denebilir. Takımın geri kalanının –özellikle ikizlerin– düzenli bir şekilde yıkanmasını sağlamakla öylesine meşguldü ki, çoğu kez kendi sırasını kaçırırdı. Ki bu da beni, pek elverişli olmasa bile, dosdoğru berber dükkânları konusuna geri getiriyor. Bir akşamüstü saçlarımızı kestirmeye giderken Amsterdam Avenue'nin ortasında aniden durdu ve her yönden gelen arabalarla kamyonlar yanımızdan vızır vızır geçerken büyük bir ciddiyetle bana onsuz saçımı kestirmeye gitsem rahatsız olur muyum diye sordu. Onu kaldırıma çektim (erkek ve çocuk olarak onu çektiğim her kaldırım için bana beş sent verilmesini isterdim doğrusu) ona *elbette* rahatsız olacağımı söyledim. Ensesinin temiz olmadığı yolunda bir düşüncesi vardı. Berber Victor'u, pis ensesine bakmak gibi tatsız bir durumdan esirgemeyi planlıyordu. Doğruyu söylemek gerekirse, *gerçekten* de pisti. Bu onun gömlek yakasının içine bir parmağını sokarak benden bakmamı ilk isteyişi de değildi, sonuncusu da. O bölge genellikle gerektiğince iyi *denet*lenmezdi ve edilmediğinde de kesinlikle edilmemiş olurdu.

Artık sahiden yatmaya gitmeliyim. Kadınlar Dekânı –çok tatlı biri– şafakta temizlik yapmaya geliyor.

* * *

O berbat giysi konusu buralarda bir yerlere girmeli. Yazarlar kendilerini, parça parça, kırışık kırışık karakterlerinin giysilerini betimlemeye bırakabilseler ne harika bir kolaylık olurdu. Bizi durduran nedir? Kısmen, hiç karşılaşmadığımız okura ya ucu kırık çöpü ya da sanık lehinde şüpheye kapılma hakkını verme eğilimi: İnsanlar ve yerleşik ahlâk kurallarını bizim kadar bilmeyi ona yakıştıramadığımızda ucu kırık çöp, onun da elinin altında bizim sahip olduğumuzun aynından küçük çaplı, çok bilmiş verilerin bulunduğuna inanmamayı tercih ettiğimizde de şüpheye kapılma hakkı. Örneğin, ayak doktoruma gittiğimde ve *Peekaboo* dergisinde yükselmekte olan, bir tür halka mal olmuş Amerikan kişiliğinin bir fotoğrafına rastladığımda –bir film yıldızı, bir politikacı, yeni atanmış bir üniversite başkanı– ve adam evinde, ayaklarının dibinde bir av köpeği, duvarda bir Picasso ile ve kendisi de bir Norfolk ceketi giyerken gösterilmişse, köpeğe karşı çok iyi davranabilir, Picasso'ya da yeterince kibar olabilirim, ama iş halka mal olmuş Amerikan şahsiyetlerinin giydiği Norfolk ceketlere ilişkin sonuçlar çıkarmaya gelince, tahammül edilmez bir hal alabilirim. Yani her şeyden önce o mahut şahsiyet beni aldatamadıysa eğer, ceket işi sağlama alır. Ceketten yola çıkarak, onun ufkunun bana uymayacak kadar kahrolası bir hızla genişlediğini varsayarım.

Başlayalım öyleyse. Ailenin büyük oğulları olarak, S. de ben de berbat giyinirdik, herbirimiz kendi usulünce. Böylesine berbat giyiniyor *olmamız* biraz garip (aslında çok da değil) çünkü küçük oğlanlar olarak sanırım hayli tatminkâr ve dikkat çekmeyecek şekilde ortaya çıkarılıyorduk. Radyoda çalışan göstericiler olarak annem bizi giysi almak için Beşinci Cadde'deki De Pinna mağazasına götürürdü. Bu ağırbaşlı ve saygıdeğer müesseseyi ilk başta nerden keşfetmiş olabileceğini kesin olarak bilmek imkânsız. Yaşadığı sürece çok zarif bir delikanlı olan kardeşim Walt, Bessie'nin dosdoğru gidip bir polise sorduğu hissine kapılmıştı. Pek de mantıksız bir tahmin sayılmaz, çünkü Bessie'miz bizim çocukluğumuzda en çetrefil sorunlarını New York'ta sahip olduğumuz, bir Kelt kâhinine en yakın olan şeye götürmeyi alışkanlık haline getirmişti; İrlandalı trafik polisi. İrlandalıların meşhur talihlerinin Bessie'nin De Pinna'yı keşfetmesiyle *gerçekten* bir ilgisi olduğunu tahmin edebilirim. Ama hepsi de bu değildi elbette, hem de hiç. Örneğin (bu konu dışı ama hoş) annem kelimenin bilinen herhangi bir enlemi ile asla bir kitap-okuru olmamıştı. Gene de onun, küçük erkek yeğenlerimden birine doğumgünü armağanı almak için Beşinci Caddedeki cicili bicili kitap saraylarından birine gidip, "Güneşin Batısı ve Ayın Doğusu"nun, illüstrasyonlarını Kay Nielsen'in yaptığı bir baskısıyla dışarı çıktığını, belirdiğini görmüşümdür, ve onu tanıyorsanız eğer, etrafta dolanan yardımsever tezgâhtarlara Hanımefendice ama mesafeli davrandığından emin olabilirsiniz. Neyse, biz gene Gençken nasıl göründüğümüz meselesine dönelim. Daha yeniyetmelik yıllarımızın başında, Bessie'den *ve* birbirimizden bağımsız olarak, kendi giysilerimizi satın almaya başladık. Yaşça büyük olduğu için Seymour, haliyle, faaliyet alanını daha önce genişletti ama ben de elime fırsat geçince kaybettiğim süreyi telafi ettim hani. Henüz ondördüne varmışken Beşinci Cadde'yi birden tadı kaçmış gibi bıraktığımı ve dosdoğru Broadway'e gittiğimi hatırlıyorum; özellikle de, 1950'li yıllardaki tezgâhtar kadrosunun bence biraz düşmanca davranmanın ötesine de geçtiği ama hiç değilse doğuştan şık giyinen birini görür görmez tanıdığı bir mağazaya giderdim. S. ile yayına birlikte çıktığımız son yılda –1933– her yayın gecesine omuzları adamakıllı vatkalı, açık gri kruvaze bir elbise, Hollywood usulü "rulo" yakalı gecemavisi bir gömlek ve genelde resmi durumlar için sakladığım birbirinin tıpatıp eşi iki safran sarısı kravatımdan daha temiz olanıyla gelirdim. Samimiyetle söyleyeyim ki, kendimi hiçbir şeyin içinde bu kadar rahat hissetmemişimdir. (Bence yazan bir adam eski safran sarısı kravatlarını asla elden çıkarmaz. Bence bunlar ergeç düzyazılarında ortaya çıkar ve bu durumda yapabileceği öyle aman aman bir şey de yoktur.) Öte yandan Seymour, kendisine fevkalade derli toplu giysiler seçerdi. Buradaki *ana* pürüz de satın aldığı hiçbir şeyin –özellikle takım elbiseler, paltolar– ona doğru dürüst uymamasındaydı. Mağazanın tadilat bölümünden biri ona her yaklaştığında, yarı yarıya giyinik ve giysisi kesinlikle tebeşirle işaretlenmemiş halde, ok gibi fırlıyordu herhalde. Ceketlerinin hepsi ya yukarı çekerdi, ya sarkardı. Kolları ya başparmaklarının orta eklemlerine kadar uzanır ya da bilek kemiklerinde sona ererdi. Pantolonlarının oturacak yeri hep en berbat duruma yakındı. Bazen hayli huşu verici olurlardı, sanki 36 normal bedenli bir popo 42 beden uzunluğunda bir pantolonun sepetine bezelye misali atılmış gibi. Ancak işin, burada göz önüne alınması gereken başka ve daha dehşet verici yanları da var. Bir giysiyi bir kez bedenine giydi mi, ona ilişkin her türlü maddi bilinci yitirirdi; belki de artık çırılçıplak olmadığı yolundaki belirli bir müphem teknik farkındalık hariç. Ve bu da sadece bizim çevremizde İyi Giyinen Biri olarak bilinen şeye karşı içgüdüsel, ya da hatta iyi eğitilmiş bir antipatinin de işareti değildi. Bir ya da iki kez onunla Alışverişe birlikte gittim ve şimdi geriye bakınca düşünüyorum da giysilerini ölçülü ama bence sevindirici bir gurur derecesiyle alırdı; genç bir *brahmaçarya,* ya da Hindu din çömezi ilk apışarası bezini seçermiş gibi. Ah, çok tuhaf bir işti. Ayrıca Seymour'un giysilerinde, tam da onları üzerine geçirdiği anda mutlaka bir terslik olurdu. Kravat askımızın kendisine ait olan yanını gözden geçirerek açık bir gardrop kapısının önünde iki ya da üç dakikalık sağlam, normal bir süreyle dururdu, ama siz bilirdiniz ki (yani orada oturup da onu izleyecek kadar kahrolasıca bir budalaysanız eğer) seçimini fiilen yaptığı anda kravatın işi bitik demekti. Ya müstakbel düğüm, gömlek yakasının V'sine iyice oturma konusunda engellenmeye mahkûmdu –çoğu kez gırtlak düğmesine yarım santim kadar bir noktada dururdu– ya da, potansiyel düğüm gereken yere güvence içinde kaydırılacak *ise* eğer, bu sefer de küçük bir fular şeridi kesinlikle ensesindeki yaka kıvrımının altından çıkmaya mahkûmdu, birazcık bir turistin dürbün kayışı gibi. Ama ben bu büyük ve zor konuyu bir yana bırakmayı tercih ediyorum. Lafın kısası, giysileri genellikle aileyi umutsuzluğa yakın bir şeye sürükleyip yıpratırdı. Ben gerçekten de çok ayaküstü bir betimleme verdim. Yoksa mesele değişik şekillerde ortaya çıkabilirdi. Şunu da ekleyivererek sonra konuyu hemen terk edebilirim, insan diyelim ki kokteyl telaşı olan saatte bir yaz günü Biltmore'da saksıdaki palmiyelerden birinin yanında dururken derebeyinin herkesin kullandığı merdivenlerden, seni gördüğü için besbelli hayatından memnun ama önü tam anlamıyla kapatılmamış, iliklenmemiş halde basamakları atlaya atlaya çıkışını gördüyse, bu, son derece rahatsız edici bir tecrübe olabiliyor.

Bu merdivenlerden atlaya atlaya çıkma işini bir dakika daha sürdürmek hoşuma giderdi; yani körü körüne, beni hangi cehennemin dibine götüreceğine aldırmadan sürdürmek. Bütün merdivenlerden basamakları atlaya atlaya çıkardı. Merdivenlerde seğirtirdi. Onun herhangi bir merdivende başka türlü davrandığını görmedim. Ki bu da beni –denk düştüğünü varsayacağım– dinçlik, güç ve canlılık meselesine getiriyor. Şairlere yakıştırılan eski popüler Kuvvetsizlik kara çalmaları üzerinde bu kadar duran birini bu günlerde tahayyül edemiyorum (bu günlerde kimseyi *kolaylıkla* tahayyül edemiyorum); belki de olağanüstü güvensiz dok işçileri, ordu ve Donanmanın birkaç emekliye ayrılmış generali ve pazılarının boyutunu dert edinmiş birçok küçük oğlan çocuk hariç. Gene de birinci sınıf bir şiirin son müsveddesini tamama erdirmek için gerekenin yalnızca sinirli enerji ya da demirden bir ego değil, hatırı sayılır miktarda halis muhlis fiziksel dayanıklılık olduğunu önermeye de hazırım (özellikle bunca ordu mensubu ve açık hava meraklısı su katılmadık erkek-adam beni en sevdikleri masalcılar arasında saydığı için). Ne yazık ki, iyi bir şair pek sık olarak bedeninin berbat bir bakıcısına dönüşür ama çoğu kez ona başlangıçta son derece işe yarar bir beden verildiğine de inanıyorum. Ağabeyim benim tanıdıklarım arasında yorulmazlığa en yakın kişiydi. (Birden saatin bilincine vardım. Henüz geceyarısı değil ve aklımdan, yere kaymak, bunun geri kalanını sırtüstü yatar pozisyonda yazmak geçiyor.) Seymour'u hiç esnerken görmediğimi fark ettim birden. Esnemiş olmalı elbette ama ben onu hiç görmedim. Elbette görgüden falan da değildir; evimizde esnemek titizlikle bastırılmazdı. Ben hep esnerdim, biliyorum; ve ondan da fazla uyurdum. Buna rağmen ikimiz de kesinlikle az uyuyan kişilerdik, iki küçük oğlanken bile. Özellikle radyodaki orta yıllarımız sırasında –yani kıç ceplerimizde hırpalanmış eski pasaportlar gibi en azından üç kütüphane kartı taşıdığımız yıllar– yatakodası ışıklarımızın sabah iki ya da üçten önce söndüğü pek az gece vardı, hem de ertesi gün *okula gideceğimiz* geceler, yani Başçavuş Bessie'nin genel devriye turlarını attığı yat borusu sonrası o can alıcı küçük fasıla hariç. Seymour herhangi bir konuda heyecana kapılmışsa, herhangi bir şeyi araştırıyorsa, oniki yaşından itibaren ardarda iki-üç gece uykusuz kalabilirdi, kalırdı da, ve ertesi sabah hiç de bu yüzden kötüymüş gibi görünmez, konuşmazdı. Çok uykusuz kalmak anlaşılan sadece onun kan dolaşımını etkiliyordu; eli ayağı üşürdü. Uyanık kaldığı üçüncü gecede diyelim, yaptığı her neyse en azından bir kez ondan kafasını kaldırır ve bana korkunç bir kurander hissettim mi diye sorardı. (Ailemizde hiç kimse, Seymour bile, kuranderleri hissetmezdi. Sadece korkunç kuranderleri.) Ya da iskemleden ya da döşemeden kalkardı –her nerede okuyor ya da yazıyor ya da düşünüyorsa– ve birisi banyo penceresini açık mı bırakmış diye kontrol etmeye giderdi. Benim yanımsıra, evde Seymour'un uykuyu ihmal ettiğini anlayabilen tek kişi, Bessie'ydi. Kaç çift çorap giydiğinden anlardı. Kısa pantolondan uzun pantolona terfi ettiği yıllarda Bessie onun kurandere karşı korunma niyetine iki çift çorap giyip giymediğini görmek için daima pantolonlarının paçalarını kaldırır bakardı.

Ben bu gece kendi kendimin Kum Perisiyim. İyi geceler! İyi geceler sizi hepsi insanı çileden çıkartacak kadar iletişim yoksunu insanlar!

* * *

Ölmüş erkek kardeşleri hakkında bu pek çekici yarı-günce formunda yazan benim yaşımda ve benim gelir dilimimde pek, ama pek çok adam, bize tarih verme ya da nerede *olduklarını* söyleme zahmetine asla katlanmazlar. Dayanışma ruhu sıfır. Bunun benim başıma gelmesine izin vermemeye yemin etmiştim. Bugün Perşembe, ve ben dehşet verici iskemlemde oturuyorum.

Sabah bire çeyrek var ve burada ondan beri oturmuş fiziksel Seymour sayfadayken, sporu ve oyunlardan nefret eden birilerini pek fazla sinirlendirmeden onu Atlet ve Oyuncu olarak sunmanın bir yolunu bulmaya çalışıyorum. Bir özürle başlamazsam bu konuya giremeyeceğimi fark etmek beni yıldırıyor ve iğreniyorum, gerçekten. Bir kere ben hasbelkader hiç değilse iki üyesi yerleşik repertuarlı modern şairler olma yolunda emin adımlar atan, üçüncüsü de burada, akademik Doğu Sahil Kesimi'nde muazzam şık bulunan bir edebiyat eleştirmeni, Melville uzmanlarının neredeyse piri olan bir şahsiyete sahip bir İngiliz Edebiyatı Bölümü'nün bir parçasıyım. Bu üç adamın her biri (bana pek düşkünler, tahmin edebileceğiniz gibi) profesyonel beyzbol mevsiminin doruğunda benim biraz fazlaca avam olarak görme eğiliminde olduğum bir şekilde bir televizyon ile bir şişe soğuk bira bulmaya koşarlar. Ne yazık ki, bu küçük, sarmaşık kaplı taş, benim onu sırça bir evden atma durumum yüzünden biraz daha az tahrip edici. Ben kendim hayatım boyunca beyzbol meraklısı oldum ve kafatasımın içinde lime lime edilmiş eski bir Spor Sayfaları bölümünün kuş kafesi dibini andıran bir bölme olduğundan şüphem yok. Aslında (ki bunu mahrem yazar-okur ilişkilerinde son kelime sayıyorum), ardarda altı yıl boyunca yayında kalmamın nedenlerinden biri de Radioland'deki Halk'a, Waner delikanlılarının hafta boyunca neler karıştırdığını ve, daha da etkileyicisi, Cobb'un 1921'de, ben iki yaşındayken, üçüncü "bese"i kaç kere çaldığını söyleyebilmemdir herhalde. Bu konuda hâlâ biraz alıngan mıyım ne? Gençliğimin Polo Sahası'nda üçüncü beyz açıklarındaki küçük rahmime gitmek için Üçüncü Cadde "L" güzergâhıyla Realite'den kaçtığım öğleden sonraları için hâlâ huzura kavuşmadım mı? İnanamıyorum. Belki de kısmen kırk yaşında olduğum ve yaşını başını almış erkek çocuğu yazarların top sahaları ile boğa güreşi arenalarından artık çekip gitmelerini isteme vaktinin gelip de geçtiğini düşündüğüm içindir. Hayır. Bir Esteti bir Atlet olarak sunmakta niye bu kadar tereddütlü olduğumu *biliyorum* –Tanrım, *biliyorum*–. Bunu yıllardır düşünmemiştim ama, işte cevabı: S. ve benimle birlikte radyoda olan olağanüstü zeki ve cana yakın bir oğlan vardı; sonunda Pasifik'teki çıkarmalardan birinde ölen Curtis Caulfield diye biri. Bir öğleden sonra Seymour'la ben tırıs tırıs Central Park'a giderken bizimle geldi, orada onun topu sanki iki sol eli varmış gibi attığını keşfettim –lafın kısası, kızların çoğu gibi– ve benim alaycı at-kahkahamı, aygır-kahkahamı duyduğunda Seymour'un yüzündeki ifadeyi hâlâ görüyor gibiyim. (Bu derin tipte tahlili nasıl anlatıp geçiştirebilirim? Yoksa öte Taraf'a mı geçtim? Bir muayenehane açsam mı acaba?)

Çıkar ağzından baklayı. S. sporu ve oyunları *severdi*, ister içeride ister dışarıda olsun ve kendisi de çoğu kez bunlarda ya fevkalade iyi ya da fevkalade kötüydü; arada bir yerde olduğu nadirdi. İki yıl önce kardeşim Franny bana İlk Hatıralar'ından birinin o bir "sepet beşik"te yatarken (herhalde prenses gibi),

Seymour'un oturma odasında biriyle masa tenisi oynayışını izlemek olduğunu bildirmişti. Aslında, sanırım onun aklındaki sepet beşik, ablası Boo Boo'nun onu, hareket merkezine erişene kadar kapı eşiklerine çarpıp geçerek bütün apartman dairesinde dolaştırdığı hırpalanmış eski püskü bir tekerlekli beşikti. Ama bebekken Seymour'un masa tenisi oynayışını izlemiş olması muhtemelden de öte mümkün ve Seymour'un hatırlanmayan ve besbelli renksiz rakibi de rahatlıkla ben olabilirim. Seymour'la masa tenisi oynadığım zaman genelde gözüm kamaşarak tamamen renksiz hale gelirdim. Sanki ağın öbür yanında, çok kollu ve sırıtkan, sayı durumuyla zerre kadar ilgilenmeyen Kali Ana'nın kendisi vardı. İnerdi, keserdi, her ikinci ya da üçüncü topun ardından sanki kavisli bir topmuş ve dolayısıyla da smaç çekilebilirmiş gibi giderdi. Seymour'un kabaca beş vuruşundan biri ya ağa takılır ya masanın bilmem ne kadar uzağına düşerdi, dolayısıyla onunla resmen volesiz bir oyun oynamış olurdunuz. Ancak bu onun bölünmemiş dikkatini pek de çekmeyen bir olguydu, rakibi nihayet onun toplarını Allahın cezası odanın dört bir yanında, iskemlelerin, kanepenin, piyanonun altında ve raflara konmuş kitapların gerisindeki netameli yerlerde kovalamaktan yüksek sesle ve acı acı şikâyet edince daima şaşırır, onursuzca özür diler bir tavır takınırdı.

Teniste de aynı derecede süper, aynı derecede tüyler ürperticiydi. *Sık sık* oynardık. Hele benim kolejdeki son yılımda, New York'ta. O aynı kurumda zaten ders veriyordu ve özellikle baharları benim iyi havadan basbayağı korktuğum pek çok gün olmuştur, çünkü genç bir adamın Gezici Ozan gibi, elinde Seymour'dan gelen, harika bir gün değil mi, sonra biraz tenise ne dersin diyen bir notla ayaklarımın dibine düşeceğini bilirdim. Onunla üniversitenin tenis kortlarında oynamayı reddetmiştim, orada benim *ya da* onun arkadaşlarından bazılarının –hele de bazı şaibeli *Kollegen*'lerinin– onu faaliyet halinde görmesinden çekiniyordum, bu yüzden de çoğunlukla 96. Sokak'taki, evveleski takıldığımız bir yer olan Rip'in Kortu'na giderdik. Planladığım en faydasız hilelerden biri, tenis raketimle tenis ayakkabılarımı kampustaki dolabımda değil de evde tutmaktı. Gene de küçük bir erdemi vardı. Onunla tenis kortunda buluşmak için giyinirken çoğu kez birazcık sempatiyle karşılanırdım, ve kız ya da erkek kardeşlerimden birinin, asansörü beklememe yardımcı olmak için beni merhametle ön kapıya götürmesine de pek seyrek rastlanmazdı.

İstisnasız bütün iskambil oyunlarında -Kaptıkaçtı, poker, kasino, kör, maça kızında, koz arttırmalı oyunlarda, pis yedilide, yirmibirde– düpedüz tahammülfersaydı. Ne var ki, Kaptıkaçtısı *seyredilebilir* türdendi. İkizler küçükken onlarla oynardı, ve elinde ikili ya da vale var mı diye sormaları için mütemadiyen ipuçları verir, ya da özenle öksürür, elini belli ederdi. Pokerde de bir yıldızdı. Onlu yaşlarımın sonlarında kısa süreyle sokulgan, sıradan bir herife dönüşme yolunda yarı-özel, çetin ve kaybetmeye mahkûm bir oyuna giriştim, o sıralar bana sık sık poker oynamaya insanlar gelirdi. Seymour da çoğu kez bu oyunlara katılırdı. Elinde bir dolu as olduğunu anlamamak için epeyce gayret gerekirdi, çünkü orada, kızkardeşimin dediği gibi bir sepet dolusu yumurtası olan bir Paskalya Tavşanı gibi sırıtarak otururdu. Daha da beteri, el almazken ya da fulu ya da daha iyi kâğıdı varken masada karşısında oturan ve elinde bir çift onlu olan hoşlandığı birinin potunu yükseltmez, hatta görmezdi.

Açık hava sporlarının beşinden dördünde düdük makarnasının tekiydi. İlkokul günlerimizde, 110. Sokak ve Drive'da otururken akşamüstleri çoğu kez bir tür seçmelik oyun olurdu, ya yan sokaklarda (çelik çomak, patenli hokey) ya da, daha büyük ihtimalle Riverside Drive'deki Kossuth heykeli yakınlarında, makul boyda bir tazı pisti kadar bir çim alanda (Amerikan futbolu ya da futbol). Futbol ya da hokeyde Seymour, onu takım arkadaşlarına özellikle sevimsiz gösterecek bir şekilde rakip sahaya dalar -çoğu kez hayranlık uyandırıcıydı– sonra da rakip kaleciye kendisini aşılmaz bir pozisyona getirsin diye vakit vermek için oyalanırdı. Amerikan futbolunu çok seyrek oynardı ve ya da takımlardan birinde bir kişi eksik değilse asla oynamazdı. Ben sürekli oynardım. Şiddetten hoşlanmaz olmakla kalmıyordum, çoğu kez ölesiye korkardım ondan, bu yüzden de oynamak dışında gerçek bir seçeneğim yoktu; hatta kahrolası oyunları organize eden de ben olurdum. S.'nin futbol oyunlarına katıldığı ender durumlarda, önceden takım arkadaşları için destek mi köstek mi oluşturacağını tahmin etmenin yolu yoktu. Adam alınan oyunlarda alınan ilk çocuk olma ihtimali kuvvetliydi, çünkü kesinlikle yılan kalçalıydı ve doğal bir top taşıyıcısıydı. Eğer topu taşırken orta sahada birden kalbini karşıdan gelen bir savunma elemanına verme kararı almazsa, takımına kesinlikle destek olurdu. Ama dediğim gibi amaca hizmet mi eder, engel mi olur bilemezdin, asla. Bir seferinde, benim kendi takım arkadaşlarımın istemeye istemeye topu yandan götürmeme izin verdikleri o ender ve lezzetli anlardan birinde, karşı takımda oynayan Seymour, ben onun yönüne doğru dalmış giderken, sanki bu beklenmez, muazzam ölçüde mukadder bir rastlaşmaymış gibi, beni gördüğüne çok sevinmiş görünerek kafamı karıştırdı. Donakaldım ve mahalle diliyle bir ton tuğla gibi, yere indirildim.

Bunu çok uzatıyorum, biliyorum, ama şimdi sahiden de duramam artık. Dediğim gibi bazı oyunlarda fevkalade iyi de olabilirdi. Hatta, affedilmeyecek kadar iyi. Bununla, spor ve oyunlarda alışılmışın dışında bir rakibin, kategorik bir "piç"in ulaştığını görmekten özellikle gocunduğumuz mükemmellik derecesinden söz ediyorum; Şekilsiz bir Piç, Gösterişçi bir Piç, ya da bildiğimiz halis muhlis Amerikan piçi ki, elbette büyük bir başarıyla bize karşı ucuz ya da kalitesiz malzeme kullanan birinden tutun da, gereksiz şekilde mutlu, iyi bir yüzü olan galip bir rakibe kadar uzanan bir geniş bir yelpazesi vardır. Seymour'un, oyunlarda çok iyi olduğundaki suçlarından sadece biri Şekilsizlikti, ama büyük bir suçtu bu. Özellikle üç oyun düşünüyorum: Stoopball, kaldırım bilyesi ve cep bilardosu (Bilardoyu başka bir zaman tartışmak gerek. Bizim için sadece bir oyun değildi, neredeyse bir protestan reformuydu. Delikanlılığımızın hemen hemen her önemli krizinin arifesinde ya da ertesinde bilardo oynadık.) Taşralı okurlara bilgi vermek için söylüyorum, stoopball bir kumtaşı merdiven ya da apartman cephesinin desteğiyle oynanan bir oyundur. Bizim oynadığımız haliyle, apartmanımızın cephesindeki, bel yüksekliğinde bir mimari granit işlemesine –Grek İyonik ile Roman Korent kalıplarının popüler bir Manhattan karışımı– lastik bir top fırlatılırdı. Eğer top sokaktan ya da öbür taraftaki kaldırımdan seker ve havadayken karşı takımdan biri tarafından yakalanmazsa, beyzbolda olduğu gibi geçerli bir vuruş sayılırdı; eğer yakalanırsa – ki bu daha sık olan bir şeydi– oyuncu oyun dışı kalırdı. Bir tam tur, ancak top geri gelirken yakalanamadan sokağın karşısındaki binanın duvarına çarpacak kadar yüksek ve sert bir şekilde giderse kaydedilirdi. Bizim zamanımızda, uçan topların haylisi karşı duvara erişirdi ama uçarken ele geçmeyecek kadar hızlı, alçaktan ve seçkin olanına çok ender rastlanırdı. Seymour neredeyse sırası her geldiğinde bir tam tur yapardı. Bloktaki diğer çocuklar bir tam tur yapınca genelde buna şans gözüyle bakılırdı –hoş ya da nahoş, hangi takımda olduğunuza bağlı– oysa Seymour'un tam tur yapmayı başaramaması şans işi gibiydi. Daha da müstesna, ve bu tartışmanın amacına daha uygun olan husus ise, topu mahallede kimsenin atamadığı gibi atmasıydı. Geri kalanımız, eğer normalde sağ elimizi kullanıyorsak, yani *onun gibi,* çırpıntılı vuruş yüzeylerinin biraz solunda durur ve sert bir yan kol hareketiyle uçururduk. Seymour canalıcı alana *yüzünü dönerdi* ve dosdoğru *aşağı,* oraya –masa tenisi ya da tenisteki göze hoş görünmeyen ve iğrenç şekilde başarısız aşırtma smaçı gibi– ve top adeta dosdoğru açık tribüne gidiyormuş gibi, onun asgari bir kafa eğmesiyle, başının üstünden geriye zumlardı. Eğer bu işi onun usulünce yapmaya kalkışırsanız (ya kendi kendinize ya da onun resmen hevesli kişisel talimatı altında) ya kolayca oyun dışı kalırdınız ya da (allahın belası) top geri uçup yüzünüzün ortalık yerine vururdu. Gün geldi, blokumuzda kimse onunla stoopball oynamaz oldu; ben dahil. O da sık sık kızkardeşlerimizden birine oyunun incelikli noktalarını açıklayarak bir miktar vakit geçirdi ya da bunu, son derece etkin bir tek kişilik oyuna çevirdi, karşı binanın cephesinden zıplayan top ona öyle bir geri dönerdi ki, gelişinde yakalamak için ayaklarının duruşunu değiştirmek zorunda kalmazdı. (Evet, evet, bunun çok üzerinde duruyorum, kahretsin, ama bütün bu iş, yaklaşık otuz yıl sonra, bana, karşı konulmaz geliyor.) Kaldırım bilyesinde de aynı şekilde cehennem zebanisinden farksızdı. Kaldırım bilyesinde ilk oyuncu bilyesini, vurucusunu park edilmiş hiçbir arabanın olmadığı bir yan sokağı kenarı boyunca yedi-sekiz metre yuvarlar ya da sektirir, bilyesini de kaldırımın hayli yakınında tutar. Sonra ikinci oyuncu, aynı başlangıç hattından atarak onu vurmaya çalışır. Ender olarak vurur çünkü bir bilyenin dosdoğru hedefine gitmesini hemen hemen her şey saptırabilir: pürüzsüz olmaktan uzak sokağın kendisi, kaldırımda kötü bir zıplama, bir parça çiklet, New York yan sokaklarına atılmış tipik yüz maddeden herhangi biri; tabii basit, gündelik kötü nişancılığı saymazsak. Eğer ikinci oyuncu ilk vuruşunda hedefi bulamazsa, bilyesi çoğu kez, ilk oyuncunun ikinci hakkında vurması açısından çok savunmasız, yakın bir pozisyona gelmiş olur. Bu oyunda, yüz seferden seksen ya da doksanında, ilk de son da atsa, Seymour yenilmezdi. Uzun atışlarda bilyesini sizinkine karşı faul hattının uzak sağ köşesinden fırlatılan bir bowling atışı gibi hayli geniş bir kavisle fırlatırdı. Burada da duruşu, biçimi, çıldırtıcı bir şekilde usulsüzdü. Bloktaki herkes uzun atışını el altından bir savuruşla yaparken Soymour *kendi* bilyesini, bir havuzda yassı taş kaydıran birininkine belli belirsiz benzeyen bir yandan kol atışıyla; ya da, daha doğrusu, yandan bir bilek atışıyla yollardı. Ve gene taklit, felakete yol açardı. Bilyeyi onun usulünce oynamak, bilye üzerinde *herhangi* bir etkin kontrol kurma şansını kaybetmek demekti.

Sanırım zihnimin bir kısmı, bu sonraki parça için adice pusuda kalmış. Yıllardır, ama yıllardır düşünmemiştim bunu.

Bir akşamüstü, New York'ta sokak lambalarının henüz yakıldığı ve park eden arabaların ışıklarının henüz yandığı (bazısı yanık, bazısı hâlâ sönük) o biraz puslu çeyrek saatte, apartmanımızın branda bezinden tentesinin tam karşısındaki yan sokağın öbür tarafında, Ira Yankauer diye bir oğlanla kaldırım bilyesi oynuyordum. Sekiz yaşındaydım. Seymour'un tekniğini kullanıyordum, ya da kullanmaya çalışıyordum –yan atışı, bilyesine öbür adamınkine göre geniş bir kavis çizdirmesi– ve istikrarlı olarak kaybediyordum. İstikrarlı ama acısız. Çünkü günün o saatinde New York Şehri'nin oğlanları, tam son inek ağıla sokulurken uzaklardaki bir tren düdüğünü duyan Tiffin, Ohiolu oğlanlar gibidir. O sihirli çeyrek saatte bilye kaybederseniz eğer, sadece bilye kaybediyorsunuzdur. Sanırım İra da yeterince zamana asılı kalmıştı ve öyleyse eğer, kazanıyor olduğu tek şey bilyelerdi. Bu sessizliğin içinden, ve onunla tamamen uyum halinde, Seymour bana seslendi. Evrende üçüncü bir kişinin var olması hoş bir şok yarattı ve bu duyguya onun Seymour olmasının haklılığı da eklendi. Döndüm, bütün gövdemle, İra da aynısını yaptı galiba. Ampullerin parlak ışıkları, evimizin tentesi altında henüz yanmıştı. Seymour evin önündeki kaldırımda durmuş, ayakları üzerinde denge kurmuş, elleri yün astarlı ceketinin kesik ceplerinde, bize yüzünü dönmüştü. Arkasındaki tente ışıklarıyla yüzü gölgede kalmıştı, hayal meyal görünüyordu. On yaşındaydı. Kaldırımın kenarında dengelenişinden, ellerinin konumunda –eh, *x* miktarının kendisinden, şimdi anladığım gibi o zaman da onun da günün sihirli saatinin fevkalade bilincinde olduğunu anladım. Hâlâ orada dururken bana "O kadar fazla nişan almamaya çalışabilir misin?" diye sordu. "Eğer nişan alırken onu vurursan, bu sırf talih olacak." Konuşuyordu, iletişim kuruyordu, ama büyüyü bozmuyordu. Sonra *ben* bozdum. Hayli kasıtlı olarak. "Eğer *nişan* alıyorsam nasıl *talih* olabilir?" dedim ona, yüksek sesle değil de (italiklere rağmen), sesimde aslında hissediyor olduğumdan daha fazlaca bir sinirlilikle. Bir an hiçbir şey demedi, sadece kaldırımda dengelenmiş durdu, bana bakarak, noksanlı olarak biliyordum ki, sevgiyle. "Çünkü olur" dedi. "Onun bilyesine –İra'nın bilyesine– vurursan *memnun* olacaksın, değil mi? *Memnun* olmayacak mısın? Ve eğer birinin bilyesine vurduğunda *memnun* oluyorsan, gizliden gizliye bunu yapmayı pek de beklemiyordun demektir. Öyleyse içinde biraz talih olmalı, şöyle epeyce *kaza* olmalı. "Elleri hâlâ ceketinin kesik ceplerinde, kaldırımdan indi, bize doğru geldi. Ama düşünen bir Seymour alacakaranlık ışığıyla aydınlanmış bir sokağı çabucak geçmezdi ya da kesinlikle öyle görünmezdi. O ışıkta bize doğru daha çok bir yelkenli gibi geldi. Öte yandan gurur da bu dünyada en hızla hareket eden şeylerden biridir ve daha aramızda birbuçuk metre kalmadan İra'ya telaşla "Nasıl olsa hava kararıyor" dedim, oyunu etkin biçimde keserek.

Bu son küçük pentimento, ya da her neyse, resmen tepeden tırnağa terletmeye başladı beni. Sigara istiyorum ama paket boş, ve ayağa kalkıp bu iskemleden ayrılmayı canım istemiyor. Ah, Tanrım, ne soylu bir meslek bu. Okuru ne ölçüde tanıyorum? İkimizi de gereksiz yere mahçup etmeden ona ne kadarını anlatabilirim. Ona şunu anlatabilirim: Her birimizin kendi zihninde kendisi için bir yer ayrılmıştır. Bir dakika öncesine kadar benimkini ömrüm boyunca dört kez görmüştüm. Bu beşincisi. Yarım saat içinde falan döşemeye uzanacağım. Sizden beni bağışlamanızı rica ediyorum.

* * *

Bu bana çok şüphe uyandırıcı bir şekilde bir tiyatro ilanı gibi geliyor ama o son, teatral paragraftan sonra başıma neler geleceğini hissediyorum. Üç saat geçmiş. Yerde uyuyakalmışım. (*Yeniden kendime geldim, sevgili Barones. Aman yarabbi, hakkımda neler düşündünüz kim bilir? Bana izin verirsiniz, değil mi, sizden rica ediyorum, hayli ilginç küçük bir şarap şişesi getirmeleri için zili çalayım. Benim kendi küçük bağımdan ve belki de siz...*) Duyurmak isterim ki –mümkün mertebe çabuk– üç saat önce sayfada Rahatsızlığa yol açan tam olarak her ne idiyse, kendi neredeyse eksiksiz hatırlama güçlerimle (benim küçük güçlerim, sevgili Barones) sarhoş olmadım hiç, şimdi de değilim ve hiçbir zaman olmamıştım, birazcık bile. Sırılsıklam bir enkaz haline geldiğim ya da kendimi getirdiğim andan itibaren, Seymour'un neler dediğine öyle aman aman dikkat etmiyordum; ona bakarsanız, Seymour'un kendisine de. Sanırım beni temelde çarpan, elimi kolumu bağlayan, Seymour'un, benim Davega bisikletimin ta kendisi olduğunu birden fark etmem oldu. Hayatımın büyük bölümünde bir Davega bisikletini bağışlamak için, bırakın gerekli olan sonuna kadar götürme işlemini, en ufak bir eğilimi bile beklemekteydim. Tabii çabucak açıklıyorum:

Seymour ve ben onbeş ve onüç yaşındayken bir gece, sanıyorum ki Stoopnagle ve Budd'ı radyoda dinlemek için odamızdan çıktık ve oturma odasında büyük ve çok tekinsiz bir şekilde sesi bastırılmış bir hengâmenin ortalık yerine düştük. Odada sadece üç kişi vardı; babamız, annemiz ve kardeşimiz Waker, ama bana sanki manzaraya hakim gizli noktalardan kulak misafiri olan başka, daha küçük insancıklar da varmış gibi geldi. Les hayli korkunç bir şekilde kıpkırmızı kesilmişti, Bessie'nin dudakları neredeyse yok olacak gibi sıkılmıştı ve kardeşimiz Waker –o sırada, benim rakkamlarıma göre, tamı tamına dokuz yıl ve ondört aylıktı– pijamalarıyla, yalınayak, yüzünden aşağı yaşlar akarak piyanonun yakınında ayakta duruyordu. Bu türden bir aile durumunda benim ilk tepkim dağlara kaçmaktır ama Seymour gitmeye hazır görünmediği için ben de takıldım kaldım. Les, kısmen gem altına alınmış bir öfkeyle, hemen iddia adına davayı Seymour'un önüne döktü. O sabah, zaten bildiğimiz gibi, Waker ve Walt'a birbirinin eşi, güzel, bütçeyi hayli aşan doğumgünü hediyeleri verilmişti; iki tane, kırmızı beyaz çizgili, çift kasnaklı yirmialtı buçuk bisiklet, Seksenaltıncı Sokak'ta, Lexington ile Üçüncü'nün arasındaki Davega Spor Mağazası'nın vitrininde duran, bir yıla yakın bir süredir anlamlı şekilde hayran oldukları bisikletler. Les, Seymour'la ben yatakodasından çıkmadan on dakika kadar önce, Waker'in bisikletinin Walt'ınki ile birlikte emin bir şekilde apartmanımızın bodrumuna konmadığını öğrenmişti. O öğleden sonra Central Park'ta Waker kendi bisikletini birine vermişti. Meçhul bir oğlan ("daha önce *hayatında* asla görmediği kopilin biri") Waker'ın yanına gelmiş ve bisikletini istemişti, Waker da vermişti. Elbette Les de, Bessie de Waker'ın "çok hoş, cömertçe niyetleri"ni gözardı ediyor değillerdi ama her ikisi de bu işin ayrıntılarını kendi amansız mantıkları açısından görüyorlardı. Onlar aslında Waker'ın şunu yapması gerektiğini hissediyorlardı –ve Les şimdi pek hararetli şekilde, Seymour da duysun diye, bu fikri tekrarlıyordu– oğlana bisikletiyle hoş, uzun bir *gezi* yaptırmak. Waker bu noktada kendini tutamayarak hıçkırıklara boğuldu. Ama oğlan hoş, uzun bir gezi *istemiyordu* ki, o *bisikleti* istiyordu. Asla bisikleti *olmamış*, yani oğlanın; hep bir bisiklet *istemiş*ti. Seymour'a baktım. Heyecanlanıyordu. Bu türden çetin bir tartışmaya hakemlik etme konusunda, iyi niyetli ama kesinlikle uygun değilmiş gibi görünmeye başlamıştı – ve ben, tecrübelerin ışığında, oturma odamızda barışın yeniden kurulacağını biliyordum, ne kadar mucizevi olursa olsun. ("Bilge herhangi bir şeyi üstlenme konusunda endişe ve kararsızlık doludur, ve böylece de hep başarılı olur." – XXVI. Kitap, Chuang-tzu Metinleri.) Seymour'un nasıl –bunu söylemenin daha iyi bir yolu olmalı ama ben bilmiyorum– yetkin bir şekilde meselenin özüne paldır küldür vardığını ayrıntılarıyla anlatmayacağım (bu seferlik), öyle ki birkaç dakika sonra üç kavgacı resmen öpüştü ve barıştı. Buradaki asıl meramım utanmazcasına kişisel bir şey ve sanırım anlattım da zaten.

1927 yılında o akşam Seymour'un kaldırım bilyesi oynarken bana seslendiği –ya da, daha çok öğüt verdiği şey, bana katkıda bulunuyormuş ve önemliymiş gibi geliyor ve bence kesinlikle biraz üzerinde konuşmalıyım. Ancak, söylemesi biraz şoke edici ama, bu fasılada hiçbir şey gözüme, Seymour'un kırk yaşındaki şiş ve içi boş kardeşine nihayet verecek, tercihen ilk isteyene verecek bir Davega bisiklet sunulmuş olması olgusundan daha fazla katkıda bulunuyormuş ve önemliymiş gibi gelmiyor. Kendimi, ne kadar cılız ya da kişisel olursa olsun bir sözde metafizik ince noktadan, ne kadar kuvvetli ve kişisellikten uzak olursa olsun bir başkasına geçmek pek *doğru* sayılır mı diye merak ederken, derin derin düşünürken buluyorum. Yani, önce o alışkın olduğum bol kelimeli üslûpta biraz oyalanmaksızın, gevşemeksizin. Gene de, işte: O sokağın karşısındaki kaldırım taşlarından bana, bilyemi Yankauer'ine nişanlamayı bırakayım diye öğüt verirken –ve on yaşındaydı, hatırlayın lütfen– ben onun içgüdüsel olarak Japonya'da usta bir okçunun hevesli yeni bir öğrencinin oklarını hedefe nişanlamayı yasaklarken verdiği talimatın ruhuna çok yakınlaştığına inanıyorum; yani, ok ustası adeta Nişan Alma'ya değil ama nişan almaya izin verirken. Ancak ben Zen okçuluğunu ve Zen'in kendisini bu yarım porsiyon tezin dışında tutmayı fazlasıyla tercih ederim;

kısmen, kuşkusuz, Zen hızla ayrım yapıcı hale gelmiş kulaklara hayli müstehcen, kült işi geldiği için ve bunun da yapay olsa bile büyük bir geçerli nedeni var. (Geçerli neden diyorum çünkü saf Zen mutlaka onun doktrine yakın Yansızlığını ruhsal bir kayıtsızlığa, hatta nasır tutmuşluğa bir davetle karıştırmaya çalışan -ve besbelli önce bir altın yumruk geliştirmeden bir Buda'yı yumrukla yere yıkmakta tereddüt etmeyecek olan Batılı savunucularına rağmen varlığını sürdürecektir Saf Zen, bilmiyorum eklememe gerek var mı –sanıyorum bu tempoyla benim için gerekli de olacak– benim gibi züppeler çıkıp gittikten sonra bile burada olacak.) Ancak ben genelde Seymour'un bilye atma tavsiyesini Zen okçuluğu ile mukayese etmemeyi tercih ediyorum, çünkü ben ne Zen okçusuyum, ne de Zen Budisti, hele bir Zen erbabı hiç değilim. (Hem Seymour'un hem de benim Doğu felsefesindeki köklerimiz –eğer onlara tereddütle "kökler" diyebilirsem– Yeni ve Eski Ahit'te, Advaita Vedanta'da ve klasik Taoculuğa atılmıştı, atılmıştır demem yakışıksız mı kaçar? Ben kendimi, eğer bir Doğulu adı kadar tatlı bir şey söz konusuysa, dördüncü sınıf bir Karma Yogin olarak görme eğilimindeyim, belki tencereye biraz baharat katmak için atılmış biraz da Jnana Yoga ile. Klasik Zen edebiyatı derinden ilgimi çekiyor, kolejde haftada bir gece onun hakkında ve Mahayana Budizmi edebiyatı hakkında ders verme cüretinde bulunuyorum, ama hayatımın kendisinin şu anda olduğundan daha da az Zence olacağı düşünülemez, ve Zen tecrübesinden kavrayabildiğim (bu fiili dikkatle kullanıyorum; azıcık şey de kendi aşırı Zensizliğimin hayli doğal patikasını izlemenin bir dolaylı sonucu olmuştur. Daha çok Seymour bana böyle yapayım diye resmen yalvardığı için ve ben de onun bu konularda yanıldığını asla görmediğim için.) Ne mutlu bana ki, ve muhtemelen herkese, bu işe Zen'i dahil etmenin ille de gerekli olduğuna inanmıyorum. Bence Seymour'un sırf önsezi ile bana salık verdiği bilye atma yöntemi, meşru halde ve Doğululuktan uzak, bir sigara izmaritini ortadan kırıp odanın öbür yanındaki küçük bir çöp kutusuna atma güzel sanatıyla ilintili olabilir. Bunun erkek sigara içicilerin çoğunun yalnızca izmaritin kutuya girip girmemesine hiç mi hiç aldırmadıkları ya da odada görgü tanığı, ki buna tabir caizse kendileri de dahil, olmadığı zaman gerçek ustası kesildikleri bir sanat olduğuna inanıyorum. Bu örneklemeyi çiğneyip durmamak için elimden geleni yapacağım, pek latif bulsam da, ama şunu eklemeyi uygun buluyorum ki –bir anlığına kaldırım bilyesine dönecek olursak– Seymour'un kendisi bir bilye atmasının ardından camın cama vurmasından çıkan tık sesini duyunca baştan aşağı tebessüm kesilirdi, ama bunun *kimin* kazandığını gösteren tık sesi olduğundan da hiçbir zaman emin olmazdı sanki. Ve hemen hemen her seferinde kazandığı bilyeyi birisinin alıp ona *vermek* zorunda kaldığı da bir gerçektir.

Şükür Tanrı'ya bitti. Sizi temin ederim bunu ben istemedim.

Sanırım – *biliyor*um– bu benim son "fiziksel" simgelemem olacak. Makul bir ölçüde komik olalım, hadi. Yatağa gitmeden önce havayı temizlemeyi pek severim.

Bir Anekdot, batırın beni, bırakıyorum gitsin: dokuz yaşlarındayken kendimin Dünyanın En Hızlı Erkek Çocuk Koşucusu olduğum konusunda pek hoşuma giden bir fikrim vardı. Hemen ekleme eğilimindeyim ki bu o zor ölen garip, temelde program dışı kendini beğenmişliklerden biridir ve bugün bile, hareketsiz mi hareketsiz kırk yaşımda, kendimi *sokak* giysileriyle bir dizi seçkin ama hızlı hızlı soluyan Olimpik koşucunun yanından geçerken ve dostça, tek bir tenezzül izi olmaksızın, onlara el sallarken gözümün önüne getirebiliyorum. Neyse, güzel bir bahar akşamı biz hâlâ Riverside Drive'da otururken Bessie beni iki kilo dondurma alayım diye büfeye gönderdi. Binadan, hemen birkaç paragraf geride betimlenmiş o aynı sihirli çeyrek saatte çıktım. Bu anekdotun oluşumu açısından aynı derecede ölümcül olarak, ayağımda lastik ayakkabılar vardı; Hans Christian Andersen'in küçük kızı için kırmızı ayakkabılar neyse, lastik ayakkabılar da Dünyanın En Hızlı Erkek Çocuk Koşucusu olan herhangi birisi için tamı tamına aynı şeydir mutlaka. Binanın köşesini dönünce Merkür'ün kendisi kesildim, ve Broadway'e uzanan uzun blok boyunca "müthiş" bir koşu kopardım, Broadway'deki köşeyi tek tekerlek üstünde döndüm ve devam ettim, imkânsızı yaparak: hızımı *arttırarak*. Bessie'nin boyun eğmez seçimi olan Louis Sherry dondurmasını satan büfe üç blok kuzeyde, 113'ncü Sokak'taydı. Yarı yoldayken, çoğu kez gazetelerimizle dergilerimizi aldığımız kırtasiyecinin önünden uçarak geçtim ama körlemesine, çevredeki tanışları ya da akrabaları fark etmeden. Sonra, bir blok kadar daha ötede, geriden iz sürme sesleri kulağıma çalındı, her kimse besbelli yayan geliyordu. İlk, belki de tipik New Yorklu düşüncem, polislerin ardımdan geldiğiydi; suçum da herhalde Okul Bölgesi Olmayan Sokakta Hız Rekorunu Kırmak olsa gerekti. Gövdemden biraz daha fazla hız çıkarmaya çalıştım, nafile. Bir elin bana uzandığını ve tam da kazanan takımın sayılarının olması gereken yerden kazağımı kavradığını hissettim, iyi ve korkmuş, yavaşlayıp duran avanak bir kuşun hantallığıyla hızımı kestim. İz sürücüm elbette Seymour'du ve kendisi de fena halde korkmuş görünüyordu. "Ne *var*? Ne *ol*du" diye sordu, çılgıncasına endişeli. Hâlâ kazağımı tutuyordu. Elinden yakamı kurtardım ve ona, mahallenin hayli dışkısal deyişiyle, ki burada kelimesi kelimesine yazacak değilim, *hiçbir* şeyin olmadığını, *hiçbir* mesele olmadığını, sadece *koştuğumu* bildirdim, Tanrı aşkına! Olağanüstü rahatladı. "Vay canına, amma korkuttun beni!" dedi. "Vay canına, amma gidiyordun ha! Seni yakala*yana* kadar canım çıktı!" Sonra yürüyerek büfeye birlikte gittik. Belki gariptir, belki değildir ama şimdi Dünyanın En Hızlı Erkek Çocuk Koşucusu'nun morali pek de hissedilir şekilde bozulmamıştı. Her şeyden önce, benden hızlı koşan *oydu*. Ayrıca, onun da hızlı hızlı soluduğunun farkına varmakla meşguldüm. Onun hızlı hızlı soluduğunu görmek garip bir şekilde akıl çeliciydi.

Bununla işim bitti. Ya da, onun benimle işi bitti. Zihnim esas itibariyle daima herhangi bir tür sonda duraksamıştır. Çocukluğumdan bu yana, sırf o yaşlı Çehov-yemleyen yaygaracı Somerset Maugham'ın bir Başlangıç, bir Orta ve bir Son dediği şeyden var diye kaç hikâye yırtmışımdır acaba? Otuzbeş mi? Elli mi? Yirmi yaş civarındayken tiyatroya gitmekten vazgeçmemin binlerce nedeninden biri de, sırf yazarın biri ebediyyen aptal perdesini çarparak kapatıyor diye, kuyruk olup tiyatrodan dışarı çıkmaya müthiş içerlememdir. (O gözüpek Fortinbras'a ne oldu ki? Sonunda kim onun defterini dürdü?) Gene de, burada işim bitti. Sözünü etmek istediğim bölük pörçük bir ya da iki fiziksel tip gözlemi var ama şiddetle vaktimin *dolduğunu* hissediyorum. Ayrıca saat yediye yirmi var, benim de dokuzda bir dersim var. Yarım saat kestirmek, traş olmak ve belki de serin, ferahlatıcı bir kan banyosu için ancak yetecek vakte sahibim. Beni 307 numaralı odada bekleyecek olan, Cambridge ya da Hanover ya da New Haven'daki büyük hafta sonlarından henüz dönmüş olan yirmidört genç hanım hakkında birazcık iğneleyici bir şeyler söyleme yolunda bir dürtüm var –bir dürtüden çok, kadim bir şehirli refleksi, şükür Tanrı'ya– ama iyi olanın, gerçek olanın bilincine varmadan Seymour hakkında bir betimleme yazmayı tamamlayamam; hatta kötü bir betimleme bile olsa, hatta egomun, onunla başrolü paylaşma konusundaki sonsuz ihtirasımın darmadağın olduğu bir tane bile. Bu söylenmeyecek kadar heybetli bir şey (demek ki ben tam da onu söyleyecek adamım), ama bir hiç uğruna da ağabeyimin kardeşi olmuş olamam, ve biliyorum ki –hep değil, ama *biliyorum*– yaptığım şeylerin içinde o korkunç 307 Numaralı Oda'ya girmekten daha önemli tek bir şey yok. Orada tek bir kız yok ki, Korkunç Miss Zabel dahil, Boo Boo ya da Franny kadar benim kızkardeşim olmasın. Çağların yanlış bilgilendirilmesi ile parıldıyor olabilirler, ama parıldıyorlar. Bu düşünce beni sersemletmeyi beceriyor: Şimdi gerçekten de 307 Numaralı Oda'dan daha fazla gitmek istediğim bir yer yok. Seymour bir seferinde hayat boyu yaptığımız tek şeyin küçük bir Kutsal Toprak parçasından diğerine gitmek olduğunu söylemişti. *Asla* yanılmaz mı o?

Şimdi yatağa git, yeter. Çabuk. Çabuk ve yavaş.